D0401118

NOCHES BLANCAS

MAUREEN JOHNSON

JOHN GREEN

LAUREN MYRACLE

Noches blancas

Tres historias de amor inolvidables

Traducción de **Verónica Canales Medina**

NUBE **DE TINTA**

Título original: *Let it Snow*
Primera edición: octubre de 2015

Printed in USA

ISBN: 978-1-941999-50-9

Adaptación de la cubierta original de
Rodrigo Corral / Penguin Random House Grupo Editorial
Compuesto en La Nueva Edimac, S. L.

Penguin
Random House
Grupo Editorial

Maureen Johnson

EL EXPRESO DE JUBILEE

Para Hamish, personificación del «lánzate colina abajo a toda velocidad, y, si te topas con un obstáculo, esquívalo», con el que me enseñó a encarar las pendientes nevadas. Y para todo el esfuerzo oculto tras la fachada de un gran conglomerado empresarial; para todas las personas que tienen que decir «Café con leche largo de café» unas tres mil veces al día; para todas las almas que han experimentado lo que supone un datáfono roto que no lee tu tarjeta justo cuando estás en plena vorágine de compra de regalos navideños… Esto es para todos vosotros.

1

Era Nochebuena.

Para ser más exactos, era la tarde previa a la Nochebuena. Pero, antes de ir al auténtico meollo de la cuestión, quiero aclarar algo. Sé por experiencia que, si aflora más adelante, ese algo os distraerá tanto que no podréis concentraros en nada de lo que os cuente.

Me llamo Jubilee Dougal. Tomaos un momento para asimilarlo.

Veréis, cuando lo digo desde el principio, no parece tan terrible. Ahora bien, imaginaos que estoy a mitad de una historia larga (como la que voy a contaros) y os suelto la bomba de cómo me llamo. «Por cierto, me llamo Jubilee.» No sabríais cómo reaccionar.

Soy consciente de que Jubilee es nombre de bailarina de *striptease*. Seguramente pensáis que habré sentido la llamada de la barra de baile, pero no. Si me vierais, entenderíais enseguida que no lo soy (o eso creo). Tengo el pelo negro y llevo una melena corta tipo casco. La mitad del tiempo uso gafas, y la otra mitad, lentillas. Tengo dieciséis años, canto en el coro, participo en concursos de matemáticas. Juego al hockey sobre hierba, para el que no hay que tener un cuerpo curvilíneo e insinuante, cubierto de aceite, imprescindible para ser bailarina de *striptease*. (No tengo manía a las *stripers*, por si alguna está leyendo esto, que conste. Lo único es que yo no lo soy. Mi única preocupación relacionada con el *striptease* es el látex. No creo que sea un material saludable para la piel, porque no la deja respirar.)

Mi problema es que Jubilee, que quiere decir «jubileo», no es un nombre de pila, es una especie de celebración. Nadie sabe de qué tipo. ¿Conocéis a alguien que haya celebrado un jubileo? Y, de haber sido invitados, ¿habríais ido? Porque yo no. Me suena a evento para el que se tenga que alquilar un enorme objeto hinchable, colgar banderines y trazar un complejo plan para reciclar la basura generada por la fiesta.

Pensándolo bien, el significado de mi nombre me hace pensar en una de esas verbenas populares estadounidenses con música country y baile en línea.

Mi nombre tiene que ver mucho con la historia que voy a contaros y que, como ya he dicho, sucedió la tarde antes de Navidad. Yo tenía uno de esos días en los que sientes que la vida te quiere de verdad. Los exámenes finales ya habían terminado y no volveríamos a clase hasta después de Año Nuevo. Estaba sola en casa y me sentía muy cómoda y a gusto. Me había vestido para salir esa noche con ropa de estreno, especialmente reservada para la ocasión: falda y medias negras, camiseta roja de lentejuelas y mis botas nuevas de color negro. Estaba tomándome un *eggnog latte* —café con leche, cubierto por una capa de clara de huevo batida y nata montada—, preparado por mí. Tenía los regalos envueltos y listos para entregar. Todo estaba dispuesto para el gran acontecimiento: a las seis iría a casa de Noah —Noah Price, mi novio— para la celebración anual del Smörgåsbord familiar de Nochebuena.

El Smörgåsbord de la familia Price es un momento destacado de nuestra historia personal. Gracias a él nos convertimos en pareja. Antes del Smörgåsbord, Noah Price no era más que una estrella en mi firmamento... Constante, familiar, inteligente y muy lejos de mi alcance. Nos conocimos en cuarto, a los nueve años, aunque tenía la impresión de conocerlo solo como si fuera alguien de la tele. Sabía cómo se llamaba y veía sus programas. Noah era alguien más próximo para mí, claro... Sin embargo, en cierta forma, cuando se trata de alguien real, cuando es alguien presente en tu vida, puede parecer incluso más lejano e inalcanzable que un famoso. La cercanía no es sinónimo de familiaridad.

Noah siempre me había gustado, pero no se me había pasado por la cabeza fijarme en él de esa otra forma. La verdad es que jamás creí que fuera una aspiración razonable. Era un año mayor que yo, me sacaba una cabeza, tenía las espaldas anchas, los ojos claros y un pelazo muy sedoso. A Noah no le faltaba nada —sacaba buenas notas, y era deportista y un pez gordo del consejo de estudiantes—, era de esas personas que uno solo relaciona con parejas como modelos, agentes secretos o propietarios de laboratorios que llevan su apellido por nombre.

Por eso, cuando me invitó a asistir al Smörgåsbord de su familia la Nochebuena del año anterior, estuve a punto de desgarrarme la córnea de tanto frotarme los ojos de emoción y confusión. Desde que recibí la invitación, me pasé tres días dando tumbos. El aturdimiento provocado por la noticia llegó a tal punto que me vi obligada a practicar cómo caminar sin tropezar en mi habitación antes de ir a casa de Noah. No tenía ni idea de si me lo había pedido porque le gustaba, porque su madre lo había obligado (nuestros padres son amigos) o porque había perdido una apuesta. Todas mis amigas estaban igual de emocionadas, aunque lo entendían mejor que yo. Me aseguraron que Noah no me había quitado ojo durante el concurso de mates, y que se había reído con mis intentos de chistes matemáticos sobre trigonometría, y que mencionaba en las conversaciones.

Era una verdadera locura. Me parecía tan raro como descubrir de pronto que alguien hubiera escrito un libro sobre mi vida o algo por el estilo.

Cuando llegué a casa de Noah, me pasé casi toda la noche en un rincón, apoyada contra la pared, para no meter la pata con mis andares, y hablando con su hermana, que no es especialmente profunda (y que conste que la quiero). Digamos que el tema de tus marcas de sudadera favoritas no da para mucho, y no tardas en sentirte acorralado por la falta de argumentos. Pero Elise no tenía freno. Le sobraban recursos para seguir opinando.

Me tomé un descanso cuando la madre de Noah sacó una nueva bandeja de aperitivos y pude excusarme diciendo aquello de: «Perdona, pero es que eso tiene muy buena pinta». Aunque no sabía qué estaban sirviendo y resultó ser pescado encurtido. Justo cuando empezaba a retroceder, la madre de Noah dijo: «Tienes que probarlo».

Como soy un poco suicida, lo hice. Sin embargo, esa vez me salió bien la jugada, porque fue el instante en que me di cuenta de que Noah estaba mirándome. Me dijo: «Me alegro mucho de que lo hayas probado». Le pregunté el porqué, ya que empezaba a sospechar que realmente se trataba de una apuesta. («Vale, le pediré que venga, pero tenéis que pagarme veinte pavos si consigo que coma pescado encurtido.»)

Su respuesta fue: «Porque yo también lo he comido». Todavía estaba ahí plantada con cara de pasmo —aunque yo creía que resultaba encantadora—, cuando él añadió: «Y no podría besarte si tú no lo hubieras comido».

Fue un comentario asqueroso y superromántico al mismo tiempo. Podría haber subido al baño a cepillarse los dientes, pero se había quedado en el comedor y había esperado junto al pescado hasta que yo lo probara. Nos escapamos al garaje, donde nos enrollamos bajo la estantería de las herramientas eléctricas. Así empezó todo.

Pues bien, la Nochebuena de la que estoy a punto de hablaros no era una celebración cualquiera, era nuestro primer aniversario como pareja. Me parecía increíble que ya hubiera pasado un año. Había ido todo tan deprisa…

Veréis, Noah siempre está muy ocupado. Cuando asomó la cabeza al mundo, pequeñín, arrugadito y rosado, seguramente le tomaron las huellas de los pies y lo sacaron del hospital a todo correr para que pudiera asistir a alguna reunión. Como alumno de los cursos superiores del instituto, miembro del equipo de fútbol y presidente del consejo de estudiantes, su tiempo libre había quedado reducido a prácticamente cero. Durante el año que llevábamos saliendo juntos habíamos tenido unas doce citas de verdad, solos Noah y yo. Ocurría, más o menos, una vez al mes. Habíamos hecho varias apariciones en pareja. ¡Noah y Jubilee en la venta de pasteles del consejo de estudiantes! ¡Noah y Jubilee en la mesa del bingo del instituto! ¡Noah y Jubilee en la colecta para el banco de alimentos; en la sala para clases de recuperación; en la reunión para organizar la visita de los ex alumnos…!

Noah lo tenía en cuenta. Y aunque el Smörgåsbord era un acontecimiento familiar con muchos invitados, me prometió que tendríamos tiempo para quedarnos a solas. Para conseguirlo, había estado colaborando en la organización del evento. Si aguantábamos dos horas en la fiesta, podríamos escaparnos al trastero, darnos los regalos y ver *El Grinch que robó la Navidad* juntos. Él me llevaría a casa en coche y pararíamos un rato por el camino para…

Pero entonces detuvieron a mis padres, y todo el plan se fue al garete.

¿Conocéis ese pueblo navideño en miniatura de la marca Flobie? El pueblo de Flobie es una pieza tan fundamental en mi vida que suelo suponer que todo el mundo sabe lo que es, aunque últimamente me han dicho que hago demasiadas suposiciones, así que os lo explicaré.

El pueblo navideño en miniatura de Flobie está compuesto por una serie de piezas de cerámica con las que va construyéndose una población. Mis padres las coleccionan desde que nací. He visto esas calles con adoquinado de piedras de plástico desde que tengo edad para aguantarme de pie. Lo tenemos todo: el puente de bastones de caramelo, el lago nevado, la tienda de gominolas, la panadería con galletas de jengibre, el callejón Caramelo. Y os advierto que no es un pueblo precisamente pequeño. Mis padres compraron una mesa solo para colocarlo encima, y ocupa la parte central del comedor desde Acción de Gracias hasta Año Nuevo. Se necesitan siete ladrones de luz para enchufarlo todo. Con tal de reducir el impacto medioambiental, lo desconecto por la noche, aunque me costó lo mío conseguir que me dejaran hacerlo.

A mí me pusieron el nombre por el edificio número cuatro del pueblo en miniatura de Flobie: Jubilee Hall. Jubilee Hall es la pieza más grande de la colección. Es el lugar donde se fabrican y se envuelven todos los regalos. Tiene luces de colores, una auténtica cinta transportadora para los paquetes alrededor de la estructura, y pequeños elfos que giran sobre sí mismos al cargar y descargar los regalos de la cinta.

Los elfos de Jubilee Hall llevan un regalo pegado a las manos, y parecen un grupo de seres torturados y condenados a colocar el mismo paquete en la cinta, una y otra vez, hasta el fin de los tiempos o hasta que el mecanismo se rompa. Recuerdo habérselo comentado a mi madre cuando era pequeña; ella me dijo que yo no entendía el verdadero sentido de la figura. Bueno, puede que sí. Estaba claro que lo enfocábamos desde distintos puntos de vista, más si tenemos en cuenta que mi madre consideraba esos edificios tan importantes que había puesto a su primogénita el nombre de uno.

Las personas que coleccionan piezas del pueblo en miniatura de Flobie llegan a obsesionarse con el tema. Se celebran convenciones, existen una docena de páginas web muy especializadas sobre la colección y hasta cuatro revistas. Algunas intentan atraer a nuevos adeptos asegurando que las piezas de

Flobie son una inversión a largo plazo. Afirman que realmente valen lo que cuestan, y es cierto. Sobre todo, las piezas numeradas. Solo se pueden adquirir en la feria de piezas de Flobie, que se celebra el día de Nochebuena. Nosotros vivimos en Richmond, Virginia, que está solo a ochenta kilómetros de donde se organiza ese evento. Así que todos los años, la noche del veintitrés, mis padres se van con el coche cargado de mantas, sillas plegables y provisiones, y se sientan a hacer cola toda la noche.

Flobie fabricaba cien piezas numeradas, pero el año anterior redujeron esa cantidad a diez. Entonces empezó a torcerse todo. Un centenar de piezas no era suficiente, ni de lejos, y cuando el número se redujo a solo una decena, los forofos sacaron las uñas y empezaron a tirarse de los pelos. El año anterior había habido problemas cuando la gente intentó reservar sitio en la cola. No tardaron en producirse escenas de personas que se zurraban con los catálogos de Flobie enrollados, se tiraban cajas metálicas de galletas a la cabeza, tropezaban con las sillas plegables y acababan derramándose el chocolate ardiendo sobre las cabezas, tocadas con gorros de Papá Noel. El enfrentamiento fue tan grave y ridículo que salió en las noticias locales. Los responsables de Flobie dijeron que estaban «tomando medidas» para garantizar que no volviera a ocurrir, pero yo jamás me lo creí. Era la típica publicidad engañosa.

Sin embargo, no estaba pensando en eso cuando mis padres llegaron en coche a la feria para hacer cola y comprar la pieza número sesenta y ocho, el Hotel de los Elfos. Y seguía sin pensar en ello mientras disfrutaba de mi *eggnog latte* y mataba el tiempo a la espera de ir a casa de Noah. Aunque sí me percaté de que mis padres estaban tardando más de lo normal en volver. Por lo general, regresaban de Flobie para la comida del día de Nochebuena y, mira tú por donde, ya eran casi las cuatro de la tarde. Me ocupé en tareas típicas navideñas para mantenerme distraída. No podía llamar a Noah... Sabía que estaba ocupado ayudando con el Smörgåsbord. Así que añadí más lazos y acebo a sus regalos. Activé todos los ladrones que encendían el pueblo en miniatura de Flobie y así obligué a trabajar a los elfos esclavizados. Puse unos villancicos. Justo iba a salir para encender las luces de la entrada cuando vi a Sam acercándose con sus andares de soldado imperial.

Sam es nuestro abogado, y cuando digo «nuestro abogado» quiero decir: «Nuestro vecino que, casualmente, es un letrado con mucho poder en Washington». Sam es el tipo de persona a la que contratarías para demandar a una gran empresa o que querrías como abogado defensor si te demandaran por miles de millones de dólares. Sin embargo, no es precisamente la persona con más tacto del mundo. Estaba a punto de invitarlo a probar uno de mis deliciosos *eggnog lattes*, cuando me dejó cortada.

—Tengo malas noticias —dijo, y me apremió para obligarme a entrar en mi propia casa—. Se ha producido un nuevo incidente en la feria de miniaturas de Flobie. Entra. Vamos.

Creía que iba a contarme que mis padres se habían matado. Así de trágico era el tono de Sam. Imaginé enormes montañas de piezas del Hotel de los Elfos desplomándose y aplastando a todos los que estaban cerca. Había visto fotos del hotel en cuestión: tenía afiladas agujas de bastón de caramelo con las que se podía empalar a alguien perfectamente. Si existían candidatos posibles para morir por el Hotel de los Elfos, esos eran mis padres.

—Los han detenido —dijo Sam—. Están en la cárcel.

—¿Quién está en la cárcel? —pregunté, porque no soy muy rápida asimilando cosas y porque me resultaba mucho más fácil imaginar a mis padres aplastados por el Hotel de los Elfos que esposados y de camino a la cárcel.

Sam se quedó mirándome a la espera de que lo asimilara y reaccionara.

—Se ha producido un nuevo altercado cuando han sacado las piezas de colección esta mañana —me explicó tras un silencio—. Ha sido por una discusión sobre quién estaba reservando sitio en la cola. Tus padres no estaban implicados, pero no se han dispersado cuando lo ha ordenado la policía. Los han detenido con otras personas. Han arrestado a cinco de los presentes. Sale en todos los informativos.

Sentí que empezaban a fallarme las piernas y me dejé caer en el sofá.

—¿Por qué no han llamado? —pregunté.

—Solo tenían derecho a una llamada —dijo—. Me han llamado a mí porque creían que podría sacarlos. Pero no puedo.

—¿Cómo que no puedes?

La idea de que Sam no pudiera sacar a mis padres del trullo local resultaba ridícula. Era como escuchar a un piloto de avión diciendo por el altavoz: «Hola a todos. Acabo de recordar que no se me da bien aterrizar. Así que voy a seguir volando hasta que a alguien se le ocurra algo mejor».

—He hecho todo lo posible —prosiguió Sam—, pero el juez sigue en sus trece. Está harto de los problemas que genera

Flobie y ha decidido imponer un castigo ejemplar. Tus padres me han pedido que te lleve a la estación. Solo tengo una hora, debo estar de regreso a las cinco para una merienda de galletas recién horneadas con cántico de villancicos. ¿Puedes hacer la maleta muy rápido?

Me lo soltó con el mismo tono dramático que seguramente usaba para acosar a los testigos del estrado al preguntarles por qué habían sido vistos escapando a todo correr, y cubiertos de sangre, de la escena del crimen. No parecía muy contento de que le hubieran endilgado aquella misión justo la tarde previa a la Nochebuena. No me habría importado que lo dijera con un tono más de madre comprensiva, algo más rollo Oprah.

—¿La maleta? ¿A la estación? ¿Qué...?

—Te vas a Florida, a casa de tus abuelos —dijo—. No he podido conseguirte un billete de avión, han cancelado todos los vuelos por la ventisca.

—¿Qué ventisca?

—Jubilee —dijo Sam con gran parsimonia tras llegar a la conclusión de que yo era la persona más pasmada del planeta—, ¡está a punto de estallar la tormenta más importante de los últimos cincuenta años!

El cerebro no me funcionaba bien, no estaba asimilando nada de lo que escuchaba.

—No puedo ir —dije—. Se supone que esta noche tengo que ver a Noah. Y es Navidad. ¿Qué pasa con la Navidad?

Sam se encogió de hombros, como diciendo que la Navidad no era responsabilidad suya y que no había nada que el sistema legal pudiera hacer al respecto.

—Pero… ¿por qué no puedo quedarme aquí y ya está? ¡Esto es de locos!

—Tus padres no quieren que estés dos días sola durante las vacaciones.

—¡Puedo ir a casa de Noah! ¡Tengo que ir a casa de Noah!

—Verás —dijo—, ya está todo arreglado. Ahora no podemos contactar con tus padres. Los han procesado. Te he comprado el billete, y no tengo mucho tiempo. Ahora debes hacer la maleta, Jubilee.

Me volví y miré el parpadeante paisaje en miniatura que tenía junto a mí. Contemplé las sombras de los elfos condenados mientras trabajaban en Jubilee Hall; el tenue fulgor de la pastelería de la señora Muggin; el lento pero alegre avance del Elfo Express por el breve tramo de vía…

—Pero… ¿y qué pasa con el pueblo? —Fue lo único que se me ocurrió preguntar.

2

En realidad jamás había viajado en tren. Era más alto de lo que había imaginado, con ventanas en el segundo «piso», donde supuse que estaba el coche cama. El interior tenía una iluminación tenue, y la mayoría de los viajeros apiñados allí parecían catatónicos. Yo creía que el tren echaría vapor por la chimenea, haría «chuuu-chuuu» y saldría disparado como un cohete, porque había visto muchos dibujos en mi desperdiciada infancia y así funcionaban los trenes en las series de animación. Aquel tren avanzaba con indiferencia, como si se hubiera aburrido de estar dando vueltas y más vueltas.

Lógicamente llamé a Noah en cuanto nos pusimos en marcha. Hacerlo suponía incumplir la norma de no llamarlo hasta las seis porque iba a estar ocupadísimo y porque ya lo vería en la fiesta, pero no existían unas circunstancias más atenuantes en el mundo que lo justificaran. Cuando respondió, oí el rumor festivo de fondo. Se oían villancicos y el traqueteo de los platos, un contraste deprimente con el claustrofóbico rumor sordo del tren.

—¡Lee! —exclamó Noah—. Me pillas en mal momento. ¿Nos vemos dentro de una hora?

Soltó una especie de bufido. Sonó como si estuviera levantando algo pesado, quizá fuera una de esas patas de jamón asado tan tremendas que su madre siempre conseguía para la celebración del Smörgåsbord. Supongo que las consigue en alguna de esas granjas experimentales donde tratan a los cerdos con láseres y supermedicamentos para que crezcan nueve metros.

—Hummm... Ese es el problema —dije—. No voy a ir.

—¿Cómo que no vas a venir? ¿Qué ocurre?

Le expliqué la situación lo mejor que pude: mis padres estaban en la cárcel, yo, en el tren y, en resumen, mi vida no estaba yendo como había planeado. Intenté quitar hierro al asunto, como si me pareciera algo divertido, sobre todo para no acabar llorando en un tren oscuro, rodeada de desconocidos estupefactos.

Oí un nuevo resoplido. Parecía que estuviera arrastrando algo.

—Todo saldrá bien —dijo al cabo de un rato—. Sam se encarga del asunto, ¿verdad?

—Bueno, si te refieres a que no puede sacarlos de la cárcel, sí.

Ni siquiera se mostró preocupado.

—Estarán en la celda de alguna comisaría local, nada más —respondió—. No será nada grave. Y si Sam no está preocupado, todo irá bien. Siento que haya ocurrido, pero nos veremos dentro de uno o dos días.

—Sí, pero la Navidad... —protesté. Me salió una voz como gangosa y contuve una lágrima.

Él me dio un momento.

—Ya sé que es duro, Lee —dijo tras la pausa—, pero todo saldrá bien. Ya lo verás. Son cosas que pasan.

Sabía que intentaba tranquilizarme y consolarme, pero aun así... ¿«Cosas que pasan»? Lo ocurrido no era una de esas «cosas que pasan». Una de esas «cosas que pasan» es que se te averíe el coche o que te dé una gastroenteritis o que las luces viejas de Navidad provoquen un chispazo y acabe incendiándose el seto del jardín. Se lo solté todo, mientras él suspiraba, y entendió que yo tenía razón. Y entonces volvió a resoplar.

—¿Qué ocurre? —le pregunté y me sorbí los mocos.

—Estoy sujetando un jamón enorme —me dijo—. Voy a tener que colgar. Mira, celebraremos una segunda Navidad cuando vuelvas. Te lo prometo. Ya encontraremos tiempo. No te preocupes. Llámame cuando llegues, ¿vale?

Se lo prometí, colgó y se marchó con su jamón. Me quedé mirando el teléfono, ya silencioso.

Por el hecho de salir con Noah, algunas veces me identificaba con los consortes de los políticos. Podría decirse que tienen vida propia, pero, como aman a la persona con la que están, acaban viéndose arrastrados por la fuerza de la naturaleza y, bastante al principio de la relación, se encuentran saludando a cámara y sonriendo con la mirada perdida bajo una lluvia de globos y entre miembros del equipo de campaña de su pareja, que los apartan a empujones del camino del Importante y Famoso Otro, que es perfecto.

Ya sé que nadie es perfecto, que detrás de toda fachada de perfección hay una maraña intrincada de subterfugio y penas ocultas... Pero, aun teniendo eso en cuenta, Noah era casi perfecto. Jamás he oído a nadie decir ni una sola cosa mala sobre él. Su posición social era tan incuestionable como la ley de la gravedad. Al convertirme en su novia, él demostraba que creía en mí y yo me unía a su fe. Empecé a caminar más erguida. Tenía más confianza en mí misma, me sentía más optimista, más importante. A Noah le gustaba que lo vieran en mi compañía, por tanto, a mí me gustaba ser vista conmigo misma, si es que eso tiene algún sentido.

Sí, su excesivo número de compromisos a veces resultaba incómodo. Pero yo lo entendía. Eran situaciones como tener que arrastrar un jamón enorme para tu madre porque están a punto de presentarse sesenta personas en tu casa para celebrar el Smörgåsbord. Son obligaciones ineludibles. Y hay que estar a las duras y a las maduras. Saqué el iPod y usé la batería que me quedaba para echar un vistazo a sus fotos. Hasta que me quedé sin carga.

Me sentía tan sola en aquel tren... Era una soledad extraña, poco habitual, que me había calado hasta el fondo. Se trataba de una sensación un tanto más intensa que el miedo y algo similar a la tristeza. Me sentía cansada, pero no era un cansancio que se pasara durmiendo. El ambiente era oscuro y lúgubre, y me daba la impresión de que las cosas no mejorarían aunque encendieran las luces. En todo caso, vería con mucha más claridad la penosa situación en la que me encontraba.

Pensé en llamar a mis abuelos. Ellos ya sabían que iba hacia su casa. Sam me dijo que los había llamado. Les gustaría hablar conmigo, aunque no me apetecía mucho. Mis abuelos son geniales, pero se complican mucho la vida. Por ejemplo, si en el folleto del súper anuncian una oferta de pizza congelada o de sopa en lata, y ellos van solo para comprar eso, se quedan plantados discutiendo durante media hora qué hacer a continuación. Si los llamaba, me bombardearían a preguntas detalladas sobre todo lo relativo a mi visita. ¿Qué manta necesitaría? ¿Todavía comía galletas saladas? ¿El abuelo tenía que comprar más champú? Era muy tierno, pero demasiado abrumador para soportarlo justo en ese momento.

Me considero una persona resolutiva. Con esa actitud dejaría de pensar en todo aquel follón. Rebusqué en mi bolso para ver qué había logrado recoger antes de salir pitando de casa. Descubrí con pesar que estaba muy mal preparada para el viaje que me esperaba. Apenas había cogido lo básico: un par de mudas de ropa interior, unos vaqueros, dos jerséis, un par de camisas y las gafas. El iPod no tenía batería. Y solo llevaba un libro. Era *La abadía de Northanger*, de la lista de lecturas de la clase de inglés para las vacaciones del instituto. Estaba bien, aunque no era exactamente la lectura ideal para un momento en que uno siente que se aproxima la mano acechante del destino.

Por eso, durante dos horas, me limité a mirar por la ventana la puesta de sol, el cielo rosa chicle tornándose plateado, y los primeros copos de nieve que empezaban a caer. Sabía que era bonito, pero saber que algo es bonito y que te importe son dos cosas muy distintas, y a mí me daba igual. Los copos de nieve eran cada vez más gruesos y numerosos, hasta que formaron una cortina blanca que lo tapaba todo. Nevaba en todas direcciones a la vez, incluso de abajo arriba. Mirar tan fijamente como nevaba me mareó y me hizo sentir náuseas.

La gente empezaba a recorrer el pasillo con recipientes de comida... Patatas fritas, refrescos y bocadillos envasados. Estaba claro que, en algún punto del tren, había una fuente de víveres. Sam me había puesto un billete de cincuenta dólares en la mano al dejarme en la estación, que mis padres devolverían ipso facto en cuanto volvieran a respirar aires de libertad. No tenía otra cosa que hacer, así que me levanté y fui hacia el vagón restaurante, donde me informaron amablemente de que se les había acabado todo salvo unos redondeles de pizza, de masa blanda y elástica, calentados en el microondas, dos *muffins*, unas cuantas barritas de chocolate, una bolsa de frutos secos y unas piezas de fruta mustia. Me entraron ganas de felicitarlos por estar tan bien preparados para las fiestas, pero el chico que trabajaba en el mostrador parecía muy afectado. No necesitaba que yo me pusiera en plan sarcástico. Compré un redondel de pizza, dos barritas de chocolate, los *muffins*, la bolsa de frutos secos y un vaso de chocolate caliente. Me pareció una buena idea hacer acopio de alimentos para el resto del viaje, ya que las provisiones estaban agotándose a toda velocidad. Metí un billete de cinco dólares en el bote de las propinas, y el chico me lo agradeció asintiendo con la cabeza.

Ocupé uno de los asientos libres en las mesas atornilladas a la pared. En ese momento, el tren daba fuertes traqueteos, incluso cuando redujo la marcha. El viento lo zarandeaba de un lado para el otro. Dejé la pizza sin tocar y me quemé los labios con el chocolate. Pobres labios: eso era lo más caliente que iban a probar.

—¿Te importa si me siento? —me preguntó alguien.

Levanté la vista y me topé con un chico guapísimo de pie delante de mí. Aprecié su atractivo, pero me dio igual. Aunque me impresionó más que la ventisca, para ser sincera. Era tan moreno como yo, es decir, tenía el pelo negro. Sin embargo, él lo llevaba más largo. A mí solo me llega por debajo de la barbilla. Él iba peinado con una coleta. Parecía un indio norteamericano, con los pómulos muy marcados.

La fina chaqueta vaquera que llevaba no podía abrigarle mucho con el frío que hacía. Pero percibí algo en su mirada que me tocó la fibra: parecía preocupado, como si estuviera costándole mucho mantener los ojos abiertos. Acababa de pedir un café y sujetaba el vaso con fuerza.

—Claro —dije.

Mantuvo la cabeza gacha al sentarse, pero me fijé en que miraba la comida de mi bandeja. Tuve la impresión de que estaba mucho más hambriento que yo.

—Puedes servirte —dije—. Lo he comprado todo antes de que se quedaran sin nada. No tengo tanta hambre. Ni siquiera he probado la pizza.

Se mostró reticente, pero insistí empujando la bandeja hacia él.

—Ya sé que parece la peor pizza del mundo —añadí—. Era lo único que tenían. En serio. Cómetela.

Sonrió con timidez.

—Me llamo Jeb —dijo.

—Yo me llamo Julie —respondí. No estaba de humor para soportar el royo de: «¿Jubilee? ¿Te llamas Jubilee? Cuéntame, ¿qué te pones para menear el esqueleto, aceite de masaje para bebés o algún aceite de frutos secos? ¿Limpia alguien la barra de baile después de tu actuación?». Y todo lo que os he explicado al principio. La mayoría de la gente me llama Julie. Noah me llamaba Lee.

—¿Adónde vas? —me preguntó.

No tenía ninguna historia alternativa a las de mis padres ni una explicación que justificara mi presencia allí. Además, la verdad era demasiado extraña para soltársela a un desconocido.

—Voy a ver a mis abuelos —dije—. Ha sido por un cambio de planes de última hora.

—¿Dónde viven? —me preguntó mientras miraba cómo caían los copos de nieve formando remolinos que impactaban contra la ventana del tren.

Era imposible saber dónde acababa el cielo y dónde empezaba el suelo. Una nube tormentosa estaba descargando la nevada justo encima de nosotros.

—En Florida —contesté.

—Qué lejos. Yo voy solo hasta Gracetown, es la parada siguiente.

Asentí en silencio. Había oído hablar de Gracetown, pero no tenía ni idea de dónde estaba. Se encontraría en algún punto de aquel largo y nevado recorrido, entre donde me encontraba y ninguna parte. Volví a ofrecerle la bandeja de comida, pero él negó con la cabeza.

—Estoy bien así —dijo—. Pero gracias por la pizza. Me moría de hambre. Hemos escogido un mal día para viajar. Supongo que no quedaban muchas alternativas. A veces tienes que hacer cosas de las que no estás muy seguro…

—¿A quién vas a visitar? —le pregunté.

Se quedó cabizbajo y dobló el cartón sobre el que iba el redondel de pizza.

—Voy a ver a mi novia. Bueno, es más o menos mi novia. He intentado llamarla, pero no tengo cobertura.

—Yo sí tengo. —Saqué el móvil—. Usa mi teléfono. Me sobran muchos minutos de llamadas este mes.

Jeb aceptó mi teléfono con una amplia sonrisa. Cuando se levantó, me di cuenta de lo ancho de espaldas que era. De no haber querido tan ciegamente a Noah, me habría quedado pilladísima. Se alejó solo unos metros, en dirección al otro extremo del vagón. Vi como marcaba el número, pero cerró el teléfono sin haber llegado a hablar siquiera.

—No la he localizado —dijo, volvió a sentarse y me devolvió el móvil.

—Bueno —dije sonriendo—, ¿qué es eso de que es más o menos tu novia? ¿Todavía no sabes si estáis saliendo?

Recuerdo muy bien ese momento, cuando Noah y yo empezamos a salir, y yo no estaba segura de ser su novia. Sentía un delicioso nerviosismo.

—Me engañó —se limitó a decir Jeb.

Vaya, lo había malinterpretado. Acababa de meter la pata. Sentí pena por él, fue como una punzada en el pecho. Lo sentía de corazón.

—No es culpa suya —añadió, pasado un rato—. No del todo. Yo…

No llegué a escuchar lo que había ocurrido, porque la puerta del vagón se abrió de golpe, y se oyó un chillido, algo parecido al graznido de Beaker, aquella cacatúa horrible y empalagosa que habíamos tenido como mascota en cuarto curso.

Jeremy Rich había enseñado al pájaro a chillar la palabra «culo». A Beaker le encantaba gritar «culo», y lo hacía realmente bien. Se le oía desde el final del pasillo, desde el baño de las chicas. Acabaron trasladando a Beaker a la sala de profesores, donde supongo que está permitido aletear con tus asquerosas alas y gritar «culo» cuanto quieras.

Pero lo que oí no fue un grito al estilo «culo» de Beaker. Eran catorce chicas, todas con el mismo chándal ceñido, en cuyo trasero se leía: ANIMADORAS DE RIDGE. (Lo cual era, por otra parte, su particular forma de gritar «culo».) Cada una llevaba su nombre escrito en la espalda de su elegante sudadera de forro polar. Se apiñaron junto a la barra y siguieron hablando a gritos. Deseé con toda mi alma que no gritaran todas a la vez. «¡Por favor, Dios mío!» Pero mis oraciones no fueron escuchadas, tal vez porque Dios estaba ocupado escuchándolas a todas ellas.

—No tienen nada con proteína *light* —oí decir a una de las chicas.

—Te lo dije, Madison. Deberías haberte comido un rollito de lechuga cuando has tenido oportunidad.

—¡Creí que al menos tendrían pechuga de pollo!

Para mi desesperación, me di cuenta de que las dos chicas que mantenían esa conversación se llamaban Madison. Peor aún: tres de las demás componentes del grupito se llamaban Amber. Me sentí atrapada en un experimento social de resultados nefastos. Tal vez fuera un experimento relacionado con replicantes.

Unas cuantas fueron a por nosotros. Quiero decir, se fijaron en nosotros. Se fijaron en Jeb y en mí. En realidad solo se fijaron en Jeb.

—¡Oh, Dios mío! —exclamó una de las Amber—. ¿Verdad que este es el peor viaje de tu vida? ¿Has visto cómo nieva?

Qué tía tan lista la tal Amber. ¿De qué se percataría a continuación? ¿Del tren? ¿De la luna? ¿De las caprichosas vicisitudes de la existencia humana? ¿De que tenía la cabeza sobre los hombros?

No dije nada de eso, porque no quería dejar este mundo asesinada por unas animadoras. De todas formas, Amber no estaba diciéndomelo a mí. Amber no tenía ni idea de que yo estaba allí. Le había echado el ojo a Jeb. Casi se le veía el núcleo robótico de las córneas desplazándose para enfocar su imagen a la perfección y ponerlo en su punto de mira.

—Es bastante horrible —respondió él educadamente.

—Vamos a Florida, ¿sabes? —La chica lo soltó así, en plan pregunta.

—Allí se estará mejor —contestó él.

—Sí. Si es que llegamos… Vamos todas a la convocatoria regional de animadoras, ¿sabes? Y es un palo, porque estamos de vacaciones, ¿sabes? Pero ya hemos celebrado la Navidad antes de viajar, ¿sabes? Porque la celebramos ayer, ¿sabes?

Entonces me di cuenta de que todas llevaban objetos y dispositivos realmente nuevos. Móviles relucientes, llamativos collares y pulseras con los que jugueteaban, la manicura recién hecha y iPods que jamás había visto.

Amber Uno se sentó con nosotros, adoptando una postura estudiada: las rodillas juntas y los talones hacia afuera. Una pose desenfadada para una chica acostumbrada a ser la más adorable y recatada del vecindario.

—Ella es Julie —dijo Jeb, quien tuvo la amabilidad de presentarme a su nueva amiga.

Amber me dijo que se llamaba Amber, y luego empezó a parlotear sobre las demás Amber y las Madison. Había otros nombres, pero, para mí, eran todas Amber y Madison. Pensarlo así era una apuesta segura. De esa forma tenía alguna oportunidad de acertar con el nombre.

Amber no paraba de hablar y nos comentó lo de la competición. Hizo eso tan flipante de incluirme en la conversación al mismo tiempo que me obviaba. Además iba enviándome un mensaje telepático —profundamente subliminal—: quería que me levantara y cediera mi asiento a su clan.

Tal como estaban dispuestas, ya ocupaban hasta el último rincón del espacio disponible en el vagón. La mitad de ellas estaba hablando por teléfono; la otra mitad, acabando con el suministro de agua, café y Coca-Cola *light*.

Decidí que aquella experiencia no me ayudaría a sentirme realizada en la vida.

—Voy a volver a mi asiento —dije.

Sin embargo, en cuanto me levanté, el tren frenó en seco y nos lanzó a todos hacia delante bajo una copiosa lluvia de líquidos calientes y fríos. Las ruedas chirriaron como protestando mientras se arrastraban por la vía durante más o menos un minuto. Cuando por fin nos detuvimos fue con un frenazo brusco. Oí el ruido del equipaje al caer a lo largo de todo el tren, las maletas que salían volando desde las repisas de barrotes metálicos y los golpes de las personas que se desplomaban. Personas como yo. Aterricé sobre una Madison y me golpeé la barbilla y la mejilla contra algo. No estoy segura de qué fue, porque justo en ese instante se apagó la luz, lo que provocó un grito generalizado de consternación. Unas manos me ayudaron a levantarme, y no necesité el sentido de la vista para saber que se trataba de Jeb.

—¿Estás bien? —me preguntó.

—Estoy bien. Creo.

Las luces parpadearon y al final volvieron a encenderse, una a una. Varias Amber se aferraban a la barra de la cafetería como si les fuera la vida en ello. El suelo estaba alfombrado de comida. Jeb se agachó y recogió lo que había sido su teléfono hasta entonces y que en ese momento era un objeto partido limpiamente en dos. Lo acunó entre sus manos como a un polluelo herido.

Se oyó un crujido por el altavoz, y la persona que habló parecía muy afectada, no usó el tono frío e imperativo con el que nos habían comunicado las paradas a lo largo de todo el recorrido.

—Damas y caballeros, por favor, mantengan la calma. Un auxiliar del servicio de abordo pasará por todos los vagones para comprobar si hay algún herido.

Pegué la cara al frío cristal de la ventana para ver qué ocurría. Nos habíamos detenido junto a una autovía de varios carriles, una especie de carretera interestatal. Al otro lado de la vía, se veía un cartel amarillo, colgado muy por encima del asfalto.

Era difícil ver nada con la nieve que estaba cayendo, pero distinguí el color y la forma del letrero. Se trataba de un local de la cadena Waffle House, restaurantes especializados en gofres y tortitas de todas clases. En el exterior del tren, un miembro de la tripulación avanzaba a trompicones por la nieve e iba revisando los bajos de los vagones, iluminándolos con una linterna.

Una maquinista abrió la puerta de nuestro vagón de golpe y se quedó mirándonos a todos. No llevaba la gorra del uniforme.

—¿Qué está pasando? —le pregunté cuando llegó hasta nosotros—. ¿Estamos atrapados?

Se inclinó y miró con detenimiento por la ventana, a continuación emitió un silbido grave.

—No vamos a seguir avanzando, cariño —respondió con voz ronca—. Estamos en las afueras de Gracetown. La nieve ha cubierto la vía a partir de este punto, ha quedado enterrada del todo. A lo mejor, mañana por la mañana llegan los vehículos de emergencia para sacarnos de aquí. Pero no es seguro. No pondría la mano en el fuego. En cualquier caso, ¿estás herida?

—Estoy bien —le aseguré.

Amber Uno se sujetaba una muñeca.

—¡Amber! —exclamó otra Amber—. ¿Qué te ha pasado?

—Me la he torcido —gimoteó Amber Uno—. Es grave.

—¡Es la mano que usas para sujetarnos en el salto de lanzamiento de canasta!

Seis animadoras me indicaron (de forma nada sutil) que querían que me apartara para llegar hasta la componente herida de su grupo y sentarla. Jeb quedó atrapado en el tumulto. Las luces perdieron intensidad, la calefacción se apagó de forma ruidosa y volvió a oírse el altavoz.

—Damas y caballeros —dijo la voz—, vamos a cortar el suministro eléctrico para ahorrar energía. Si tienen alguna manta o jersey, les recomendamos su uso. Si alguno de ustedes necesita más abrigo, intentaremos proporcionárselo. Si les sobra alguna prenda de abrigo, les rogamos que la compartan con el resto de los pasajeros.

Volví a mirar el cartel amarillo, y otra vez al grupito de animadoras. Tenía dos opciones: quedarme allí en aquel tren frío, oscuro y atrapado en la nieve o tomar cartas en el asunto. Podía coger las riendas de ese día que se empeñaba en rebelárseme. No sería difícil cruzar la vía y llegar a la Waffle House. Seguro que allí contaban con una fuente de calor y un montón de comida. Valía la pena intentarlo, además, me parecía un plan que Noah aprobaría. Suponía tener iniciativa propia. Aparté con amabilidad a las Amber para llegar hasta Jeb.

—Hay una Waffle House del otro lado de la carretera —señalé—. Voy a ir hasta allí para ver si está abierta.

—¿Una Waffle House? —respondió Jeb—. Estamos justo a la salida de la ciudad, junto a la carretera I-40.

—No seas loca —dijo Amber Uno—. ¿Y si se va el tren?

—No se irá —respondí—. Me lo acaba de decir la maquinista. Estaremos aquí atrapados toda la noche. En ese local tendrán calor, comida y espacio para poder moverse. ¿Qué otra cosa podemos hacer?

—Podríamos practicar las piruetas para animar al equipo —sugirió una de las Madison con un hilillo de voz.

—¿Vas a ir tú sola? —preguntó Jeb. Sabía que él quería acompañarme, pero Amber estaba apoyada sobre él como si su vida dependiera de ello.

—Estaré bien —contesté—. Está justo aquí enfrente. Dame tu número de teléfono y…

Levantó su móvil roto para recordarme el penoso estado del aparato. Asentí con la cabeza y agarré mi mochila.

—No tardaré mucho —añadí—. De todas formas tengo que volver, ¿no? ¿Adónde voy a ir si no?

3

Al asomarme a la plataforma helada del vagón, salpicada de nieve porque la puerta estaba abierta, vi a los miembros de la tripulación revisando el tren con sus linternas.

Se encontraban a varios vagones de distancia, y aproveché para salir. Los peldaños metálicos estaban en un ángulo muy vertical, eran muy altos y la nieve helada los cubría por completo. Además, entre el tren y el suelo había más de un metro de separación. Me senté en el último escalón húmedo, mientras la nieve me caía en la cabeza, y me di impulso para levantarme con mucha precaución. Caí a cuatro patas sobre la superficie cubierta por casi treinta centímetros de nieve, me hundí hasta los muslos, pero no fue muy doloroso. No tenía que ir muy lejos. Estábamos justo al lado de la carretera, a unos seis metros más o menos. Lo único que tenía que hacer era llegar hasta allí, cruzar los carriles y pasar por debajo del cruce elevado. Tardaría solo un par de minutos.

Jamás había cruzado una interestatal de seis carriles. Jamás se me había presentado la ocasión, y, de haber sido así, me habría parecido una mala idea cruzarla. Pero no se veía ningún coche. Parecía el fin del mundo, un nuevo inicio de la existencia; el antiguo orden había desaparecido. Me costó unos cinco minutos cruzar la autovía, porque el viento soplaba con fuerza y se me metían los copos de nieve en los ojos. En cuanto lo conseguí, vi que debía cruzar un tramo más. Podía tratarse de hierba o asfalto o más carretera, en ese momento, estaba todo blanco y parecía profundo. Fuera lo que fuese, había un bordillo oculto debajo con el que tropecé. Cuando por fin llegué a la puerta del local, estaba cubierta de nieve de los pies a la cabeza.

En el interior de la Waffle House la temperatura era muy cálida. De hecho, hacía tanto calor que las ventanas estaban cubiertas de vaho, lo que hacía que los enormes adornos navideños pegados en los cristales empezaran a despegarse y estuvieran a punto de caerse. Los altavoces emitían los típicos temas de jazz navideño, con su sonsonete machacón. Los olores predominantes eran de líquido limpiasuelos y aceite de freidora demasiado reaprovechado, aunque percibí un tenue aroma prometedor. Habían frito patatas y cebollas hacía no mucho tiempo, y estaban ricas.

Lo que se intuía al observar al personal no era mucho mejor que las conclusiones sobre la comida. Desde el fondo de la cocina llegaba el sonsonete de dos voces masculinas, solapadas con sonidos de bofetadas y risas. Había una mujer sumida en su propia desgracia, situada en el rincón más alejado de la trastienda, con un plato lleno de colillas delante de ella. El único empleado visible era un chico, más o menos de mi edad, que montaba guardia en la caja registradora. La camiseta de Waffle House le quedaba demasiado larga y holgada, el pelo de punta le asomaba por debajo de una gorra con visera que llevaba caladísima hasta las orejas. En la placa con su nombre se leía: DON-KEUN. Cuando entré, estaba leyendo una novela ilustrada. Mi aparición le iluminó un poco la mirada.

—¿Qué pasa? —dijo—. Tienes cara de frío.

Fue una observación acertada. Respondí asintiendo con la cabeza.

Don-Keun estaba muerto de aburrimiento. Se percibía en su voz y por la forma en que estaba echado sobre la caja registradora, como abatido.

—Esta noche todo es gratis —añadió—. Puedes pedir lo que quieras. Órdenes del cocinero y del ayudante del encargado en funciones. Ambos dos ante tus ojos.

—Gracias —contesté.

Creí que estaba a punto de añadir algo más, aunque hizo como una mueca de disgusto, abochornado por el ruido de la trifulca a bofetón limpio de la trastienda, que cada vez se oía con mayor nitidez. Había un periódico y varias tazas de café delante de uno de los sitios de la barra. Fui a tomar asiento solo unos taburetes más allá, esforzándome por mostrarme sociable. Cuando me senté, Don-Keun se volvió de golpe hacia mí.

—Hummm... Quizá sería mejor que no te...

Dejó la frase inacabada y retrocedió un paso cuando alguien avanzó hacia la barra desde los baños. Era un hombre de unos sesenta años, con el pelo rubio, ligera barriga cervecera y gafas. ¡Ah, sí!, e iba vestido con papel de aluminio. De los pies a la cabeza. Incluso iba tocado con un gorrito del mismo material. Y lo llevaba como si nada.

Tío de Aluminio ocupó el sitio con el periódico y las tazas, y me saludó moviendo la cabeza antes de que yo pudiera levantarme.

—¿Cómo va la noche? —me preguntó.

—Podría irme mejor —respondí con sinceridad. No sabía hacia dónde mirar: a su cara o a su cuerpo deslumbrante, cegador.

—Mala noche para salir.

—Sí —respondí al tiempo que escogía su abdomen deslumbrante, cegador, como punto en el que concentrar la mirada—. Muy mala.

—¿Por casualidad no necesitarás que te remolque?

—No, a menos que tenga usted un remolque para trenes.

Se quedó pensándolo un rato. Resulta muy violento cuando alguien no capta una ironía y dedica un tiempo a intentar entender lo que acabas de decir. Resulta doblemente violento si la persona en cuestión va vestida con papel de aluminio.

—Demasiado grande —respondió al final negando con la cabeza—. No funcionaría.

Don-Keun también negó con la cabeza y me dedicó una mirada como diciendo: «Escapa antes de que sea demasiado tarde».

Sonreí e intenté demostrar un repentino interés por el menú, que requería toda mi atención. Pedir algo me parecía lo más apropiado. Miré la carta una y otra vez, como si no lograra decidirme entre el bocadillo de gofres y las *hash browns*, las deliciosas tortas de patata rayada fritas a la plancha con queso fundido.

—Tómate un café —dijo Don-Keun, se acercó y me pasó una taza.

La bebida parecía quemada y desprendía un olor nauseabundo, aunque no era el momento de andarse con remilgos. De todas formas, creo que el café no era más que la coartada que me ofrecía el chico para librarme de la conversación.

—¿Has dicho que ibas en tren? —me preguntó Don-Keun.

—Sí —dije y señalé por la ventana.

Tanto el chico como Tío de Aluminio se volvieron para mirar, pero arreciaba la ventisca.

Ya no se veía el tren.

—No —repitió Tío de Aluminio—. Para los trenes no sirve.

Hizo el gesto de ajustarse los puños de papel de aluminio para subrayar el comentario.

—¿Eso le funciona? —le pregunté tras reunir el valor necesario para comentar lo evidente.

—¿Que si me funciona el qué?

—Lo que lleva. Es como lo que se ponen los corredores cuando terminan un maratón, ¿no?

—¿Qué es lo que llevo?

—El papel de aluminio.

—¿Qué papel de aluminio? —preguntó.

Después de esa pregunta, me olvidé de mis buenos modales y de Don-Keun y fui a sentarme junto a la ventana, a contemplar como vibraba el cristal por el azote del viento y la nieve.

Lejos de allí, el Smörgåsbord estaría en su momento álgido. A esas alturas se habría acabado toda la comida: los monstruosos jamones gigantes, los numerosos pavos, las albóndigas, las patatas asadas con crema de leche, el pudin de arroz, los cuatro tipos de encurtidos de pescado…

En otras palabras, era un mal momento para llamar a Noah. Sin embargo, él me había dicho que lo avisara en cuanto llegara. Y no iba a llegar mucho más lejos del lugar donde me encontraba.

Por eso lo llamé, y enseguida saltó el buzón de voz. No había pensado qué iba a decir ni qué actitud iba a adoptar, de modo que recurrí al tono desenfadado y dejé un mensaje atropellado, y seguramente también incomprensible, en el que le contaba que estaba atrapada en un extraño pueblo, junto a una interestatal, en una Waffle House, con un hombre vestido con papel de aluminio. No fue hasta ese momento cuando me di cuenta de que Noah habría creído que estaría tomándole el pelo —de una forma rara, eso sí— y que lo llamaba justo cuando más ocupado estaba. Seguramente le habría molestado el mensaje.

Estaba a punto de volver a llamarlo y hablarle con un tono más serio para aclarar que todo lo anterior no había sido una broma, cuando noté una corriente de aire, una especie de succión producida por la apertura repentina de las puertas en el instante en que un recién llegado se unió a nuestro grupito. Era alto, delgado y, por lo visto, del género masculino. Aunque resultaba difícil asegurarlo, porque iba cubierto con bolsas de plástico empapadas, las llevaba en la cabeza, en las manos y en los pies. Con él, ya eran dos las personas vestidas con cosas que no eran ropa.

Gracetown empezaba a no gustarme nada.

—He perdido el control del coche en Sunrise —dijo el chico a todos los presentes en general—. He tenido que dejarlo tirado.

Don-Keun asintió en silencio con la cabeza indicando que lo entendía.

—¿Necesitas que te remolque? —preguntó Tío de Aluminio.

—No, tranquilo. Nieva tanto que no sé si podría localizarlo.

Mientras iba quitándose las bolsas vi que el chico era de aspecto bastante normal: tenía el pelo mojado, negro y rizado, era más bien delgaducho y llevaba unos vaqueros que le iban un poco grandes. Miró hacia la barra y se acercó a mí.

—¿Te importa que me siente aquí? —me preguntó en voz baja. Asintió con un gesto casi imperceptible en dirección a Tío de Aluminio. Resultaba evidente que tampoco quería sentarse a su lado.

—Claro que no —dije.

—Es inofensivo —aclaró el chico, que seguía hablando en voz muy baja—. Pero se enrolla como una persiana. Un día me tuvo media hora pillado. Le gustan mucho las tazas. Es capaz de estar horas hablando de tazas.

—¿Siempre va vestido con papel de aluminio?

—Si no fuese vestido así, creo que no lo reconocería. Me llamo Stuart, por cierto.

—Yo… Julie.

—¿Cómo has llegado hasta aquí? —me preguntó.

—El tren. —Señalé el panorama de nieve y oscuridad—. Nos hemos quedado atrapados en la vía.

—¿Adónde ibas?

—A Florida. A ver a mis abuelos. Mis padres están en la cárcel.

Decidí que valía la pena intentarlo, soltarlo como si nada. Obtuve la reacción que esperaba, aunque solo a medias. Stuart se echó a reír.

—¿Estás con alguien? —me preguntó.

—Tengo novio —dije.

Normalmente no soy tan tonta, lo prometo. Pero solo podía pensar en Noah. Seguía obsesionada con el estúpido mensaje que le había dejado en el buzón de voz.

Stuart arrugó las comisuras de los labios, como si estuviera intentando reprimir una sonrisa. Tamborileó con los dedos sobre la mesa y sonrió mientras dejaba pasar aquel momento incómodo. Yo debería haber aprovechado la escapatoria que estaba ofreciéndome con el gesto, pero no fui capaz de dejarlo estar. Sentí la necesidad de justificarme.

—La única razón por la que he dicho eso —empecé a explicar, al tiempo que caía en la cuenta de que estaba metiéndome en un jardín— es porque se supone que tendría que llamar a mi novio. Pero no tengo cobertura.

En efecto, acaba de usar la excusa de Jeb. Aunque, por desgracia, no tuve en cuenta que tenía el móvil justo delante, encima de la mesa, con todas las rayas de cobertura bien visibles. Stuart se quedó mirándolo y luego me miró a mí, pero no dijo nada.

Yo, sin embargo, tenía algo que demostrar. Era incapaz de callarme hasta dejar bien claro lo normal que era.

—Bueno, antes no tenía cobertura —aclaré—. Hasta ahora mismo.

—Seguramente es por el temporal —comentó él con amabilidad.

—Seguramente. Voy a intentar llamarlo ahora. Seré rápida.

—Tarda todo lo que quieras —respondió.

Que era la respuesta lógica. Porque solo se había sentado conmigo para escapar de la conversación sobre tazas con Tío de Aluminio. No teníamos por qué estar excusándonos sobre cuánto íbamos a tardar en volver. Además, estoy segura de que Stuart se alegró de que dejara de hablar. Se levantó y se quitó el abrigo mientras yo iba a llamar. Debajo llevaba el uniforme de los grandes almacenes Target, e incluso más bolsas de plástico. Cayeron al suelo desde el interior de su abrigo, eran casi una docena. Las recogió todas sin inmutarse.

Cuando saltó el buzón de voz de Noah, intenté ocultar mi frustración estirando el cuello para mirar por la ventana. No quería dejar un segundo mensaje patético delante de un chico al que acababa de conocer, así que colgué.

Stuart me miró levantando los hombros como diciendo: «¿Nada?» al tiempo que se sentaba.

—Deben de estar ocupados con el Smörgåsbord —dije.

—¿El Smörgåsbord?

—La familia de Noah es parcialmente sueca, por eso celebran un Smörgåsbord espectacular en Nochebuena.

Me fijé en como se le levantaba una ceja cuando dije «parcialmente». Usaba mucho esa palabra. Era una de las favoritas de Noah. Se la había copiado a él. Ojalá hubiera recordado no usarla estando con otras personas, porque era parte de nuestro vocabulario de pareja. Además, teniendo en cuenta que estaba intentando convencer a un desconocido de que no estaba como una chota, soltar cosas del tipo «parcialmente sueca» no era lo más conveniente.

—¿A quién no le gusta un buen Smörgåsbord? —dijo, con tono de broma.

Había llegado el momento de cambiar de tema.

—Target. —Señalé su camiseta. Mejor dicho, lo pronuncié «Tarshei», con una especie de acento francés que no me quedó muy gracioso.

—En efecto —contestó—. Ahora entenderás por qué he arriesgado la vida para llegar al trabajo. Cuando tienes una ocupación tan importante como la mía, hay que arriesgarse. De no hacerlo, la sociedad se desestabiliza. Ese chico tiene muchas ganas de llamar por teléfono.

Stuart señaló por la ventana, y me volví para ver de qué se trataba. Jeb estaba plantado delante de la cabina telefónica, rodeada por unos treinta centímetros de nieve.

Intentaba forzar la puerta para abrirla.

—¡Pobre Jeb! —exclamé—. Debería dejarle mi móvil... Ahora que tengo cobertura, claro.

—¿Ese es Jeb? Tienes razón... Un momento... ¿Conoces a Jeb?

—Viajaba en mi tren. Me ha dicho que venía a Gracetown. Habrá pensado recorrer el resto del camino a pie o algo por el estilo.

—Parece que lo de la llamada es una cuestión de vida o muerte —dijo Stuart y retiró la resbaladiza pegatina con forma de bastón de caramelo que había en la ventana para poder verlo mejor—. ¿Por qué no usa su móvil?

—Se le ha roto cuando nos hemos chocado.

—¿Que os habéis chocado? —repitió Stuart—. ¿Vuestro tren se ha.... chocado?

—Con la nieve de la vía, nada grave.

Stuart iba a insistir un poco más en el tema del choque del tren cuando se abrió la puerta, y entonces entraron ellas. Las catorce, gritando y chillando y seguidas por una estela de copos helados.

—¡Oh, Dios mío! —solté.

4

No hay mala situación que catorce superanimadoras no puedan empeorar.

Hicieron falta solo tres minutos para que la modesta Waffle House se convirtiera en la nueva sede del bufete de Amber, Amber, Amber y Madison. Levantaron su campamento en uno de los asientos compartimentados del rincón situado justo frente a nosotros. Un par de ellas me lanzaron una mirada en plan «¡Ah, bueno, sigues viva!» y la acompañaron de un gesto de asentimiento, pero, en su mayoría, no les interesaba nadie que no fueran ellas mismas.

Sin embargo, eso no quería decir que los demás no se interesasen en ellas.

Don-Keun se transformó en otro chico. En cuanto llegaron las chicas, desapareció en cuestión de segundos. Se oyeron unos gritos procedentes de algún punto de la cocina, y Don-Keun reapareció con el rostro radiante, con ese brillo en la mirada típico de un despertar religioso. Mirarlo resultaba cansino. Detrás de él había dos tíos más, los asombrados acólitos que seguían sus pasos con devoción.

—¿Qué desean, señoritas? —preguntó Don-Keun alegremente.

—¿Podemos practicar nuestras piruetas aquí? —preguntó Amber Uno.

Supuse que ya tenía mejor la muñeca con la que sujetaba a sus compañeras durante el salto de lanzamiento de canasta. Esas animadoras eran tías duras. Duras y tontas. ¿Quién se arriesga a ir caminando en plena tormenta de nieve hasta una Waffle House para practicar piruetas? Yo solo lo había hecho para alejarme de ellas.

—Señoritas —dijo él—, pueden hacer lo que les plazca.

A Amber Uno le gustó la respuesta.

—¿Podrías..., no sé..., fregar el suelo? ¿Solo este trozo de aquí? ¿Solo para que no se nos peguen porquerías en las manos? ¿Y podrías quedarte a ver cómo lo hacemos?

El chico estuvo a punto de romperse los tobillos solo para llegar hasta el armario de las fregonas.

Stuart había estado contemplándolo todo sin pronunciar palabra. No tenía la misma mirada devota de Don-Keun ni de sus amigos, aunque no cabía duda de que estaba pendiente de lo que ocurría. Ladeó la cabeza, como si intentara resolver un problema matemático.

—Lo que está sucediendo no es muy habitual por aquí —comentó.

—Ya —dije—. Eso parece. ¿Se puede ir a otro lugar? ¿Algún Starbucks o algo por el estilo?

Hizo una especie de mohín cuando pronuncié el nombre de Starbucks. Supuse que no era partidario de las franquicias, lo que resultaba curioso para ser un trabajador de Target.

—Está cerrado —respondió—. Está casi todo cerrado. Aunque también está el Duque y Duquesa. A lo mejor sigue abierto, pero es solo un colmado. Es Nochebuena, y con esta tormenta…

Stuart debió de percatarse de mi grado de desesperación por la forma en que empecé a golpearme la frente contra la mesa.

—Voy a volver a mi casa —dijo al tiempo que deslizaba una mano sobre la mesa hacia mí, para amortiguar los golpes que estaba dándome—. ¿Por qué no me acompañas? Al menos allí no nieva. Mi madre no me perdonaría que no te invitara.

Me lo pensé. El tren congelado y parado en el que viajaba se encontraba al otro lado de la carretera. Mi única alternativa era una Waffle House llena hasta los topes de animadoras y un tío vestido con papel de aluminio. Mis padres eran huéspedes de instituciones penitenciarias a kilómetros de distancia. Y la ventisca más intensa de los últimos cincuenta años estaba descargando justo encima de nosotros. Sí, necesitaba una escapatoria.

Con todo, era difícil desoír la voz de alerta de «Peligro, desconocido» que resonaba en mi cabeza… Sin embargo, a decir verdad, era el desconocido el que más se arriesgaba. Porque, dadas las circunstancias, esa noche la que parecía una loca de remate era yo. Ni yo misma me hubiera invitado a ir a mi casa.

—Toma —dijo—. Una pequeña prueba de identidad. Es mi tarjeta oficial de empleado de Target. No cualquiera puede trabajar en Target. Y mi carnet de conducir… No te fijes en el corte de pelo, por favor... Verás mi nombre, dirección, número de seguridad social... Está todo.

Sacó las tarjetas de la cartera para rematar la bromita. Me fijé en que llevaba una foto suya con una chica en la solapa para fotos, sin duda era una imagen de la fiesta de graduación. Eso me hizo sentir más segura. Era un chico normal y corriente, con novia y todo. Tenía incluso apellido: Weintraub.

—¿Está muy lejos? —pregunté.

—A un kilómetro de aquí más o menos —dijo, señalando la nada más absoluta: montículos blancos de nieve que podrían haber sido casas, árboles o muñecos de Godzilla de tamaño natural.

—¿Un kilómetro?

—Bueno, un kilómetro si cogemos el atajo. Por el camino largo es algo más de un kilómetro y medio. No es mucho. Yo podría haberlo hecho del tirón, pero he visto que esto estaba abierto y he parado para descansar un poco y tomar algo caliente.

—¿Estás seguro de que a tu familia no le importará?

—Mi madre me azotaría a manguerazo limpio si no ofrezco ayuda a alguien en Nochebuena.

Don-Keun limpiaba la barra con una fregona y estuvo a punto de empalarse a sí mismo en el proceso. Empezó a fregar el suelo alrededor de los pies de Amber Uno. En el exterior, Jeb había conseguido entrar en la cabina. Estaba totalmente sumido en su drama personal. Me había quedado sola.

—Vale —dije—. Te acompañaré.

No creo que nadie se percatara de que nos levantábamos y nos marchábamos, salvo Tío de Aluminio. Estaba dando la espalda a las animadoras, ignorándolas por completo, y se despidió de nosotros moviendo la cabeza mientras nos dirigíamos hacia la puerta.

—Necesitas una gorra —me indicó Stuart cuando salimos al gélido vestíbulo.

—No tengo. Iba de viaje a Florida.

—Yo tampoco tengo gorra. Pero tengo esto…

Levantó las bolsas de plástico y me hizo una demostración colocándosela en la cabeza. Se la envolvió y remetió una punta por dentro hasta que le quedó como una especie de curioso turbante puntiagudo en la coronilla. Llevar una bolsa en la cabeza era algo que Amber, Amber y Amber se habrían negado a hacer… Sentí ganas de aclarar que a mí tampoco iba a gustarme. Me la coloqué como pude.

—Deberías ponerte otras en las manos —me dijo y me pasó un par de bolsas más—. No sé qué hacer con tus piernas. Seguro que las tienes frías.

Sí que las tenía frías, pero, por algún motivo, no quería que él creyera que era incapaz de soportarlo.

—No —mentí—. Llevo medias tupidas. Y estas botas… También son gruesas. Pero sí me pondré bolsas en las manos.

Enarcó una ceja.

—¿Estás segura?

—Del todo. —No tenía ni idea de por qué estaba diciendo aquello. Creí que ser sincera habría supuesto admitir mi debilidad.

Stuart tuvo que empujar con fuerza la puerta para abrirla del todo, para combatir contra el fuerte viento y la nieve que se había acumulado en la entrada. No sabía que la nieve podía caer formando una cortina, como la lluvia. Había visto pequeños remolinos de nieve e incluso nieve que cuajaba en el suelo y llegaba a los dos e incluso cinco centímetros de grosor, pero aquella nieve se pegaba y pesaba, y los copos eran como monedas de veinticinco centavos. En cuestión de segundos, quedé calada hasta los huesos. Dudaba de la auténtica profundidad de la nieve a cada paso, y Stuart se volvió para comprobar qué tal me iba.

—¿Vas bien? —me preguntó.

Solo podía hacer dos cosas: dar media vuelta en ese preciso instante o seguir hasta el final.

Miré rápidamente hacia atrás y vi a las tres Madison haciendo una pirámide humana en el centro de la Waffle House.

—Sí —dije—. Sigamos.

5

Nos alejamos de la Waffle House por una pequeña carretera secundaria, guiándonos solo por las parpadeantes luces de posición de los coches que pasaban cada pocos segundos y dibujaban una senda amarilla de luz estroboscópica en la oscuridad. Caminábamos por el centro del asfalto, en plan apocalíptico, como los dos últimos habitantes de la Tierra. Permanecimos en silencio durante al menos quince minutos. Hablar consumía demasiada energía, y la necesitábamos para seguir adelante. Además, abrir la boca suponía que todo el aire gélido nos entraría en los pulmones.

Cada paso era un pequeño reto. El grosor de la nieve acumulada era tanto y te atrapaba de tal forma que su fuerza me tiraba de los pies hacia abajo cada vez que la pisaba. Como era de esperar, tenía las piernas tan congeladas que empecé a sentirlas calientes. Las bolsas que llevaba en la cabeza y en las manos sí que me protegían. Cuando ya habíamos adoptado un ritmo de marcha, Stuart rompió el hielo e inició una conversación.

—¿Dónde están realmente tus padres? —me preguntó.

—En la cárcel.

—Sí. Lo has dicho cuando estábamos dentro. Pero te pregunto dónde están de verdad.

—Que están en la cárcel —dije por tercera vez.

Intenté que esa vez me tomara en serio. Lo entendió bastante bien y no repitió la pregunta, aunque se tomó un rato para asimilar mi respuesta.

—¿Por qué? —dijo al final.

—Bueno…, participaron en un… altercado.

—¿Qué son, manifestantes?

—Son compradores —dije—. Participaron en un altercado en una feria comercial.

Se detuvo en seco.

—¡¿No me digas que ha sido en el altercado de la feria de Flobie en Charlotte?!

—Ahí ha sido —respondí.

—¡Oh, Dios mío! ¡Tus padres son de los cinco de Flobie!

—¿«Los cinco de Flobie»? —pregunté con voz temblorosa.

—Los cinco de Flobie han sido el temazo del día en el trabajo. Todos los clientes hablaban de ellos. Los informativos han estado poniendo imágenes del altercado todo el día…

¿Los informativos? ¿Imágenes? ¿Todo el día? Ah, sí, bien, bien, bien… Unos padres famosos, el sueño de cualquier chica.

—Todo el mundo adora a los cinco de Flobie —añadió—. Tienen montones de fans… Bueno, al menos les parecen graciosos.

Sin embargo, debió de percatarse de que a mí no me parecía tan gracioso y de que esa era la razón por la que estaba perdida en un extraño pueblo justo en Nochebuena, con bolsas de plástico en la cabeza.

—¡Ahora eres guay! —Empezó a dar grandes saltos por delante de mí—. Seguro que la CNN te entrevista. ¡La hija de Flobie! No te preocupes. ¡Yo espantaré a las cámaras!

Interpretó un teatrillo fingiendo que impedía el paso a los periodistas y daba puñetazos a los fotógrafos, y fue una coreografía complicada. Y logró animarme. Yo también empecé a interpretar mi papel, me tapé la cara con las manos como si estuvieran disparándome flashes. Seguimos así durante un rato. Fue una buena forma de desconectar de la realidad que estábamos viviendo.

—Esto es ridículo —dije al final, después de estar a punto de caerme intentando esquivar a uno de los *paparazzi* imaginarios—. Mis padres están en la cárcel. Por una casita navideña de cerámica.

—Mejor por eso que porque estuvieran traficando con crack —repuso, y volvió a situarse a mi altura—. ¿No crees?

—¿Siempre estás tan contento?

—Siempre. Es un requisito para trabajar en Target. Soy un Smiley humano.

—¡Tu novia estará encantada!

Lo dije solo para parecer inteligente y observadora. Esperaba que él dijera: «¿Cómo has sabido que tenía…?». Le habría respondido: «He visto la foto de tu cartera». Y él habría pensando que yo era como Sherlock Holmes y le habría parecido menos desquiciada que al conocerme en la Waffle House. (Algunas veces, hay que esperar un poco para recibir esa clase de gratificaciones, pero siempre compensa.)

Sin embargo, en lugar de reaccionar como yo esperaba, volvió la cabeza con brusquedad hacia mí, parpadeó y siguió caminando con paso firme y dando grandes zancadas. Se acabó la diversión. Se puso serio de golpe.

—No queda mucho. Pero en este punto hay que tomar una decisión. Desde aquí, podemos continuar por dos caminos. El que sigue por aquí mismo, por el que tardaremos unos cuarenta y cinco minutos yendo a este paso. O el atajo.

—Vamos por el atajo —respondí enseguida—. Evidentemente.

—Es por aquí, el camino más corto, porque esta carretera da toda la vuelta y el atajo va en línea recta. Si fuera solo, lo cogería sin pensarlo, y hasta hace media hora esa era mi situación...

—El atajo —repetí.

En plena tormenta, con la nieve y el viento azotándome la cara y haciendo que me ardiera la piel y la cabeza y las manos envueltas en bolsas de plástico, no necesitaba mucha más información. Fuera como fuese ese atajo, no podía ser mucho peor que lo que ya estábamos haciendo. Y si Stuart ya había pensado en ir por allí antes, no había razón para que no hiciera lo propio conmigo.

—Vale —dijo Stuart—. Básicamente, el atajo nos lleva por detrás de esas casas. Mi casa está justo ahí, a unos ciento ochenta metros. Creo. Más o menos.

Dejamos las luces amarillas parpadeantes de la carretera y atajamos por una senda totalmente a oscuras que discurría entre unas casas. Mientras avanzábamos, saqué el móvil del bolsillo para ver si tenía alguna llamada perdida. No tenía ninguna llamada de Noah. Intenté hacerlo con disimulo, pero Stuart me vio.

—¿Ninguna llamada? —me preguntó.

—Aún no. Debe de seguir ocupado.

—¿Sabe lo de tus padres?

—Sí que lo sabe —dije—. Se lo cuento todo.

—¿Y lo hacéis los dos? —me preguntó.

—¿Cómo que si lo hacemos los dos?

—Has dicho que tú le cuentas todo —respondió—. No has dicho que los dos os lo contéis todo.

¿Qué clase de pregunta era esa?

—Pues claro —contesté enseguida.

—¿Cómo es, a parte de ser «parcialmente sueco»?

—Es inteligente —aseguré—. Pero no es pedante. No es de esos que siempre tienen que estar diciéndote su nota media, o que te dan pistas veladas sobre el puesto que ocupan en la lista de calificaciones de su clase. En él resulta natural. No necesita matarse a estudiar para sacar buenas notas, y no le importan tanto. Pero saca buenas notas. Muy buenas. Juega al fútbol. Participa en los concursos de matemáticas. Y es muy popular.

Lo juro, le solté ese rollo. Lo reconozco, fue como si intentara vender a Noah. Y sí, Stuart volvió a poner su cara de: «Estoy intentando no reírme de ti». Pero ¿cómo se suponía que debía responder a su pregunta? Todas las personas a las que yo conocía también conocían a Noah. Sabían quién era, lo que simbolizaba. No estaba acostumbrada a explicar cómo era.

—Impresionante currículum —dijo él, aunque no parecía para nada impresionado—. Pero ¿cómo es?

¡Oh, Dios! Habíamos entrado en un bucle.

—Es como... Como acabo de decirte.

—Tiene mucha personalidad. ¿Es poeta en la intimidad o algo así? ¿Baila en su habitación cuando cree que nadie lo mira? ¿Es divertido, como tú? ¿Cómo es en esencia?

Estaba segura de que Stuart intentaba tomarme el pelo con aquello de la «esencia». Aunque algo de lo que había dicho me había gustado, lo de si Noah era divertido, como yo. Eso había estado bien.

La respuesta era que no. Noah era muchas cosas, pero para nada divertido. En términos generales, se divertía mucho conmigo, aunque, como ya sabréis a estas alturas, a veces me resulta muy difícil permanecer callada.

En esas ocasiones, él ponía cara de cansancio.

—Intenso —dije—. En esencia es intenso.

—¿Intenso en plan positivo?

—¿Saldría con él si no fuera así? ¿Queda mucho?

Stuart por fin captó el mensaje y cerró el pico. Seguimos caminando en silencio hasta que llegamos a un espacio vacío con solo un par de árboles. A lo lejos, en lo alto de una cuesta, había más casas. Vislumbré el brillo lejano de unas luces de Navidad.

La nieve caía con tanta fuerza que todo se veía borroso. La lluvia de copos me habría parecido bonita de no haber sido porque se clavaban como agujas en la piel. Tenía las manos tan congeladas que habían sobrepasado el límite del frío y las notaba casi calientes. Las piernas no iban a sostenerme mucho más.

Stuart alargó un brazo y me obligó a parar.

—Verás —dijo—. Tengo que explicarte algo. Vamos a cruzar un pequeño riachuelo. Está congelado. Antes he visto a gente patinando por la superficie.

—¿Qué profundidad tiene?

—No es muy profundo. Un metro y medio, más o menos.

—¿Dónde está?

—En algún punto justo delante de nosotros —dijo.

Miré hacia el horizonte, totalmente teñido de blanco. En algún punto había una pequeña cuenca de agua, oculta bajo la nieve.

—Podemos retroceder —sugirió.

—¿Tú ibas a ir por ese camino sí o sí? —le pregunté.

—Sí, pero no tienes que demostrarme nada.

—Ya lo sé —respondí intentando parecer más segura de lo que me sentía—. Entonces ¿seguimos caminando y ya está?

—Ese es el plan.

Y eso fue lo que hicimos. Supimos que habíamos llegado al riachuelo cuando la capa de nieve se hizo más fina. Notamos que la superficie se volvía resbaladiza en comparación con la solidez y la resistencia que habíamos percibido hasta entonces al pisar el suelo.

Fue el momento en que Stuart decidió retomar la conversación.

—Esos tíos de la Waffle House tienen mucha suerte. Están a punto de pasar la mejor noche de su vida —dijo.

Percibí cierta provocación en su tono, como si quisiera picarme. Yo no debería haber mordido el anzuelo, pero sí lo hice, por supuesto.

—¡Dios! —exclamé—. ¿Por qué los tíos sois tan simples?

—¿En qué sentido? —preguntó y me miró de soslayo, siguiendo con su jueguecito.

—Has dicho que tienen mucha suerte.

—Porque están atrapados en una cafetería con una docena de animadoras, ¿eso no es tener suerte?

—¿A qué viene esa fantasía tan arrogante? —solté, con más brusquedad de la que pretendía—. ¿De verdad los tíos creen que, por ser los únicos machos del lugar, las chicas se les echarán encima? ¿Como si solo pensáramos en encontrar machos supervivientes y montarnos una orgía con ellos?

—¿No es eso lo que suele ocurrir? —preguntó.

No me molesté en dignificar su comentario con una respuesta.

—Pero ¿qué problema hay con las animadoras? —preguntó, y parecía encantado de haber logrado provocarme—. Yo no digo que solo me gusten las animadoras. Lo que digo es que no tengo prejuicios contra ellas.

—No se trata de tener prejuicios —repliqué con firmeza.

—Ah, ¿no? Entonces ¿de qué se trata?

—Es por lo que representan las animadoras —afirmé—. Son esas chicas situadas en la banda, con sus minifaldas, diciendo a los chicos que son geniales. Elegidas solo porque son guapas.

—No sé… —dijo él en plan burlón—. Juzgar a grupos de personas a las que no conoces, dar cosas por supuestas, hablar sobre si son guapas o no… A mí sí que me parece una cuestión de prejuicios, pero…

—¡Yo no tengo prejuicios! —espeté, incapaz de controlar mi reacción airada.

En ese momento nos envolvía la oscuridad. El cielo estaba brumoso y tenía un tono rosa grisáceo. A nuestro alrededor solo se veían las siluetas de unos árboles enclenques y pelados, como manos huesudas que emergían del suelo. Sobre el terreno blanco e infinito que teníamos a nuestros pies se levantaba un remolino de copos de nieve, el ulular solitario del viento lo recorría todo y las sombras de las casas se proyectaban sobre el suelo.

—Verás —dijo Stuart, resistiéndose a dejar aquel molesto jueguecito—, ¿cómo sabes que en su tiempo libre no son voluntarias del servicio de emergencias? A lo mejor se dedican a rescatar gatitos o se encargan de la gestión de algún banco de alimentos…

—Porque sé que no lo hacen —repuse, y lo adelanté. Al hacerlo, resbalé, pero logré enderezarme—. En su tiempo libre van a hacerse la cera.

—¡Eso no lo sabes! —me gritó desde atrás.

—Es algo que no tendría que explicarle a Noah —dije—. Él lo entendería enseguida.

—¿Sabes? —contestó Stuart con tono envidioso—, con todo lo maravilloso que dices que es ese tal Noah, ahora mismo no me impresiona demasiado.

Ya había tenido bastante. Me volví y empecé a desandar el camino, dando pasos firmes y decididos.

—¿Adónde vas? —me preguntó—. ¡Oh, venga ya!

Él intentó quitarle hierro al asunto, pero yo me había hartado. Pisaba con fuerza para no perder el equilibrio.

—¡El camino de regreso es demasiado largo! —Salió corriendo para alcanzarme—. No te vayas. En serio.

—Lo siento —respondí, como si en realidad no me importara mucho—. Es que creo que sería mejor si…

Se oyó un ruido. Un ruido nuevo, distinto del ulular del viento, de los chapoteos de los pasos sobre el suelo húmedo, de las pisadas en la nieve y del hielo. Era como un chisporroteo, como el crepitar de un tronco ardiendo, lo que, teniendo en cuenta el frío, resultaba del todo irónico. Ambos frenamos en seco. Stuart me lanzó una mirada de alarma.

—No te muev…

Entonces la superficie sobre la que nos encontrábamos se hundió.

6

A lo mejor nunca os habéis caído a un riachuelo helado. Esto es lo que ocurre:

1. Está frío. Tan frío que el Departamento de Medición y Regulación de Temperaturas de tu cerebro realiza sus cálculos y anuncia: «No puedo enfrentarme a esto. Yo me largo». Saca el cartel de «He salido a comer» y le pasa la pelota al...
2. Departamento del Dolor y Procesamiento del Mismo, que recibe el galimatías que el Departamento de Medición de Temperaturas no logra procesar. «Este no es nuestro trabajo», dice. Empieza a presionar botones al azar, y eso te provoca toda una serie de extrañas y desagradables sensaciones, y llama a la...
3. Oficina de Confusión y Pánico, donde siempre hay alguien dispuesto a levantar el teléfono en cuanto suena. Esta oficina siempre está lista para entrar en acción, y es decir poco. A la Oficina de Confusión y Pánico le encanta presionar botones.

Por eso, durante unas milésimas de segundo, Stuart y yo fuimos incapaces de reaccionar a causa de todo aquel jaleo burocrático que se desarrollaba en nuestras cabezas.

Cuando nos recuperamos un poco, empecé a asimilar qué me estaba ocurriendo. La buena noticia era que solo estábamos hundidos hasta el pecho. Bueno, al menos yo. El agua me llegaba justo hasta los senos. A Stuart le llegaba algo por encima del ombligo. La mala noticia era que habíamos caído a un agujero en el hielo, y es difícil salir de un lugar así cuando uno está prácticamente paralizado por el frío. Ambos intentamos salir, pero el hielo se resquebrajaba cada vez que ejercíamos presión sobre él.

Como una reacción automática, nos abrazamos.

—Vale —dijo Stuart sin parar de temblar—. Ha… hace… muuu… mucho frío. Esto va mal.

—¡¿No?! ¡¿Me lo dices o me lo cuentas?! —grité. Aunque no tenía el aire suficiente en los pulmones para llegar a gritar, así que me salió una especie de bisbiseo tembloroso.

—Debería… Deberíamos… Romp… Romperlo.

Esa idea también se me había ocurrido, aunque resultaba reconfortante oírlo decir en voz alta.

Ambos empezamos a romper el hielo con los brazos rígidos, avanzando como si fuéramos robots, hasta que llegamos a la capa más gruesa. Allí, el cauce era menos profundo, aunque no mucho más.

—Te levantaré con una mano —dijo Stuart—. Sube.

Cuando intenté mover la pierna, la extremidad se negó a reaccionar. Tenía las piernas tan entumecidas por la congelación que ya no me respondían. Cuando conseguí moverlas, Stuart tenía las manos demasiado congeladas para aguantarme. Tuve que intentarlo un par de veces, pero al final logré apoyar un pie.

Por supuesto, en cuanto me levanté descubrí que el hielo resbala, resbala de verdad y que, por tanto, es muy difícil no caerse, sobre todo cuando tienes las manos cubiertas con bolsas de plástico. Conseguí volverme y ayudar a salir a Stuart, que cayó en plancha sobre la superficie helada.

Estábamos fuera. Y estar fuera era muchísimo peor que estar dentro, aunque pueda parecer extraño.

—No... no... no está... lejos —dijo.

Resultaba difícil entenderlo. Me temblaban hasta los pulmones. Me cogió de una mano y tiró de mí hacia su casa, que estaba justo al final de la cuesta. Si no hubiera tirado de mí, no habría conseguido llegar hasta arriba.

Jamás, jamás he sentido más felicidad al ver una casa. Estaba totalmente rodeada por un leve fulgor verde, moteado por pequeños puntitos de color rojo. La puerta trasera estaba abierta, y nos adentramos en el paraíso. No era porque se tratase de la casa más maravillosa en la que hubiera estado jamás; era una vivienda sencilla, con un aroma cálido y delicado, a pavo asado, galletas recién horneadas y a árbol de Navidad.

Stuart no dejó de tirar de mí hasta que llegamos a una puerta, tras la cual había un baño con plato de ducha y mampara de cristal.

—Adelante —indicó, y me obligó a entrar—. Dúchate. Ya. Con agua caliente.

La puerta se cerró de golpe y lo oí salir corriendo. Me quité toda la ropa enseguida y avancé tambaleante hacia el asidero de la mampara. La ropa me pesaba muchísimo, pues estaba empapada de agua, nieve y barro.

Me quedé bajo la ducha durante largo rato, apoyada a duras penas contra la pared, mientras el baño se inundaba de vapor. El agua cambió de temperatura una o dos veces, seguramente porque Stuart también estaba dándose una ducha en algún otro lugar de la casa.

Solo cerré el grifo cuando empecé a sentir frío. Al emerger de entre la espesa bruma de vapor, vi que mi ropa ya no estaba. Alguien se la había llevado del baño sin que yo lo viera. En su lugar había dos toallas enormes, un pantalón de chándal, una sudadera, calcetines y pantuflas. La ropa era de chico, salvo los calcetines y las pantuflas. Los calcetines eran gruesos y rosa, y las pantuflas eran unas botitas con forro blanco, muy desgastadas.

Agarré la prenda más próxima, que era la sudadera, y me la puse a la altura del torso desnudo, aunque tenía claro que no había nadie más en el baño. Pero sí había entrado alguien. Alguien había estado merodeando por allí, toqueteando mi ropa y sustituyéndola por otra limpia y seca. ¿Habría entrado Stuart mientras estaba duchándome? ¿Me habría visto como mi madre me trajo al mundo? ¿De verdad me importaba a esas alturas?

Me vestí a todo correr, y me lo puse todo. Entreabrí la puerta, se oyó un chirrido y eché un vistazo furtivo al exterior. La cocina parecía vacía. Abrí un poco más la puerta y de pronto apareció una mujer como salida de la nada. Tenía edad de ser madre, llevaba el pelo rizado y rubio teñido, con el aspecto quemado que da el tinte casero. Vestía una sudadera de dos koalas con gorros de Papá Noel fundidos en un abrazo. En realidad, lo único que me importaba de ella era que sujetaba una taza humeante entre las manos y que estaba ofreciéndomela.

—¡Pobrecilla! —exclamó. Hablaba en voz muy alta, era la típica persona a la que puedes oír desde la otra punta de un aparcamiento—. Stuart está arriba. Soy su madre.

Acepté la taza. Podría haber contenido veneno caliente, pero me lo habría bebido de todas formas.

—¡Pobrecilla! —repitió—. Tranquila. Conseguiremos que vuelvas a entrar en calor. Siento no haber encontrado nada que te sentara mejor. Es toda ropa de Stuart, es la única ropa limpia de tu talla que he encontrado en el cuarto de la lavadora. He puesto la tuya a lavar, y tus zapatos y el abrigo están secándose encima del radiador. Si quieres llamar a alguien, usa el teléfono de casa. No te preocupes si es una llamada de larga distancia.

Así fue como conocí a la madre de Stuart («Llámame Debbie»). La conocía hacía solo veinte segundos, y ella ya había visto mi ropa interior y estaba ofreciéndome la ropa de su hijo. Enseguida me hizo sentar a la mesa de la cocina y empezó a sacar de la nevera infinidad de platos de comida envueltos en papel celofán.

—Hemos celebrado la cena de Nochebuena mientras Stuart estaba en el trabajo, pero he preparado muchas cosas, ¡un montón! ¡A comer!

En efecto, había mucha comida: pavo y puré de patatas, salsa para la carne, relleno… No faltaba nada. La madre de Stuart lo sacó todo, insistió en servirme un plato abundante y me puso una taza de caldo caliente con fideos de acompañamiento. Dadas las circunstancias, yo tenía hambre, tal vez no hubiera estado tan hambrienta en toda mi vida.

Stuart reapareció por la puerta. Como yo, llevaba una ropa muy cálida. Un pijama con botones de franela y un jersey de punto que estaba dado de sí. No sé… quizá fuera la sensación de gratitud, la felicidad que sentía por seguir viva o el hecho de que ya no llevara una bolsa en la cabeza… Pero me pareció que estaba guapo. Y cualquier cosa de él que antes me hubiera fastidiado había desaparecido.

—¿Te encargarás de prepararlo todo para que Julie se quede a dormir? —preguntó su madre—. Acuérdate de apagar las luces del árbol para que no la despierten.

—Lo siento… —me disculpé. En ese momento fui consciente de que me había colado en sus vidas justo en Navidad.

—¡No te disculpes! ¡Me alegro de que hayas tenido el buen juicio de venir! Nosotros te cuidaremos. Asegúrate de que tiene mantas suficientes, Stuart.

—Tendrá mantas —le aseguró él.

—Ahora necesita una. Mírala. Está helada. Y tú también. Ven a sentarte.

Salió disparada hacia el comedor. Stuart enarcó las cejas, como diciendo: «Paciencia. Hay para rato». Su madre regresó con dos mantas de forro polar. A mí me envolvió con una azul marino. Me fajó con ella, como si fuera un recién nacido, de forma tan prieta que me costaba mover los brazos.

—Necesitas más chocolate caliente —señaló—. ¿O té? Tenemos de todas las clases.

—Ya me encargo yo, mamá —dijo Stuart.

—¿Más sopa? Tómate la sopa. Es casera. Además, la sopa de pollo es como penicilina natural. Después del frío que habéis pasado los dos…

—Ya me encargo yo, mamá.

Debbie me quitó la taza de sopa medio vacía, volvió a llenármela hasta arriba y la metió en el microondas.

—Asegúrate de decirle dónde está todo, Stuart. Si necesitas algo durante la noche, lo coges. Siéntete como en casa. Ahora eres una de los nuestros, Julie.

Agradecía su hospitalidad, aunque me pareció una forma un tanto curiosa de expresarla.

7

Stuart y yo pasamos largo rato en silencio mientras nos llenábamos el gaznate, disfrutando de lo lindo, una vez que Debbie se hubo marchado. Aunque tenía la sensación de que, en realidad, no se había ido, o yo no había oído que lo hiciera, en cualquier caso. Me parece que Stuart tenía la misma sensación, porque no paraba de volverse para mirar.

—Esta sopa está realmente rica —dije, porque me parecía un buen comentario para que ella lo oyera si estaba espiándonos—. Nunca había probado nada igual. Es por estas bolas…

—Seguramente no eres judía, por eso te parece tan rica —respondió él, se levantó y cerró la puerta en forma de acordeón de la cocina—. Son bolas de matzá.

—¿Eres judío?

Stuart levantó un dedo, para indicarme que debía esperar. Sacudió un poco la puerta, y se oyeron un par de pisadas rápidas que hicieron crujir el suelo, como si alguien subiera las escaleras a hurtadillas.

—Lo siento —dijo—. Me ha parecido que teníamos compañía. A lo mejor eran los ratones. Sí, mi madre es judía, así que, técnicamente, yo también lo soy. Pero tiene un rollo raro con la Navidad. Creo que lo hace para encajar. Aunque se le va un poco la mano.

La cocina estaba decorada al más puro estilo navideño, no faltaba detalle. Los trapos de cocina, el cobertor de la tostadora, los imanes de la nevera, las cortinas, el mantel, el centro de mesa… Cuanto más miraba, más navideño parecía todo.

—¿Te has fijado en la ramita de acebo luminosa de la entrada? —me preguntó Stuart—. Si seguimos así, nuestra casa no saldrá nunca en la portada de *Judíos sureños*.

—Entonces ¿por qué…?

Se encogió de hombros.

—Porque es lo que hace todo el mundo —contestó al tiempo que se servía otra loncha de pavo asado, la enrollaba y se la embutía en la boca—. En especial por aquí. No estamos en lo que se denominaría una floreciente comunidad judía exactamente. En las clase de hebreo de mi colegio éramos solo una chica y yo.

—¿Tu novia?

Su rostro se demudó. Le afloraron unas arrugas fugaces en la frente y frunció los labios en un gesto que percibí como sonrisa contenida.

—Solo porque seamos dos en todo el pueblo no significa que tengamos que estar juntos —puntualizó—. Las cosas no funcionan en plan: «Mira, ¡dos judíos!, ¡que bailen juntos!». No, no es mi novia.

—Lo siento —me disculpé enseguida.

Era la segunda vez que mencionaba a su novia para intentar presumir de mis dotes de observadora y, una vez más, él había desviado la conservación hacia otro tema. Hasta ahí habíamos llegado. No seguiría insistiendo. Resultaba evidente que él no quería hablar de ella. Lo que me extrañó un poco, porque parecía el típico que habría estado contando cosas sobre su novia durante al menos siete horas. No sé… Me transmitía esa sensación.

—No pasa nada. —Fue a coger más pavo con cara de haber olvidado ya lo tonta que podía ser a veces—. Yo suelo pensar que a la gente le gusta tenernos por aquí. Como si fuéramos un complemento para el vecindario. «Tenemos un parque, una sistema eficiente de reciclaje y dos familias judías.» En ese plan, ¿me explico?

—Pero ¿no es un poco raro? —pregunté al tiempo que cogía el salero con forma de muñeco de nieve—. ¿Y toda esta decoración navideña?

—Puede que sí. Pero es una fiesta importante, ¿sabes? En general parece todo tan falso que no pasa nada. La verdad es que a mi madre le gusta celebrarlo todo. Nuestros parientes de otros lugares piensan que es raro que tengamos el árbol, pero los árboles son bonitos. Un árbol no es precisamente religioso.

—Es verdad —dije—. ¿Qué opina tu padre?

—No tengo ni idea. No vive aquí.

Stuart no se incomodó al comentarlo. Aunque volvió a tamborilear con los dedos sobre la mesa para ignorar el tema y se levantó.

—Voy a prepararlo todo para que te quedes a dormir. Enseguida vuelvo.

Me levanté con intención de echar un vistazo. Había no uno, sino dos árboles de Navidad: uno pequeño en el ventanal del salón y otro gigantesco, que fácilmente podía llegar a los dos metros y medio, en un rincón. Se combaba un poco por el peso de la gran cantidad de adornos artesanales, las numerosas tiras de luces y unas diez cajas de espumillón plateado.

En el comedor había un piano cubierto de partituras abiertas, algunas con anotaciones escritas a lápiz. Yo no toco ningún instrumento, y toda la música me parece complicada, pero esa me pareció más compleja de lo normal. En esa casa había un pianista experto. Aquel no era un piano de adorno.

Sin embargo, lo que de verdad me llamó la atención fue lo que había encima del piano. Era de unas dimensiones mucho más reducidas que el nuestro, con un despliegue técnico mucho menos complejo, pero sí, se trataba de un pueblo en miniatura de Flobie, rodeado por un cerco de guirnaldas.

—Seguro que sabes qué es eso —dijo Stuart mientras bajaba por las escaleras con una carga impresionante de mantas y almohadas, que dejó encima del sofá.

Por supuesto que lo sabía. Tenían cinco figuras: la cafetería Merry Men, la tienda de golosinas, el colmado Festive Frank's, la Elfatería y el puestecillo de helados.

—Supongo que vosotros tenéis muchas más figuras —añadió.

—Tenemos sesenta y cinco figuras.

Emitió un silbido impresionado y se acercó para darle al interruptor de la electricidad y poner en marcha los mecanismos. A diferencia de nosotros, ellos no contaban con un sofisticado sistema para encender todas las casitas al mismo tiempo. Tuvo que dar al botón de cada figura para que fueran cobrando vida.

—Mi madre cree que valen algo —dijo—. Las trata como si fueran verdaderos tesoros.

—Todos piensan lo mismo —comenté con tono comprensivo.

Me quedé contemplando las figuras con ojo experto. No suelo presumir de ello, pero en realidad sé mucho sobre el pueblo en miniatura de Flobie, por razones evidentes. Me movería como pez en el agua en cualquier feria especializada.

—Bueno —señalé la cafetería Merry Men—, esta sí que vale algo. Mira, es de ladrillo y tiene los alféizares verdes. Es una pieza de primera generación. Las del segundo año tenían los alféizares negros.

La levanté con delicadeza y la miré por debajo.

—No es una pieza numerada —dije estudiando la base—. Aun así, cualquier pieza de primera generación con alguna particularidad tiene algún valor. Además, hace ya cinco años que retiraron la cafetería Merry Men, y eso aumenta su interés. Por esta podían darte unos cuatrocientos dólares, aunque parece que tenga rota la chimenea y esté pegada con pegamento.

—¡Ah, sí! Fue mi hermana.

—¿Tienes una hermana?

—Rachel —dijo Stuart—. Tiene cinco años. Tranquila. Ya la conocerás. Por cierto, todo eso que acabas de decir ha sido alucinante.

—No creo que «alucinante» sea la mejor palabra para describirlo, yo creo que es más bien patético.

Volvió a apagar las casas.

—¿Quién toca el piano? —le pregunté.

—Yo. Es el talento que tengo. Supongo que todos tenemos alguno. —Stuart hizo una mueca ridícula que me hizo reír.

—No deberías tomártelo a risa —contesté—. A las universidades les encanta la gente con habilidades musicales.

¡Dios, soné tan…! Tan como uno de esos jóvenes cuya única motivación para hacer cosas es que las universidades los acepten. Me impactó caer en la cuenta de que era una frase pronunciada por Noah. Jamás me había parecido tan reprochable.

—Lo siento —dije—. Es que estoy cansada.

Hizo un gesto con la mano para quitar importancia a mi comentario, como si no hiciera falta ninguna explicación ni disculpa.

—Las madres hacen lo mismo —dijo—. Y los vecinos. Soy como el mono de feria del vecindario. Por suerte, también me gusta tocar, por eso no me importa. Bueno… Estas sábanas y almohadas son para ti y…

—Así está bien —contesté—. Está todo de maravilla. Sois muy amables invitándome a quedarme a dormir.

—Como ya he dicho, no hay problema. —Se volvió para marcharse, pero se detuvo a mitad de camino—. Oye, siento haber sido un capullo antes, cuando veníamos hacia aquí. Es que estaba…

—… caminando en plena tormenta de nieve —terminé—. Ya lo sé. Hacía frío, y estábamos de mal humor. No te preocupes. Yo también lo siento. Y gracias.

Puso cara de estar a punto de decir algo más, pero se limitó a asentir con la cabeza y siguió subiendo las escaleras. Lo oí llegar arriba, aunque volvió a bajar corriendo un par de escalones. Se asomó por la parte más alta de la barandilla.

—Feliz Navidad —añadió antes de esfumarse.

Al oírlo, caí en la cuenta de mi situación y se me humedecieron los ojos. Echaba de menos a mi familia. Echaba de menos a Noah. Echaba de menos mi hogar. Esas personas estaban haciendo todo lo posible para hacerme sentir bien, pero no eran mi familia. Stuart no era mi novio. Me quedé allí tumbada un buen rato, dando vueltas en el sofá, oyendo los ronquidos de un perro (o al menos eso creí), procedentes de algún lugar del piso de arriba, viendo cómo pasaban dos horas en el reloj con su ruidoso tictac.

Ya no lo soportaba más.

Me había dejado el móvil en el bolsillo del abrigo, por lo que fui a ver dónde habían metido mi ropa. La encontré en el cuarto de la lavadora. Habían colgado el abrigo justo encima de un radiador. Por lo visto, a mi móvil no le había sentado muy bien ser sumergido en agua helada. La pantalla estaba en blanco. Con razón no había tenido noticias de Noah.

Había un teléfono fijo en la encimera de la cocina. Salí en silencio del comedor, lo saqué de la base y marqué el número de Noah. Sonó cuatro veces antes de que lo cogiera. Parecía muy confundido cuando por fin contestó. Hablaba con voz ronca y cansada.

—Soy yo —susurré.

—¿Lee? —dijo—. ¿Qué hora es?

—Son las tres de la madrugada —respondí—. No me has devuelto la llamada.

Oí un montón de carraspeos y ruido de movimientos torpes mientras intentaba aclararse las ideas.

—Lo siento. He estado ocupado toda la noche. Ya sabes cómo se pone mi madre con lo del Smörgåsbord. ¿Podemos hablar mañana? Te llamaré en cuanto hayamos terminado de abrir los regalos.

Me quedé callada. Había sobrevivido a la tormenta más importante del año —desde hacía mucho tiempo—, me había caído a un riachuelo helado y mis padres estaban en la cárcel… ¿Y aun así Noah no era capaz de hablar conmigo?

Sin embargo, había tenido una noche larga, y me parecía una pérdida de tiempo contarle mi historia si estaba medio dormido. No es fácil demostrar empatía con el otro cuando acaban de despertarte, y yo necesitaba a Noah al cien por cien.

—Claro —dije—. Mañana.

Volví a guarecerme bajo mi montón de mantas y almohadas. Desprendían un fuerte olor que no me resultaba familiar. No era un mal olor, solo un detergente muy perfumado que nunca había olido.

Algunas veces no entendía a Noah. Algunas veces me daba la sensación de que salir conmigo formaba parte de su plan, como si hubiera una especie de lista en la solicitud de la universidad, y una de las casillas que debía completar fuera la de: «¿Tienes una novia razonablemente inteligente que comparta tus aspiraciones y que esté dispuesta a aceptar tu disponibilidad limitada? ¿Una novia que sepa escucharte hablar sobre tus logros durante varias horas seguidas?».

Dejé de pensar en ello, convencida de que era fruto de mi desconcierto por la situación. Me encontraba en un lugar desconocido y lejos de mi familia. Me atormentaba que hubiesen detenido a mis padres en un altercado por las casas de cerámica. Si dormía un poco, el cerebro volvería a funcionarme con normalidad. Cerré los ojos y vi que el mundo se cubría de remolinos de nieve. Me sentí mareada durante un instante, me entraron náuseas, pero al final me quedé profundamente dormida, y soñé con bocadillos de gofres y animadoras haciendo el espagat sobre las mesas.

8

Mi despertador fue una niña de cinco años saltando sobre mi estómago. Abrí los ojos de golpe debido a la fuerza del impacto.

—¿Quién eres? —preguntó, emocionada—. ¡Yo soy Rachel!

—¡Rachel! ¡Deja de saltar sobre ella! ¡Está durmiendo!

Era la voz de la madre de Stuart.

Rachel era una Stuart en miniatura, pecosa, con un pelo increíblemente revuelto, de recién levantada, y una sonrisa amplísima. Olía a cereales Cheerios y necesitaba darse un buen baño. Debbie también estaba allí, con una taza de café en la mano mientras encendía el pueblo de Flobie. Stuart apareció procedente de la cocina.

Odio levantarme con la sensación de que la gente ha estado dando vueltas a mi alrededor mientras yo dormía. Por desgracia, me ocurre bastante a menudo. Duermo como un lirón. Una vez seguí durmiendo a pesar de que había saltado una alarma antiincendios. Estuve tres horas dormida. Sin salir de mi habitación.

—Vamos a retrasar la apertura de regalos —dijo Debbie—. ¡Desayunaremos juntos y charlaremos un poco!

Estaba claro que lo hacían por no disgustarme, porque no tenían ningún regalo para mí. Rachel arrugó la cara, como una fruta mustia. Stuart miró a su madre, como preguntándole si de verdad creía que era una buena idea.

—Pero Rachel sí podrá abrir los suyos —añadió ella enseguida.

Es increíble lo rápido que cambia el humor de los niños. La pequeña pasó de la profunda amargura al éxtasis en lo que dura un estornudo.

—No —dije—. Vosotros también deberíais abrir los vuestros.

Debbie negó con la cabeza, decidida y sonriendo.

—Stuart y yo podemos esperar. ¿Por qué no vas a prepararte para el desayuno?

Me escabullí al baño con la cabeza gacha, para intentar darme unos cuantos retoques matutinos. Tenía pelos de aspirante a payasa y la piel irritada y pelada. Hice lo que pude con el agua fría y los jaboncitos de manos decorativos, es decir, no obtuve grandes resultados.

—¿Quieres llamar a tu familia? —me preguntó Debbie cuando salí del baño—. ¿Para desearles felices fiestas?

Automáticamente miré a Stuart para que me echara un cable.

—Eso será un poco difícil —dijo—. Sus padres estaban entre los cinco de Flobie.

Se acabó lo de mantenerlo en secreto. Aunque Debbie no pareció escandalizarse. En lugar de eso, se le iluminó la mirada, como si acabara de conocer a un famoso.

—¿Tus padres estuvieron implicados en lo de Flobie? —preguntó—. ¡Oh, Dios mío!, ¿por qué no me lo habías contado? Me encanta el pueblo navideño en miniatura de Flobie. Meterlos en la cárcel ha sido una verdadera estupidez. ¡Los cinco de Flobie! ¡Oh, estoy segura de que los dejarán hablar con su hija por teléfono! ¡En Navidad! Pero ¡si no han matado a nadie!

Stuart me miró con complicidad, como diciendo: «Te lo dije».

—Ni siquiera sé en qué cárcel están —aclaré. Me sentí culpable en cuanto lo dije. Mis padres estaban en una celda, y yo no sabía ni dónde se encontraba la cárcel.

—Bueno, eso es bastante fácil de averiguar. Stuart, conéctate a internet y averigua en qué cárcel están. Tienen que decirlo en las noticias.

Stuart ya había salido de la habitación y afirmó que estaba en ello.

—Stuart es un mago con este tipo de cosas —comentó su madre.

—¿Con qué tipo de cosas?

—¡Oh, es capaz de encontrar cualquier cosa en la red!

Debbie era una de esas madres que todavía no ha entendido que el uso de internet no tiene nada que ver con la magia y que todos somos capaces de encontrar cualquier cosa en la red. Reprimí el comentario, no es deseable hacer que los demás sientan que no han visto algo tan evidente, aunque sea la verdad.

Stuart regresó con la información, y Debbie hizo la llamada.

—Conseguiré que te dejen hablar con tus padres —dijo, tapando el auricular con una mano—. Esa gente no tiene ni idea de lo insistente que puedo... ¡Ah!, ¿oiga?

Le pusieron unos cuantos obstáculos, pero Debbie logró superarlos. Sam se habría quedado impresionado.

Me pasó el teléfono y se marchó a la cocina, muy sonriente. Stuart cogió a Rachel en brazos, aunque ella se retorció para que la soltara, y la sacó también de allí.

—¿Jubilee? —dijo mi madre—. ¡Cielo! ¿Estás bien? ¿Acabas de llegar a Florida? ¿Cómo están los abuelos? ¡Oh, cielo…!

—No estoy en Florida. El tren no ha llegado a su destino. Estoy en Gracetown.

—¿Gracetown? —repitió—. ¿Solo has llegado hasta allí? ¡Oh, Jubilee…! ¿Dónde estás? ¿Estás bien? ¿Todavía estás en el tren?

No me apetecía mucho contarle todo lo ocurrido las últimas veinticuatro horas, así que le hice un resumen.

—El tren no pudo seguir —dije—. Tuvimos que bajar. Conocí a unas personas. Y me he quedado en su casa.

—¿«Unas personas»? —lo preguntó con su tono agudo de preocupación, como si sospechara que esas «personas» pudieran ser traficantes de drogas o pervertidos—. ¿Qué clase de personas?

—Buenas personas, mamá. Una madre y sus dos hijos. Tienen un pueblo en miniatura de Flobie. No tan grande como el nuestro, aunque tienen algunas de nuestras figuras. Y tienen la tienda de golosinas, con todos los complementos. Y la pastelería de galletas de jengibre. Tienen incluso una cafetería Merry Men de primera generación.

—¡Ah! —Suspiró con cierto alivio.

Mis padres creen que hay que tener cierta catadura moral para llegar a ser uno de los miembros del club de compradores de miniaturas de Flobie. Los repudiados por la sociedad no invierten tiempo en montar con todo su cariño la exposición de hombrecitos de jengibre en la vitrina de la pastelería. Y eso que a otros podría parecerles un claro síntoma de chaladura. No obstante, supongo que la locura de algunos es sensatez para otros. Además, demostré una gran astucia al describir a Stuart como uno de los dos hijos de la señora, en lugar de decir que era un chico al que había conocido en la Waffle House y que llevaba bolsas de plástico en la cabeza.

—¿Sigues ahí? —me preguntó mi madre—. ¿Qué ha pasado con el tren?

—Creo que sigue parado. Anoche quedó atrapado por un banco de nieve, y tuvieron que cortar la electricidad y la calefacción. Por eso bajamos.

Una vez más, demostré gran astucia al hablar en plural en lugar de decir que había bajado sola y que había cruzado una autovía de seis carriles en plena ventisca. Además, no era mentira. Jeb, las Amber y las Madison habían hecho el mismo recorrido, aunque después de que yo les hubiera abierto el camino. Los adolescentes de dieciséis años somos grandes «adaptadores» de la realidad en las conversaciones.

—¿Qué tal la...? —¿Cómo se le pregunta a una madre qué tal la cárcel?

—Estamos bien —respondió con valentía—. Estamos... ¡Oh, Julie! ¡Oh, cielo! ¡Siento mucho todo esto! ¡Lo siento mucho, muchísimo! No queríamos...

Me di cuenta de que estaba a punto de derrumbarse, y yo también acabaría derrumbándome si no le ponía freno.

—Estoy bien —dije—. Estas personas están cuidándome muy bien.

—¿Puedo hablar con ellos?

Con «ellos» se refería a Debbie, así que la llamé. Ella se puso al teléfono y tuvieron una de esas conversaciones de madre a madre en las que expresan la preocupación por sus hijos en general y ponen muchas muecas de consternación. Debbie consiguió tranquilizar a mi madre, y escuchándola hablar, me di cuenta de que no pensaba dejarme marchar a ningún sitio durante al menos un día.

La oí descartar la idea de que mi tren lograra seguir su recorrido y comentó que no había posibilidad alguna de que llegara a Florida.

—No te preocupes —le dijo a mi madre—. Cuidaremos muy bien de tu hija. Tenemos un montón de comida riquísima y la mantendremos sana, salva y bien abrigada hasta que todo se solucione. Pasará unas buenas fiestas, te lo prometo. Y os la enviaremos de regreso.

Guardó silencio mientras mi madre expresaba con voz de pito su más profundo agradecimiento, de mujer a mujer.

—¡No es ninguna molestia! —prosiguió Debbie—. Es un encanto de niña. ¿Y no es ese el sentido de estas fiestas? Vosotros preocupaos por seguir bien. Los fans de Flobie os enviamos todo nuestro apoyo.

Después de colgar, Debbie se secó los ojos y escribió un número en su libreta imantada de la nevera con forma de elfo navideño.

—Debería llamar para saber qué pasa con mi tren —dije—. Si no os importa.

No contestaba nadie, seguramente porque era Navidad, pero una grabación informaba de «importantes retrasos». Miré por la ventana mientras escuchaba la voz grabada recitando el menú de opciones. Seguía nevando. No era una ventisca apocalíptica, como la de la noche anterior, aunque sí bastante persistente.

Debbie se quedó por allí un rato, pero luego se marchó. Marqué el número de Noah. Lo cogió al séptimo tono.

—¡Noah! —exclamé entre susurros—. ¡Soy yo! Estoy…

—¡Qué pasa! —dijo—. Escucha, estamos a punto de sentarnos a desayunar.

—He pasado muy mala noche —repuse.

—¡Oh, no! Lo siento, Lee. Escucha, puedo llamarte dentro de un rato, ¿vale? Tengo el número. ¡Feliz Navidad!

Ni un solo «Te quiero». Ni «Las fiestas son un asco sin ti». En ese momento fui yo la que estuvo a punto de derrumbarse. Se me hizo un nudo en la garganta, pero no quería ser una de esas novias que lloriquean cuando sus novios no pueden hablar… Aunque las circunstancias en las que me encontraba eran bastante excepcionales.

—Claro —dije con un tono firme—. Más tarde. Feliz Navidad.

Y salí disparada al baño.

9

No se puede pasar tanto rato encerrada en el lavabo sin despertar ciertas sospechas. Pásate allí más de media hora y la gente empezará a mirar la puerta preguntándose qué te ocurre. Estuve ahí metida como mínimo treinta minutos, sentada en el plato de ducha, con la mampara cerrada, llorando con la cara hundida en una toalla de mano que decía: «¡Que nieve!».

Sí, que nevara. Que nevara y nevara, y que la nieve me enterrara. ¡Qué cosas tan graciosas tiene la vida!

Me daba pánico salir de allí, pero, cuando lo hice, descubrí que la cocina estaba vacía. Aunque habían animado el ambiente. Había una vela navideña encendida junto a la cocina, sonaban las canciones de Bing Crosby a todo volumen, y había una jarra de café humeante y una tarta casera en la encimera. Debbie emergió del cuarto de la lavadora, situado junto a la cocina.

—Le he pedido a Stuart que fuera a casa de los vecinos a pedir un mono de nieve para Rachel —dijo—. El suyo se le ha quedado pequeño, ha crecido mucho, y los vecinos tienen una hija de su misma talla. Stuart volverá pronto.

Me miró con comprensión, como diciendo: «Sé que necesitabas tiempo para ti. Ya me encargo yo».

—Gracias —dije, y me senté a la mesa.

—Y he hablado con tus abuelos —añadió Debbie—. Tu madre me ha dado su número. Estaban preocupados, pero los he tranquilizado. No te preocupes, Jubilee. Sé que estas fiestas pueden ser difíciles, pero intentaremos que sean especiales para ti.

Estaba claro que mi madre le había revelado mi verdadero nombre. Debbie lo pronunció con cautela, como si quisiera transmitirme que había tomado buena nota de él. Que su respeto era sincero.

—Siempre he pasado unas fiestas geniales —contesté—. Jamás he pasado una mala Navidad.

Debbie se levantó y me sirvió café, me puso la taza delante, junto con una garrafa tamaño familiar de leche y un azucarero enorme.

—Sé que debe de ser una experiencia muy dura para ti —me aseguró—, pero yo creo en los milagros. A lo mejor te parece cursi, pero creo en ellos. Y que hayas llegado a casa es un pequeño milagro para nosotros.

Levanté la vista para mirarla mientras me ponía leche en el café y estuve a punto de desbordar la taza. En el baño había visto un cartelito que decía: «¡Se dan abrazos gratis!». No era nada malo —estaba claro que Debbie era una persona agradable—, pero corría el peligro de caer en el abismo de la cursilería.

—¿Gracias? —dije.

—Lo que quiero decir es que… Hoy Stuart parece más feliz de lo que ha estado en… Bueno… Tal vez no debería contarte esto, pero… Bueno, a lo mejor él ya te lo haya contado. Se lo cuenta a todo el mundo, y parece que vosotros dos habéis congeniado, así que…

—¿Contarme el qué?

—Lo de Chloe —contestó con los ojos muy abiertos—. ¿No te lo ha contado?

—¿Quién es Chloe?

Debbie tuvo que levantarse y cortarme una buena porción de tarta antes de poder responder. Creedme, era un trozo enorme de verdad. Como el séptimo tomo de la colección de Harry Potter. Podría haber derribado a un atracador atizándole con esa porción de pastel. Aunque, en cuanto la probé, me pareció un tamaño apropiado. Debbie no se cortaba con las cantidades de mantequilla y azúcar.

—Chloe —dijo, bajando la voz— era la novia de Stuart. Cortaron hace tres meses y él… Bueno, él es tan buen chico, tan sensible… Se lo tomó fatal. Ella se portó muy mal con él. Muy mal. Anoche fue la primera vez en mucho tiempo que vi al Stuart alegre de antes, cuando tú estabas sentada con él.

—Yo… ¿Qué?

—Stuart tiene muy buen corazón —prosiguió, sin tener en cuenta el hecho de que yo me había quedado petrificada, con un pedazo de tarta sin masticar en la boca—. Cuando su padre, mi ex marido, se marchó, él tenía solo doce años. Pero tendrías que haber visto cómo me ayudó y cómo se portó con Rachel. Es muy buen chico.

No sabía por dónde empezar. Hablar con su madre de la ruptura sentimental de Stuart resultaba en parte violento e impactante. Lo que suele decirse es: «La mejor amiga de un chico es su madre». No es: «La mejor alcahueta de un chico es su madre». De ahí que me sintiera incómoda.

Peor aún, si es que esa situación podía empeorarse (y, por lo visto, sí podía), yo era el bálsamo que había curado las heridas de su hijo. Su milagro de Navidad. Me iba a retener allí para siempre, cebándome con pastel y vistiéndome con sudaderas enormes. Sería la novia de Flobie.

—Vives en Richmond, ¿verdad? —siguió parloteando—. Eso debe de estar a dos o tres horas en coche...

Estaba pensando en volver a encerrarme en el baño cuando apareció Rachel dando saltitos por la puerta y patinando con sus pantuflas en mi dirección. Intentó subírseme al regazo y me miró fijamente a los ojos. Seguía necesitando un buen baño.

—¿Qué te ocurre? —me preguntó—. ¿Por qué lloras?

—Echa de menos a su familia —contestó Debbie—. Es Navidad, y no puede verlos por culpa de la ventisca.

—Nosotros te cuidaremos —aseguró Rachel, me tomó de la mano y puso esa voz adorable de estar a punto de revelarme un secreto que saben poner los niños pequeños para salirse con la suya. Aunque, teniendo en cuenta los últimos comentarios de su madre, me sonó un tanto amenazadora.

—Eso ha sido muy bonito, Rachel —dijo Debbie—. ¿Por qué no vas a lavarte los dientes como una niña mayor? Jubilee sabe lavarse los dientes sola.

Sé hacerlo, pero no lo había hecho. No llevaba cepillo en la mochila. Cuando hice la maleta no estaba en mi mejor momento.

Oí que se abría la puerta de entrada y, al cabo de unos instantes después, Stuart entró en la cocina con un mono para la nieve.

—Solo he tenido que ver doscientas imágenes en un marco de fotos digitales —dijo—. ¡Doscientas! La señora Henderson quería demostrarme lo maravillosa que era esta prenda, tan estupenda que se conservaba como nueva después de doscientas fotos. ¿He dicho ya que eran doscientas? Bueno, ya está.

Soltó el mono y se disculpó diciendo que tenía que ir a quitarse los vaqueros y ponerse otros pantalones, porque se había quedado empapado por la nieve.

—Tranquila —me dijo Debbie cuando él salió—. Voy a llevar a esta señorita a jugar fuera para que vosotros podáis relajaros. Stuart y tú pasasteis mucho frío anoche. Os quedaréis en casa y os mantendréis abrigados hasta que averigüemos qué ocurre con tu tren. Le he prometido a tu madre que cuidaría de ti. Stuart y tú quedaos aquí a pasar el rato. Tomad un buen chocolate caliente, comed algo, meteos bajo una mantita…

En otras circunstancias habría interpretado que esa última frase significaba: «Acurrucaos bajo dos mantas diferentes, a varios metros de distancia, y mejor si hay un perro guardián entre ambos», porque eso era lo que siempre querían decir los padres. Sin embargo, me daba la sensación de que Debbie se sentía cómoda con la situación, aunque se nos ocurriera enrollarnos. Si sentíamos la necesidad de sentarnos en el sofá y compartir una manta para conservar el calor corporal, ella no se opondría. De hecho, seguramente, bajaría la calefacción y escondería todas las mantas menos una. Cogió el mono para la nieve y salió en busca de Rachel.

Me parecía una situación tan alarmante que por un momento olvidé lo mal que estaba pasándolo.

—Tienes cara de susto —dijo Stuart al volver—. ¿Ya ha estado espantándote mi madre?

Me reí de forma demasiado exagerada y me salió disparado un trozo de tarta de la boca. Stuart me dirigió la misma mirada que me había dedicado en la Waffle House la noche anterior, cuando yo divagaba sobre la condición de «parcialmente sueco» de Noah y mis problemas con la cobertura del móvil. No obstante, al igual que la noche anterior, no comentó nada sobre mi comportamiento. Se limitó a servirse una taza de café mientras me observaba con el rabillo del ojo.

—Mi madre va a salir un rato con mi hermana —explicó—, así que estaremos solos. ¿Qué te apetece hacer?

Engullí otro bocado de tarta para no tener que responder.

10

Al cabo de cinco minutos estábamos en el comedor, con el pueblo navideño en miniatura de Flobie parpadeando de forma intermitente. Stuart y yo nos sentamos en el sofá, pero no acurrucados bajo una manta, como seguramente esperaba Debbie. Teníamos una manta para cada uno, y yo me senté con las piernas bien dobladas, formando una barrera protectora con las rodillas apoyadas contra el pecho.

Desde el piso de arriba llegaban los gritos amortiguados de Rachel mientras su madre la embutía en el mono para la nieve.

Me quedé mirando a Stuart con detenimiento. Todavía parecía guapo. No como Noah. Noah tenía sus defectos. No tenía ni un rasgo que resultara especial por sí solo, sino que era la suma de varios aspectos agradables percibidos como un conjunto para dar como resultado un todo muy atractivo, presentado a la perfección gracias a la ropa adecuada. No era muy pijo en el vestir, pero sí tenía un don para intuir qué se pondría de moda. Por ejemplo, empezó a llevar las camisas con un faldón metido en los pantalones y el otro por fuera, y los catálogos no tardaron en mostrar a chicos que también las llevaban así. Noah siempre iba un paso por delante.

Stuart no tenía ningún estilo. Seguramente no le interesaba la moda lo más mínimo y empezaba a suponer que no tenía ni idea sobre cómo combinar las camisas con los vaqueros. Se quitó el jersey y dejó a la vista una sencilla camiseta roja sin estampados. Habría sido demasiado soso para Noah, pero Stuart vestía así de forma natural, así que le sentaba bien. Y, aunque la camiseta le quedaba holgada, me fijé en que era bastante musculoso. Hay chicos que te sorprenden en ese sentido.

Si Stuart tenía alguna idea de lo que planeaba su madre, lo disimulaba muy bien. Hacía comentarios divertidos sobre los regalos de Rachel, y yo sonreía tensa, fingiendo que lo escuchaba.

—¡Stuart! —lo llamó Debbie—. ¿Puedes venir a ayudarme? Rachel está atascada.

—Enseguida vuelvo —dijo.

Subió los escalones de dos en dos, yo me levanté del sofá y me acerqué para mirar más de cerca las figuras de Flobie. Quizá podía hablar con Debbie sobre su posible valor, así dejaría de hablarme de Stuart. Aunque me podía salir el tiro por la culata; igual conseguía gustarle más a su madre.

En el piso de arriba estaba celebrándose una pequeña cumbre familiar. No estaba segura de qué había ocurrido con el mono para la nieve de Rachel, pero parecía bastante complicado. Stuart decía: «A lo mejor, si la ponemos boca abajo...».

Se me ocurrió otra pregunta: ¿por qué no me había hablado de la tal Chloe? A ver, no es que fuéramos amigos íntimos ni nada por el estilo, pero parecía que congeniábamos, y él se sentía lo bastante cómodo para buscarme las cosquillas con el tema de Noah. ¿Por qué no había dicho nada cuando yo mencioné a su novia? Y más teniendo en cuenta que Debbie aseguraba que se lo contaba a todo el mundo.

Tampoco es que me importara, claro. No era asunto mío. Stuart querría sufrir en silencio. Además, seguro que no tenía ninguna intención de enrollarse conmigo. Éramos amigos. Amigos que acababan de conocerse, pero amigos al fin y al cabo. Yo, más que nadie en el mundo, no era quién para juzgarlo porque su madre se hubiera comportado de una forma extraña y lo hubiera puesto en una situación incómoda. Precisamente yo, que tenía a mis padres en la cárcel y que había intentado huir en plena ventisca. Si su madre tenía un espeluznante gen que la empujaba a emparejar a la gente, él no tenía la culpa.

Cuando los tres bajaron por las escaleras (Rachel en brazos de Stuart, como si no se notara a la legua que no podía ni moverse con el mono para la nieve), ya me sentía más relajada. Tanto Stuart como yo éramos víctimas del comportamiento de nuestros padres. En ese sentido, él era como un hermano para mí.

Cuando Debbie sacó a la pequeña Rachel envuelta como una momia al aire libre, yo ya me había tranquilizado. Iba a pasar más o menos una hora relajada y entretenida con Stuart. Me gustaba su compañía, y no había de qué preocuparse. En cuanto me dispuse a disfrutar de aquel rato agradable con un amigo, me percaté de la expresión seria de Stuart. Me miraba con recelo.

—¿Puedo preguntarte algo? —me dijo—. Hummm... —Entrelazó los dedos con nerviosismo—. No sé cómo decirlo. Pero tengo que preguntártelo. Acabo de hablar con mi madre y...

«No. No, no, no, no.»

—¿Te llamas Jubilee? —me preguntó—. ¿En serio?

Me hundí en el sofá por la sensación de alivio, y, sentado a mi lado, Stuart rebotó un poco. La conversación que por lo general temía, en ese momento, resultó ser la menos incómoda y lo mejor que me podían preguntar. Jubilee por fin se sentía jubilosa.

—¡Ah..., vale!, ¡era eso! Sí. Tu madre ha oído bien. Me pusieron ese nombre por Jubilee Hall.

—¿Quién es Jubilee Hall?

—No es una persona. Es una cosa. Es una de esas figuras de Flobie. Vosotros no la tenéis. No pasa nada. Puedes reírte. Ya sé que es una idiotez.

—Yo me llamo Stuart por mi padre. Tengo un nombre de pila que es un apellido. Eso sí que es una idiotez.

—¿Sí? —pregunté.

—Al menos el pueblo de Flobie está en tu casa —añadió alegremente—. Mi padre nunca estuvo mucho por aquí.

Un punto de vista muy acertado, eso debía reconocerlo. Stuart no se mostraba especialmente traumatizado por lo de su padre. Parecía una historia del pasado que ya no era relevante en su vida.

—No conozco a ningún Stuart —dije—. Solo a Stuart Little. Y a ti.

—Exacto. ¿Quién llama Stuart a su hijo?

—¿Quién llama Jubilee a su hija? Ni siquiera es un nombre. No es nada. ¿Qué narices significa «Jubilee»?

—Es una especie de celebración, ¿no? Eres una gran celebración andante.

—¡Yo qué sé!

—Venga —dijo, y se levantó para coger uno de los regalos de Rachel. Era un juego de mesa llamado Atrapa al Ratón.

—Vamos a jugar.

—Es de tu hermana —repuse.

—¿Y? Tarde o temprano tendré que jugar con ella. Me vendrá bien aprender. Parece que tiene un montón de piezas. Será una buena forma de matar el tiempo.

—Nunca he conseguido matar el tiempo sin hacer nada —contesté—. Tengo la sensación de que debería estar haciendo algo.

—¿Como qué?

—Como... No tengo ni idea. Siempre estoy de camino a alguna parte. A Noah no le gusta perder el tiempo. Para matar el tiempo nos encargamos de actualizar la web del consejo de estudiantes, por ejemplo.

—Ah, entiendo —dijo Stuart, sujetando en alto la caja de Atrapa al Ratón al tiempo que retiraba la tapa—, vivís una vida sofisticada en la gran ciudad de....

—Richmond.

—En la elegante ciudad de Richmond. Pero aquí, en Gracetown, matar el tiempo es un arte. Vamos a ver, ¿qué color quieres?

No sé qué estarían haciendo Debbie y Rachel, pero llevaban bajo la nieve dos horas o más, y Stuart y yo estuvimos jugando a Atrapa al Ratón todo ese tiempo. La primera vez intentamos hacerlo siguiendo las reglas, pero el juego tenía un montón de accesorios y piezas giratorias, y había que tirar una canica. Resultaba muy complicado teniendo en cuenta que era para niños.

En la segunda partida nos inventamos las normas, y nos gustó mucho más. Stuart era una compañía muy agradable, tanto que casi no me di cuenta (casi) de que Noah estaba tardando bastante en devolverme la llamada. Cuando sonó el teléfono, me levanté de un salto.

Contestó Stuart, porque era su casa, y me lo pasó con una expresión extraña en el rostro, como si estuviera un tanto disgustado.

—¿Quién era ese? —me preguntó Noah cuando me puse.

—Es Stuart. He pasado la noche en su casa.

—Creía que habías dicho que te ibas a Florida.

De fondo se oía muchísimo ruido. Música, distintas conversaciones. La Navidad estaba desarrollándose con toda normalidad en su casa.

—Mi tren se ha quedado parado —dije—. Chocamos con un banco de nieve. Al final me bajé y fui caminando hasta una Waffle House, y…

—¿Por qué bajaste?

—Por las animadoras —dije al tiempo que suspiraba.

—¿Animadoras?

—En cualquier caso, acabé conociendo a Stuart, y me he quedado en casa de su familia. Nos caímos en un riachuelo congelado por el camino. Estoy bien, pero…

—¡Vaya! —exclamó Noah—. ¡Qué historia tan complicada! —Por fin empezaba a captarlo—. Escucha. Estamos a punto de salir para ir a ver a los vecinos. Deja que te llame dentro de una hora y me lo cuentas todo.

Tuve que apartarme el teléfono de la oreja, porque no daba crédito a lo que estaba escuchando.

—Noah —dije cuando volví a ponérmelo en la oreja—, ¿acabas de escucharme?

—Sí. Necesitas contármelo todo. No estaremos fuera mucho rato. Solo un par de horas.

Y colgó. Otra vez.

—Sí que ha sido rápido —comentó Stuart al tiempo que entraba a la cocina y se dirigía a la encimera. Encendió la tetera eléctrica.

—Tenía que ir a un sitio —dije sin mucho entusiasmo.

—¿Y por eso te ha colgado? ¡Menuda idiotez!

—¿Por qué es una idiotez?

—Solo era un comentario. Yo estaría preocupado. Me preocupo mucho.

—No pareces una de esas personas que se angustian con facilidad —mascullé—. Pareces feliz de la vida.

—Se puede ser feliz y estar preocupado. De verdad que me preocupo.

—¿Qué te preocupa?

—Bueno, por ejemplo, esta tormenta. —Señaló la ventana—. Me preocupa que mi coche quede aplastado por una máquina quitanieves.

—¡Qué profundo! —dije.

—¿Y qué se supone que debía decir?

—Se supone que no tenías que decir nada —respondí—. Pero ¿y si esta tormenta es una prueba del cambio climático?

¿O si las personas que enferman no pueden llegar al hospital por culpa de la nieve?

—¿Eso es lo que diría Noah?

Esa mención inesperada a mi novio me molestó. No es que Stuart se equivocara. Eran exactamente las circunstancias a las que Noah habría hecho referencia. Para ser sincera, sentí repelús al darme cuenta de que hablaba igual que él.

—Me has hecho una pregunta —me dijo—, y yo te he dado la respuesta. ¿Puedo decirte algo que no te va a gustar nada?

—No.

—Ese tío va a cortar contigo.

Sus palabras me sentaron como un tiro.

—Solo intento ser útil, y créeme que lo siento —prosiguió y lo hizo mirándome a la cara—. Pero, hazme caso, va a cortar contigo.

Mientras lo repetía, algo me dijo que Stuart había dado en el clavo, que había hecho un descubrimiento terrible, pero cierto.

Noah estaba evitándome como si fuera un fastidio hablar conmigo, y él nunca huía de las situaciones fastidiosas. Siempre les plantaba cara. Yo era solo aquello de lo que estaba distanciándose. Noah, el guapo, popular y fabuloso en todos los sentidos, estaba haciéndome el vacío. Ser consciente de ello me desgarró por dentro. Odié a Stuart por haberlo dicho, y necesitaba que lo supiera.

—¿Y me lo dices por lo que te ocurrió con Chloe? —le pregunté.

Funcionó. Stuart volvió la cabeza de golpe. Movió la mandíbula hacia delante y hacia atrás un par de veces, y se tranquilizó.

—Déjame adivinarlo —dijo—. Te lo ha contado mi madre.

—No me ha contado toda la historia.

—Esto no tiene nada que ver con Chloe —aclaró.

—Ah, ¿no? —respondí. No tenía ni idea de qué había ocurrido entre Stuart y Chloe, pero acababa de obtener la reacción que quería.

Se levantó, y me pareció muy alto desde donde me encontraba.

—Chloe no tiene nada que ver con esto —repitió—. ¿Quieres saber por qué sé que va a dejarte?

No, en realidad no quería. Pero Stuart iba a contármelo de todas formas.

—Para empezar, está evitándote en Navidad. ¿Quieres saber quién hace eso? Las personas que están a punto de cortar con su pareja. ¿Sabes por qué? Porque en los días señalados les entra el miedo a decirlo. Las fiestas, los cumpleaños, los aniversarios... Se sienten culpables, y no pueden hablarlo con el otro.

—Está ocupado —repliqué con un hilillo de voz—. Tiene muchas cosas que hacer.

—Sí, bueno... Si yo tuviera novia, y hubieran detenido a sus padres en Nochebuena, y ella hubiera tenido que hacer un viaje largo en tren en plena tormenta..., no habría soltado el móvil en toda la noche. Y habría respondido. A la primera llamada. Todas las veces. Y la llamaría para saber cómo está.

Me había quedado muda. Tenía razón. Eso era exactamente lo que Noah debería haber hecho.

—Además, acabas de decirle que te caíste en un riachuelo helado y que estás atrapada en un extraño pueblo, ¿y te ha colgado? Yo haría algo. Yo vendría hasta aquí, sin importar la ventisca. A lo mejor te suena cursi, pero lo haría. ¿Quieres un consejo? Si no va a cortar contigo, deberías dejarlo tú. Es un imbécil.

Stuart dijo todo aquello muy deprisa, como si las palabras salieran propulsadas por el estallido de una tormenta emocional muy violenta en su interior. Pero las dijo con firmeza, y me conmovieron. Porque las dijo muy en serio. Fue todo lo que yo quería que me hubiera dicho Noah. Creo que se sintió mal, porque empezó a ir de un lado para el otro en silencio, a la espera de ver cuánto daño había causado.

Pasaron uno o dos minutos antes de que yo pudiera hablar.

—Necesito un minuto —dije al final—. ¿Hay algún sitio al que… pueda ir?

—A mi habitación —me ofreció—. La segunda puerta a la izquierda. Está un poco desordenada, pero…

Me levanté y abandoné la mesa.

11

La habitación de Stuart estaba hecha un desastre. No lo había dicho en broma. Era la antítesis de la habitación de Noah. Lo único que estaba en su sitio era una copia enmarcada de la foto que había visto en su cartera, colocada sobre su mesa de escritorio. Me acerqué y le eché un vistazo. Chloe era guapísima, en serio. Tenía una larga melena castaña. Unas pestañas con las que podía barrerse el suelo. Una amplia sonrisa de dentadura blanquísima, bronceado natural y un montón de pecas. Era guapa hasta decir basta.

Me senté en la cama deshecha e intenté pensar en lo ocurrido, pero oía como una especie de zumbido en la cabeza. Oí el piano del salón, que alguien estaba tocando, y muy bien. Stuart interpretaba temas navideños. Tenía un estilo propio, no era de esos típicos pianistas que tocan de memoria y de forma mecánica. Podría haber tocado en un restaurante o en el vestíbulo de un hotel. Y, seguramente, en algún escenario más importante; en realidad, los dos que se me ocurrieron eran los únicos lugares donde había visto a pianistas. Al otro lado del cristal de la ventana, dos pajaritos se arrullaban en una rama, se sacudían la nieve el uno al otro.

Había un teléfono en el suelo del cuarto de Stuart. Lo cogí y marqué un número. Noah parecía un pelín molesto cuando contestó.

—¡¿Qué pasa?! —dijo—. ¡¿Qué pasa?! Estamos a punto de ir a…

—En las últimas veinticuatro horas —lo interrumpí—, mis padres han sido detenidos. Me he subido a un tren que ha quedado atrapado por una tormenta de nieve. He caminado varios kilómetros por un camino cubierto por una gruesa capa de nieve con bolsas de plástico en la cabeza. Me he caído a un riachuelo, y estoy atrapada en un pueblo extraño con unos desconocidos. Y tu excusa para no poder hablar… ¿cuál es exactamente? ¿Que es Navidad?

Eso lo dejó sin palabras. Que en realidad no era lo que yo pretendía, pero me alegraba ver que al menos le quedaba algo de vergüenza.

—¿Todavía quieres salir conmigo? —pregunté—. Sé sincero conmigo, Noah. —Al otro lado de la línea se hizo un larguísimo silencio. Demasiado largo para que la respuesta fuera: «Sí. Eres el amor de mi vida».

—Lee —dijo Noah, con voz grave y tono tenso—, no es el momento de hablarlo.

—¿Por qué? —pregunté.

—Es Navidad.

—¿Con mayor razón no deberíamos hablarlo ahora?

—Ya sabes qué follón hay por aquí.

—Bueno —dije, al percibir la rabia que empezaba a transmitir mi voz—, tienes que hablar conmigo, porque voy a cortar contigo.

Apenas daba crédito a las palabras que salían de mi boca. Las palabras procedían de un lugar muy profundo de mi ser, mucho más allá del lugar donde las tenía guardadas, mucho más allá de las ideas... De algún cuarto trasero cuya existencia desconocía hasta ese instante.

Se hizo un largo silencio.

—Vale —contestó. Resultaba imposible describir el tono de su voz. Podría haber sido de tristeza. Podría haber sido de alivio. No me suplicó que no lo dejara. No se echó a llorar. No hizo nada.

—¿Y bien? —pregunté.

—¿Y bien qué?

—¿Es que no vas a decir nada?

—Hace ya un tiempo que lo sé —me dijo—. Yo también estaba planteándomelo. Y si eso es lo que quieres, pues bueno, supongo que es lo mejor, y...

—Feliz Navidad —le espeté. Y colgué. Me temblaba la mano. Me temblaba prácticamente todo el cuerpo. Me senté en la cama de Stuart y me rodeé con los brazos. Abajo, había parado la música y se hizo un silencio atronador en toda la casa.

Stuart se asomó por la puerta y la abrió con cuidado.

—Solo quería saber si iba todo bien.

—Lo he hecho —respondí—. He cogido el teléfono y lo he hecho.

Stuart entró y se sentó. No me rodeó con un brazo, solo se sentó a mi lado, bastante cerca, pero dejando un poco de espacio entre los dos.

—No ha parecido sorprenderle —dije.

—Los gilipollas nunca se sorprenden. ¿Qué te ha dicho?

—Que hacía tiempo que lo sabía, que seguramente era lo mejor...

Por algún motivo, decirlo me hizo hipar. Nos quedamos sentados en silencio durante un rato. La cabeza me daba vueltas.

—Chloe era como Noah —soltó al final—. De verdad... Era perfecta. Guapa. Sacaba buenas notas. Cantaba, hacía obras de beneficencia, y era..., esto te va a gustar..., animadora.

—Menudo partidazo —dije sin pizca de humor.

—Nunca supe por qué salía conmigo. Yo era un tío normal, y ella era la mismísima Chloe Newland. Salimos durante cuatro meses. Creía que éramos muy felices. Al menos yo me sentía así. El único problema era que ella siempre estaba ocupada, y que cada vez estaba más y más ocupada. Demasiado ocupada para pararse un rato a charlar conmigo delante de las taquillas del pasillo o para pasarse por mi casa, para llamar o para escribirme un e-mail. Así que era yo quien se pasaba por su casa. Y la llamaba. Y le escribía los e-mails. —Me sonaba tanto todo lo que contaba... Y eso era horrible—. Una noche —prosiguió—, se suponía que íbamos a estudiar juntos, pero ella no se presentó. Fui en coche a su casa, pero su madre me dijo que no estaba. Y entonces empecé a preocuparme, porque, por lo general, me enviaba al menos un mensaje de texto si necesitaba anular la cita. Me puse a dar vueltas con el coche, buscando el suyo. Verás, en Gracetown no hay muchos sitios a los que ir. Localicé el coche justo delante del Starbucks, lo que tenía sentido. Estudiamos mucho allí, porque... ¿Qué otras opciones nos da esta sociedad? A veces, es el Starbucks o la muerte.

En ese momento estaba frotándose las manos como loco y se hacía crujir los nudillos de los dedos, uno a uno.

—Lo que supuse —dijo con mucho énfasis— era que yo me había equivocado y que, en realidad, habíamos quedado para estudiar en el Starbucks y yo lo había olvidado. La verdad era que a Chloe no le gustaba mucho venir a mi casa. Decía que mi madre le daba mucho repelús, ¿te lo puedes creer?

Levantó la vista, como si esperase que me riera. Conseguí esbozar una tímida sonrisa.

—Me sentí tan aliviado al ver su coche allí... A medida que conducía, me había ido preocupando. Me sentí como un idiota. ¡Chloe estaba esperándome en el Starbucks! Entré en el local, pero ella no estaba en ninguna de las mesas. Una amiga mía, Addie, trabaja en la barra. Le pregunté si había visto a Chloe, ya que su coche estaba allí.

Stuart se pasó las manos por el pelo hasta que se le quedó todo tieso. Reprimí el impulso de aplastárselo. De todas formas, también me gustaba con ese aspecto. Había algo en su melena revuelta que me hacía sentir mejor; aliviaba la sensación de que algo me quemaba por dentro.

—Addie puso una mirada muy triste y dijo: «Creo que está en el baño». Yo no lograba entender qué tenía de terrible estar en el baño. Me pedí una bebida, le pedí otra a Chloe y me senté a esperar. En el Starbucks solo hay un baño, en algún momento tendría que salir. No llevaba ni el portátil ni libros, así que empecé a mirar el mural de la pared donde se encontraba la puerta del baño. Estaba pensando en lo idiota que había sido al disgustarme tanto con ella y en como había estado esperándola, y entonces me di cuenta de que llevaba mucho tiempo en el baño y que Addie seguía mirándome con una cara muy pero que muy triste. Mi amiga fue hacia el baño, llamó a la puerta y Chloe salió. Y con ella salió Todd, el leopardo.

—¿Todd, el leopardo?

—No es un apodo. Es literalmente el leopardo. Es nuestra mascota. Lleva un disfraz de leopardo y hace el baile del leopardo cuando el equipo marca un tanto y todas esas chorradas. Durante un minuto, mi cerebro intentó procesarlo todo… Intentaba imaginar por qué Chloe y Todd, el leopardo, estaban en el baño del Starbucks. Intenté creer que no se trataba de nada que debieran ocultar porque todo el mundo sabía dónde estaban. Pero, por la mirada de Addie y la mirada de Chloe (no miré a Todd), al final caí en la cuenta de lo que ocurría. Todavía no sé si se metieron allí porque me vieron llegar o si llevaban un rato dentro. Si estás escondiéndote de tu novio en el baño con el leopardo… Qué más da, los detalles no importan.

Por un instante olvidé lo de mi llamada. Estaba en el Starbucks con Stuart, viendo como una animadora a la que no conocía salía del baño con Todd, el leopardo. En mi visión sí que llevaba el disfraz del felino, lo que seguramente no coincidía con la realidad.

—¿Qué hiciste? —pregunté.

—Nada.

—¿Nada?

—Nada. Me quedé ahí plantado, con la sensación de que iba a vomitar allí mismo. Pero Chloe se puso furiosa. Conmigo.

—¡¿A santo de qué?! —exclamé yo, furiosa en nombre de Stuart.

—Creo que perdió los papeles porque la había pillado, y fue la única forma en que se le ocurrió reaccionar. Me acusó de estar espiándola. Me llamó acosador. Dijo que la presionaba demasiado. Supongo que se refería a un punto de vista emocional, pero sonó fatal. Así que, por si no fuera poco lo que había ocurrido, me hizo quedar como un maltratador delante de todas las personas que estaban en el Starbucks, que fue como si se enterase el pueblo entero, porque aquí los rumores corren como la pólvora. Yo quería decirle: «Eras tú la que estaba montándoselo con el leopardo en el baño del Starbucks. Yo no soy el malo de la película». Pero no lo dije, porque me había quedado mudo, literalmente. Y debió de parecer que le daba la razón. Que estaba admitiendo que era un acosador posesivo, un maltratador y un celoso, y no el chico que estaba enamorado de ella, que llevaba más de un año enamorado de ella, que habría hecho cualquier cosa que ella le pidiera…

Seguramente, cuando ocurrió, Stuart contó aquella historia muchas veces, pero estaba claro que llevaba tiempo sin compartirla. Había perdido la costumbre. No expresaba gran cosa con el rostro, todo lo expresaba con las manos. Había dejado de frotárselas y en ese momento le temblaban de forma casi imperceptible.

—Al final Addie la sacó de allí para tranquilizarla —continuó—. Y así acabó todo. Yo me tomé un café con leche, al que me invitó la casa. No salí del todo mal parado. Me convertí en el chico al que habían dejado en público cuando su novia estaba con el leopardo. En cualquier caso, antes te he dicho eso por un motivo. Te lo he dicho porque ese tío…

—señaló con un dedo acusador el teléfono— es un capullo. Aunque seguramente eso te da bastante igual ahora mismo.

Los recuerdos del último año me volvieron a la memoria a toda velocidad, aunque estaba viéndolos desde un ángulo distinto de la cámara. Ahí estaba yo, Noah me cogía de la mano, iba un paso por delante y tiraba de mí por el pasillo, e iba hablando con todo el mundo por el camino menos conmigo. Yo me sentaba a su lado en primera fila durante los partidos de baloncesto del instituto, aunque él sabía que, tras recibir el impacto de una pelota perdida, me daban pánico esos asientos. Aun así, nos sentábamos allí, y yo me quedaba paralizada por el miedo, viendo un partido que, por si fuera poco, ni siquiera me interesaba. Sí, me sentaba con la flor y nata de los alumnos mayores del instituto durante la comida, pero las conversaciones eran repetitivas. Solo hablaban de lo ocupados que estaban redactando sus currículos para las solicitudes de la universidad. Sobre sus reuniones con los ojeadores de deportistas para las universidades. Sobre cómo organizaban sus calendarios online. Sobre quién los recomendaba para acceder a esta u otra universidad.

¡Dios! Llevaba un año aburrida. Hacía siglos que no tomaba la palabra. Stuart estaba hablando sobre mí. Él sí me prestaba atención. Me sentía extraña, como si estuviéramos viviendo un momento demasiado íntimo, aunque, en cierto modo, resultaba maravilloso. Se me anegaron los ojos. Al verlo, Stuart sacó fuerzas de flaqueza y abrió un poco los brazos, como si me invitara a lanzarme. En algún momento habíamos ido acercándonos el uno al otro, poco a poco, y la anticipación se respiraba en el aire. Estaba a punto de ocurrir algo.

Sentí ganas de levantarme y empezar a berrear. Y eso me enfadó. Noah no se lo merecía. No pensaba ponerme a llorar.

Así que besé a Stuart.

Lo besé con pasión. Lo tiré de espaldas sobre la cama. Y él correspondió el beso. Fue un beso bien dado. No hubo choque de dientes ni exceso de lengua. Un poco atropellado al principio, quizá, porque ninguno de nosotros se había preparado mentalmente para eso, así que ambos estábamos pensando: «¡Ah, vale! ¡Un beso! ¡Deprisa! ¡Deprisa! ¡Más movimiento! ¡Hay que meter la lengua!». Nos costó casi un minuto acostumbrarnos y adquirir un ritmo algo más pausado. Me sentía como flotando cuando se oyó un tremendo golpe seco, un impacto y gritos procedentes del piso de abajo. Por lo que parecía, Debbie y Rachel habían escogido ese momento para atar a los huskies y regresar de su personal Iditarod, la gran carrera de trineos, por las calles de Gracetown. Entraron en estampida, armando todo ese curioso jaleo que uno hace cuando regresa de estar bajo la nieve o la lluvia. (¿Por qué el tiempo húmedo nos hace hablar más alto?)

—¡Stuart! ¡Jubilee! He traído *cupcakes* especiales de Papá Noel! —gritó Debbie.

Ninguno de los dos se movió. Yo todavía estaba tumbada sobre Stuart, él estaba hundido en el colchón. Oímos que su madre casi había llegado a la mitad de las escaleras, desde donde debió de ver la luz encendida del cuarto.

Insisto, la reacción normal de cualquier progenitor habría sido decir algo en plan: «¡Más os vale salir de ahí ahora mismo o suelto a los perros!». Pero Debbie no era una madre normal, por eso oímos su risita nerviosa y sus pasos alejándose disimuladamente al tiempo que decía: «¡Chissst! ¡Rachel! ¡Ven con mamá! ¡Stuart está ocupado!».

La aparición repentina de Debbie en escena hizo que se me revolviera el estómago. Stuart puso los ojos en blanco con cara de querer morirse. Me levanté y él se incorporó de un salto.

—Tendría que bajar —dijo—. ¿Estás bien? ¿Necesitas algo o…?

—¡Estoy genial! —exclamé, con un entusiasmo repentino, como una loca. Por suerte, a esas alturas, Stuart ya estaba acostumbrado a mis reacciones, a mis intentos de parecer centrada.

Tuvo el bonito detalle de esfumarse enseguida.

12

¿Queréis saber cuánto tardé en romper con mi novio «perfecto» y enrollarme con otro? Pues tardaría…, a ver…, unos veintitrés minutos. (Me había fijado en el reloj de Stuart cuando cogí el teléfono. No penséis que llevaba un cronómetro encima.)

A pesar de lo mucho que me habría gustado, no podía quedarme escondida para siempre en el piso de arriba. Tarde o temprano tendría que bajar y enfrentarme al mundo. Me senté en el suelo delante de la puerta y me quedé escuchando atentamente para ver si lograba averiguar qué estaba ocurriendo abajo. Oí a Rachel aporreando unos juguetes, y a alguien que salía de la casa. Me pareció tan buen momento como cualquier otro para reaparecer. Empecé a bajar con sigilo. En el comedor, Rachel estaba toqueteando el Atrapa al Ratón, que seguía encima de la mesa. Me dedicó una amplia sonrisa y se le vio toda la dentadura.

—¿Estabas jugando con Stuart? —me preguntó.

Lo interpreté como una pregunta con segundas. Yo era una mujer sucia, lasciva, e incluso una niña de cinco años se daba cuenta.

—Sí —contesté intentando conservar cierta dignidad—. Estábamos jugando a Atrapa al Ratón. ¿Qué tal en la nieve, Rachel?

—Mi mamá dice que le gustas a Stuart. Sé meterme una canica por la nariz. ¿Quieres verlo?

—No, en realidad no deberías...

Rachel se metió una de las canicas de Atrapa al Ratón por la nariz. Se la sacó y la levantó para mostrármela.

—¿Lo ves? —dijo.

¡Oh, sí!, lo había visto perfectamente.

—¿Jubilee? ¿Estás ahí?

Debbie apareció por la puerta de la cocina, roja como un tomate, como si hubiera hecho mucho ejercicio, y empapada.

—Stuart ha ido a la casa de enfrente para ayudar a la señora Addler a palear la nieve del camino —me explicó—. La ha visto peleándose con la pala. La señora Addler tiene un ojo de cristal y problemas de espalda, ¿sabes? ¿Habéis pasado una buena tarde?

—Ha estado bien —dije con tensión—. Hemos jugado a Atrapa al Ratón.

—¿Así es como lo llamáis ahora? —me preguntó, y me dedicó una sonrisita que me puso los pelos de punta—. Tengo que ir a darle a Rachel un baño rápido. ¡Si quieres, prepárate una taza de chocolate caliente o lo que te apetezca!

Dejó de hablar justo antes de añadir: «Futura esposa adolescente de mi único hijo varón».

Se dirigió hacia Rachel con un agudo: «Vamos, ahora ya podemos subir», y me dejó allí con mi chocolate caliente, mi bochorno y mi patetismo. Fui hacia la ventana del comedor y miré hacia fuera. Era cierto, Stuart estaba allí, echándole alegremente una mano a la vecina en el momento en que ella lo necesitaba. Estaba huyendo de mí, claro. Era lo más lógico. Yo habría hecho lo mismo. Era muy razonable pensar que mi locura iría de mal en peor. Había seguido un proceso de decadencia continuada, presa de un arrebato de reacciones en su mayoría inexplicables. Siguiendo el ejemplo de mis padres encarcelados, yo era una cuerda en tensión viviente. Cualquiera hubiera decidido que era preferible ir a palear nieve con la vecina del ojo de cristal y esperar que yo me fuera.

Y eso era precisamente lo que yo quería hacer. Irme. Salir de esa casa y de la vida de Stuart mientras todavía me quedara algo de dignidad. Saldría y caminaría hasta el tren, que seguramente no tardaría en marcharse del pueblo.

En cuanto tomé esa decisión, actué con rapidez y salí corriendo hacia la cocina. Cogí mi móvil de la encimera, lo sacudí un poco y apreté el botón de encendido y apagado. No esperaba que funcionara, pero alguien se apiadó de mí. Al cabo de unos instantes, el teléfono revivió tras mucho esfuerzo. La imagen de fondo estaba descentrada y las palabras movidas, pero conservaba una chispa de vida.

Mi ropa, el abrigo y el bolso estaban en el cuarto de la lavadora, justo al lado de la cocina, en diversas fases de secado. Me lo puse todo y dejé el chándal en la lavadora. Tenían un contenedor de bolsas de plástico en un rincón, y cogí unas diez más o menos. Me sentí mal por llevarme algo sin pedir permiso, aunque las bolsas de plástico no tuvieran un gran valor. Son como los pañuelos de papel, pero más baratas. Como último gesto, de un archivador que había sobre la encimera, cogí una de sus etiquetas con motivos navideños donde aparecía impresa su dirección. Les enviaría una nota en cuanto llegara a casa. Quizá estuviera loca de remate, pero era una loca de remate con buenos modales.

Debía salir por la puerta trasera, por la que habíamos entrado la noche anterior. Si salía por la principal, Stuart me vería. Había un montón de nieve frente a la puerta, de al menos sesenta centímetros de alto, y al pisarla ya no se oía ruido de chapoteo, ya no estaba blanda. El frío la había solidificado. Pero yo contaba con la fuerza de la confusión y el pánico, que, como ya he dicho, siempre está dispuesto a atraparme. Lancé contra la puerta todo el peso de mi cuerpo, que sentía como abotargado y en tensión. Temí cargármela, porque eso habría dado una dimensión del todo distinta a mi partida. Por un instante me lo imaginé con toda claridad: Stuart o Debbie encontrarían la puerta arrancada de las bisagras, tirada sobre la nieve. «Llegó, abusó del chico, robó unas bolsas de plástico y arrancó la puerta de cuajo en su huida —diría el informe policial sobre mi actuación delictiva—. Suponemos que se dirige a la cárcel donde se encuentran sus padres para ayudarlos a fugarse.»

Conseguí abrirla lo justo para poder salir a duras penas, se me cayeron todas las bolsas y me arañé un brazo en el proceso. En cuanto estuve fuera, la puerta volvió a su lugar, así que tuve que pasar otros dos o tres minutos empujándola para cerrarla del todo. Una vez lo hube logrado, me enfrenté a otro problema. No podía volver por el camino por el que habíamos llegado hasta allí, porque no quería cruzar de nuevo el riachuelo congelado. Sin embargo, resultaba imposible localizarlo. Nuestras huellas se habían borrado. Estaba frente a una ligera cuesta, frente a una arboleda desconocida de ramas desnudas y la parte trasera de una docena de casas idénticas. La única certeza que tenía era que el riachuelo estaba por ahí debajo, seguramente, en algún punto entre los árboles. La apuesta más segura era caminar muy pegada a las casas e ir avanzando como pudiera, colándome en un par de patios traseros. Si llegaba al camino, desde allí (o eso suponía) sería fácil regresar a la interestatal, luego a la Waffle House y, por fin, al tren.

Es el momento de recordar mi comentario sobre el hecho de que me paso haciendo suposiciones.

El barrio de Stuart no estaba construido según el maravilloso plano, claro y lógico, de las calles del pueblo en miniatura de Flobie. Esas casas se habían levantado con una aleatoriedad escandalosa, separadas por distancias irregulares, como si el urbanista hubiera dicho: «Iremos siguiendo a ese gato y construiremos algo en el lugar en que se siente». Me sentía tan desorientada que ni siquiera imaginaba dónde podía estar el camino.

No había pasado la máquina quitanieves, y las farolas que por la noche estaban encendidas de día estaban apagadas, claro. El cielo estaba blanco, no seguía teñido de aquel misterioso rosa del ocaso. Se trataba del horizonte más cegador que hubiera visto jamás, y la salida no estaba clara.

Mientras avanzaba como podía por el vecindario, tuve muchísimo tiempo para plantearme qué acababa de hacer con mi vida. ¿Cómo iba a explicar la ruptura con Noah a mi familia? Todos querían a Noah. No tanto como yo, evidentemente, pero lo apreciaban mucho. Era obvio que mis padres se sentían orgullosos de que tuviera un novio tan impresionante.

Aunque, claro, ellos estaban en la cárcel por el Hotel de los Elfos de Flobie; tal vez necesitaran replantearse sus prioridades. Además, si les decía que así era más feliz, lo aceptarían.

Mis amigos, los compañeros del instituto... Eso era harina de otro costal. No salía con Noah por ser popular, era algo accesorio que venía de serie.

Y luego estaba Stuart, claro.

Stuart, quien acababa de ser testigo de como me enfrentaba a todo un despliegue de emociones y experiencias: lo de que mis padres acababan de ser encarcelados; que estaba atrapada en un pueblo desconocido; que me había comportado como una loca y no había Dios que me hiciera callar; que me mostré sarcástica con el chico que intentaba ayudarme; corté con mi novio; y, por último y como reacción más espectacular de mi repertorio, que me había abalanzado sobre él sin previo aviso.

Había metido la pata hasta el fondo. En todo. El arrepentimiento y la humillación que sentía me dolían mucho más que el frío. Tardé unas cuantas calles en darme cuenta de que no me arrepentía de haber cortado con Noah, sino de cómo me había comportado con Stuart. Stuart, que me había rescatado. Stuart, que, por lo visto, quería pasar su tiempo conmigo. Stuart, que me hablaba sin pelos en la lengua y me recomendaba que no me infravalorara.

Era el mismo Stuart que se sentiría aliviado al ver que me había marchado, por todas las razones que antes he enumerado. Mientras las noticias que hablaran sobre la detención de mis padres no fueran demasiado detalladas, yo sería ilocalizable. Bueno, casi ilocalizable. Stuart podía encontrarme en la red, aunque no llegaría a buscarme. No después del extraño numerito de huida que acababa de marcarme.

A menos que volviera a presentarme en su puerta. Lo que, tras una hora vagando por el vecindario, era un auténtico riesgo. Seguía viendo las mismas casas estúpidas y no paraba de meterme en callejones sin salida. De tanto en tanto, me detenía y preguntaba hacia dónde ir a las personas que estaban paleando la nieve de la entrada de su casa. Todos se mostraban muy preocupados al ver que intentaba llegar a pie tan lejos y se negaban a indicarme el camino. Al menos la mitad de esas personas me invitó a entrar a su casa a calentarme, lo que sonaba bien, pero no pensaba correr más riesgos. Ya había entrado en una casa en Gracetown, y mirad cómo habían acabado las cosas.

Al pasar arrastrando los pies junto a un grupo de niñas pequeñas que jugaban con la nieve entre risitas nerviosas, caí presa de la desesperación total. Estaba a punto de romper a llorar. Ya no me sentía los pies. Tenía las rodillas entumecidas. Entonces oí la voz de Stuart a mis espaldas.

—Espera —me dijo.

Frené en seco. Salir corriendo es bastante patético, pero lo es aún más si te pillan. Me quedé ahí plantada un instante, sin querer (y, en parte, sin poder) volverme y mirarlo de frente. Intenté poner cara de «Hombre, ¿cómo tu por aquí?, ¡qué casualidad!» con todas mis fuerzas. Por la forma en que se me tensaron los músculos de la mandíbula, estoy segura de que más bien se me puso cara de «¡Me he quedado pasmada!».

—Lo siento —dije sonriendo con los dientes apretados—. He pensado que ya era hora de volver al tren y que...

—Sí —me interrumpió con dulzura—. Eso había imaginado.

Stuart ni siquiera estaba mirándome. Se sacó un gorro del bolsillo y me lo tendió, y me sentí un tanto abochornada. Parecía de Rachel, tenía un pompón gigantesco en la punta.

—Se me ha ocurrido que a lo mejor te hacía falta —aclaró—. Puedes quedártelo. Rachel no necesita que se lo devuelvas.

Lo cogí y me lo puse, porque Stuart parecía decidido a quedarse ahí de pie, ofreciéndome el gorro, hasta que toda la nieve se fundiera a su alrededor. Me apretaba un poco, pero agradecí lo abrigadas que me quedaron las orejas.

—He seguido tus huellas —respondió la pregunta que yo no había formulado—. La nieve me lo ha puesto fácil.

Había seguido mis huellas, como si yo fuera una osa.

—Siento haberte metido en todo este lío —dije.

—En realidad no he tenido que andar mucho. Estás a solo tres calles de nuestra casa. Has estado dando vueltas en círculo.

Era una osa bastante idiota.

—No puedo creer que hayas vuelto a salir vestida así… —dijo—. Deberías dejar que te acompañara. Si sigues por aquí, no llegarás.

—Voy bien —me apresuré a decir—. Alguien acaba de indicarme el camino.

—No hace falta que te vayas, ya lo sabes.

Quise añadir algo más, pero no se me ocurría nada.

Él lo interpretó como una despedida y asintió en silencio.

—Ten cuidado, ¿vale? Y… ¿podrías avisarme si lo consigues? Llámame o…

Justo en ese momento empezó a sonarme el móvil. El sonido debió estropearse con el agua, y el timbre de llamada sonaba muy alto y agudo, como el chillido de una sirena recién abofeteada. Era un chillido sobresaltado. Un tanto acusatorio. Dolorido. Lloroso.

Era Noah. En realidad, en la pantalla, donde las letras se veían descolocadas, decía MOBG, pero yo sabía qué quería decir. No respondí; me quedé mirando el teléfono. Stuart se quedó mirándolo. Las niñitas que nos rodeaban se quedaron mirándonos a nosotros y el móvil. Dejó de sonar, pero volvió a oírse. Vibraba en mi mano con insistencia.

—Siento haber sido un idiota —dijo Stuart, en voz alta para que lo oyera a pesar del ruido—. Y seguramente te da igual lo que piense, pero no deberías responder.

—¿Qué quieres decir con eso de que has sido un idiota? —le pregunté.

Stuart se quedó callado. El teléfono dejó de sonar y volvió a empezar. Mobg tenía muchas ganas de hablar conmigo.

—Le dije a Chloe que la esperaría —respondió al final—. Le dije que la esperaría el tiempo que hiciera falta. Ella me dijo que no me molestara en hacerlo, pero yo la esperé de todas formas. Durante meses tomé la decisión de no mirar a ninguna otra. Incluso intenté no mirar a las animadoras. Ni siquiera mirarlas, en serio.

Ya sabía a qué se refería.

—Pero me fijé en ti —prosiguió—. Y eso me descolocó, desde el primer minuto. No solo el hecho de haberme fijado en ti, sino el ver que estabas saliendo con alguien que supuestamente era el tío perfecto y que no te merecía. Era la misma situación en la que yo me encontraba. Aunque creo que él sí se ha dado cuenta de su error. —Señaló el móvil con un gesto de la cabeza; se había puesto a sonar de nuevo—. De todas formas, me alegro mucho de que hayas aparecido en mi vida —añadió—. Y no te dejes manipular por ese tío, ¿vale? Por favor, no te dejes manipular. No te merece. No te dejes embaucar.

El móvil sonaba, sonaba y sonaba sin parar. Miré la pantalla una última vez y luego a Stuart, eché el brazo hacia atrás y lancé el móvil lo más lejos que pude (fue un lanzamiento patético, porque no cayó demasiado lejos), y desapareció en la nieve. Las niñas de ocho años, pendientes de todos nuestros movimientos, salieron corriendo a buscarlo.

—Lo he perdido —dije—. ¡Qué faena!

Desde que había empezado todo aquello, esa fue la primera vez en que Stuart me miró de verdad. En aquel momento la horrible mueca de tensión había desaparecido de mi cara. Él se acercó a mí, me levantó la barbilla y me besó. Me besó de verdad. Y dejé de sentir frío y dejaron de importarme las niñas que en ese momento tenían mi móvil y que estaban detrás de nosotros diciendo: «¡OooOOOoooOOOoooh!».

—Una cosa —dije, cuando nos separamos y la cabeza dejó de darme vueltas—. Mejor que no le cuentes esto a tu madre. Creo que ya se ha montado su propia película.

—¿Qué? —preguntó, como si le sorprendiera, mientras me rodeaba con un brazo por los hombros y me conducía de regreso a su casa—. ¿Tus padres no se alegran cuando te enrollas con alguien? ¿Tan raro es el lugar del que vienes? Supongo que no se enterarán de gran cosa, ¿no? Como están en la cárcel…

—Cierra el pico, Weintraub. Si te tiro a la nieve, esas niñas te rodearán y te devorarán.

Una camioneta solitaria pasó traqueteando junto a nosotros, y Tío de Aluminio nos saludó con rigidez mientras se alejaba conduciendo por Gracetown. Todos nos apartamos para dejarle paso: Stuart, las niñas y yo. Stuart se bajó la cremallera del abrigo, me invitó a cobijarme bajo su ala y empezamos a avanzar por la nieve.

—¿Quieres volver a casa por el camino largo? —me preguntó—. ¿O por el atajo? Seguro que tienes frío.

—Por el camino largo —respondí—. Por el camino largo, por supuesto.

John Green

UN MILAGRO DE NAVIDAD MUY ANIMADO

Para Ilene Cooper,
que ha sido mi guía en tantas ventiscas

1

JP, Duque y yo llevábamos cuatro películas de nuestro maratón de James Bond cuando mi madre llamó a casa por sexta vez consecutiva en cinco horas. Ni siquiera me molesté en mirar el identificador de llamada. Sabía que era ella. Duque puso los ojos en blanco y le dio al botón de pausa.

—¿Es que cree que vamos a ir a algún sitio? ¡Estamos en plena ventisca!

Me encogí de hombros y levanté el teléfono.

—No ha habido suerte —dijo mi madre. De fondo se oía una voz hablando muy alto sobre la importancia de proteger la patria.

—Lo siento, mamá. Menudo fastidio.

—¡Esto es ridículo! —gritó ella—. No encontramos ni un solo vuelo, a ninguna parte, mucho menos a casa.

Llevaban tres días atrapados en Boston. Habían asistido a una asamblea de médicos. Mi madre empezaba a desesperarse por el hecho de estar pasando la Navidad en Boston. Como si la ciudad fuera una zona en guerra. Sinceramente, a mí esa situación me parecía emocionante. Había una parte de mí a la que siempre le habían gustado el dramatismo y lo catastrófico del mal tiempo. La verdad, cuanto peor fuera la ventisca, mucho mejor.

—Sí, es un fastidio —repetí.

—Se suponía que la ventisca empezaría a amainar esta mañana, pero está todo atascadísimo. Ni siquiera pueden garantizarnos que lleguemos mañana a casa. Tu padre está intentando alquilar un coche, pero hay unas colas larguísimas. Y aunque lográsemos alquilarlo sería a las ocho o nueve de la mañana. ¡No llegaríamos ni conduciendo toda la noche! ¡No podemos pasar la Navidad separados!

—Me iré a casa de Duque —contesté—. Ella me ha dicho que sus padres están de acuerdo. Abriré todos mis regalos y les contaré que mis padres me han abandonado, y entonces Duque se compadecerá de mí porque mi madre no me quiere y me dará uno de sus paquetes. —Miré a Duque y ella sonrió con suficiencia.

—Tobin… —dijo mi madre con tono de desaprobación.

No le iban mucho las bromas. Tenía el carácter ideal para su profesión. Es decir, no sería muy conveniente que una cirujana oncológica llegara a su consulta y soltara: «Un tío entra en un bar. El barman le pregunta: "¿Qué va a tomar?". Y el tío dice: «¿Qué tiene?». El barman le responde: "No sé qué tengo yo, pero usted tiene un melanoma en fase cuatro"».

—Solo quería decir que estaré bien. ¿Vais a volver al hotel?

—Supongo, a menos que tu padre consiga un coche. Estos días está portándose como un santo.

—Vale —dije.

Miré a JP y vi que me decía: «Cuelga-el-teléfono» moviendo los labios. Tenía muchas ganas de volver a mi lugar en el sofá, entre JP y Duque para seguir viendo cómo se las apañaba el nuevo James Bond para cargarse a la gente de formas alucinantes.

—¿Va todo bien por ahí? —me preguntó mi madre.

¡Por el amor Dios!

—Sí, sí… Bueno, está nevando. Pero Duque y JP están aquí. Y la verdad es que no pueden abandonarme, porque morirían congelados si intentaran volver a sus casas. Estamos viendo pelis de James Bond. Seguimos teniendo luz y todo funciona.

—Llámame si pasa algo. Cualquier cosa.

—Sí, te lo prometo.

—Vale —dijo ella—. Vale. ¡Dios, siento todo esto, Tobin! Te quiero. Lo siento.

—No hay para tanto —respondí, porque era la verdad. Yo estaba en una casa enorme sin supervisión de ningún adulto, tirado en el sofá con mis mejores amigos. No es que tuviera nada en contra de mis padres, son buenas personas y todo eso, pero, por mí, como si se quedaban en Boston hasta Nochevieja.

—Te llamaré desde el hotel —añadió mi madre.

Por lo visto, JP también lo había oído, porque masculló: «Seguro que lo harás», mientras yo me despedía.

—Tu madre tiene un trastorno de dependencia emocional —diagnosticó JP cuando colgué.

—Bueno, es que es Navidad —repuse.

—¿Y por qué no vienes a mi casa para celebrarlo? —me preguntó JP.

—La comida es una mierda —respondí. Rodeé el sofá y ocupé mi sitio en el lugar central.

—¡Racista! —exclamó JP.

—¡No lo digo por racismo! —repliqué.

—Acabas de decir que la comida coreana es una mierda —dijo.

—No, no ha dicho eso —aclaró Duque, y levantó el mando para volver a poner la peli—. Ha dicho que la comida coreana de tu madre es una mierda.

—Exacto —dije—. Me gusta mucho comer en casa de Keun.

—Eres un caraculo —soltó JP, que es lo que decía cuando se quedaba sin réplica. De todas las réplicas posibles, esa estaba bastante bien. Duque volvió a poner la peli, y JP sugirió—: Deberíamos llamar a Keun.

Duque volvió a darle a la pausa y se volvió hacia JP.

—JP —dijo.

—¿Sí?

—Por favor, ¿te callas de una vez para que pueda volver a disfrutar del cuerpazo de infarto de Daniel Craig?

—¡Qué gay! —exclamó JP.

—Soy una chica —repuso Duque—. No es nada gay que me atraigan los hombres. Ahora bien, si dijera que tú tienes un cuerpazo de infarto, eso sí sería gay, porque tienes cuerpo de tía.

—Te has pasado —dije.

Duque me miró con las cejas enarcadas y añadió:

—Aunque JP es un puñetero modelo de masculinidad comparado contigo.

No fui capaz de darle la réplica.

—Keun está trabajando —dije—. En Nochebuena le pagan el doble.

—¡Ah, vale! —exclamó JP—. Había olvidado que las Waffle House son como las piernas de Lindsay Lohan: siempre abiertas.

Me reí, Duque se limitó a esbozar una mueca y volvió a poner la película. Daniel Craig emergió del agua caminando; llevaba unos calzoncillos tipo bóxer (muy europeo), que pasaban por un bañador. Duque lanzó un suspiro de satisfacción mientras JP hacía un gesto de desprecio. Al cabo de un par de minutos, oí un leve clic a mi lado. Era JP pasándose el hilo dental. Era un obseso de la higiene bucal.

—Eso es asqueroso —le dije.

Duque puso la película en pausa y se quedó mirándome. No era una mirada maligna: arrugó su naricilla y juntó mucho los labios. Yo siempre sabía cuándo estaba cabreada conmigo de verdad y, en ese momento, sus ojos todavía transmitían bastante simpatía.

—¿Qué? —peguntó JP, con el hilo dental colgándole de la boca, atrapado entre los molares.

—Pasarse el hilo dental en público es… ¡Por favor, guarda eso!

Lo hizo a regañadientes, y quiso decir la última palabra.

—Mi dentista dice que jamás ha visto unas encías más sanas. Jamás.

Entorné los ojos. Duque se colocó un rizo detrás de la oreja y quitó la pausa a Bond. Me quedé viendo la peli un minuto, pero luego miré por la ventana a una farola lejana. Esta iluminaba la nieve y generaba la ilusión óptica de una lluvia de miles de millones de estrellas cayendo desde el cielo. Y, aunque me disgustaba que mis padres lo pasaran mal o negarles el derecho de disfrutar de una Navidad en casa, no pude evitar desear que cayera más nieve.

2

El teléfono sonó diez minutos después de haber vuelto a poner la película.

—¡Por el amor de Dios! —exclamó JP, y agarró el mando a distancia para darle al botón de pausa.

—Tu madre llama más que un novio pesado —añadió Duque.

Salté por encima del respaldo del sofá y cogí el teléfono.

—¡Hola! —dije—, ¿cómo va?

—Tobin —respondió la voz al otro lado del teléfono. No era mi madre, sino Keun.

—Keun, ¿no estabas…?

—¿JP está contigo?

—Sí, está aquí.

—¿Tienes altavoz?

—Eh, ¿por qué lo…?

—¡¿Tienes altavoooz?! —gritó.

—Un momento. —Mientras buscaba el botón, dije—: Es Keun. Quiere que ponga el altavoz. Está muy raro.

—¡Es flipante! —comentó Duque con sarcasmo—. Lo siguiente será que digas que el sol es una masa de gas incandescente o que JP tiene las pelotas diminutas.

—Ese tema ni tocarlo —advirtió JP.

—¿Qué no toque el qué? Porque tendría que meterte una lupa de superaumento en los calzoncillos para localizar tus pelotas microscópicas.

Encontré el botón del altavoz y lo presioné.

—Keun, ¿me oyes?

—Sí —dijo. Se oía mucho ruido de fondo. Voces de chicas—. Tíos, necesito que me escuchéis.

—¿Es que la tía con las tetas más diminutas del mundo se atreve a meterse con el tamaño de las partes íntimas de otra persona? —le soltó JP a Duque.

Ella le lanzó un cojín.

—¡Tenéis que escucharme ya! —gritó Keun por el altavoz. Entonces nos callamos todos. Keun era increíblemente listo y siempre hablaba como si tuviera un guión escrito—. Vale. Mi jefe no ha venido hoy a trabajar, porque se ha quedado atrapado en el coche por la ventisca. Eso me convierte en el cocinero y ayudante del encargado en funciones. Hay otros dos empleados. Uno es Mitchell Croman, y el otro, Billy Talos. —Tanto Mitchell como Billy iban a nuestro instituto, aunque no sería exacto decir que los conocía, y ellos tampoco me habrían reconocido en una rueda de identificación—. Hasta hace unos doce minutos, era una noche tranquila. Nuestros únicos clientes eran Tío de Aluminio y Doris, la fumadora viva más anciana de Estados Unidos. Entonces ha aparecido una chica y luego ha llegado Stuart Weintraub. —Otro compañero de clase, un buen tío—. Iba cubierto con bolsas del Target. Han entretenido durante un rato a Tío de Aluminio, y yo estaba leyendo *El caballero oscuro* cuando...

—Keun, ¿querías contarnos algo en concreto? —le pregunté. A veces empezaba a hablar y acababa yéndose por las ramas.

—¡Oh, sí!, ¡sí que hay algo! —respondió—. Hay catorce «algos». Porque unos quince minutos después de que apareciera Stuart Weintraub, nuestro Señor bondadoso y todopoderoso ha decidido apiadarse de su siervo Keun y ha considerado adecuado enviar a catorce animadoras de Pensilvania, ataviadas con chándal de invierno, a nuestra humilde Waffle House. Caballeros, no estoy de coña. Tenemos el restaurante abarrotado de animadoras. Su tren ha quedado atrapado por la nieve y pasarán la noche aquí. Van puestas de cafeína hasta las cejas. Están haciendo el espagat sobre la barra del desayuno.

»No voy a andarme con rodeos: se ha producido un milagro de Navidad muy animado. Ahora mismo estoy mirándolas. Están tan buenorras y me ponen tan caliente que podría fundir toda la nieve de la calle. Me ponen tan caliente que podría cocinar los gofres sobre mi cuerpo. Me ponen tan caliente que podrían... No, no, mejor dicho, que podrán calentarme rincones del corazón hace tanto tiempo helados que prácticamente había olvidado que existían.

Una voz de chica —una voz a un tiempo alegre y sensual— gritó algo por el teléfono justo en ese momento. Yo ya me había situado justo encima del altavoz, mirándolo con una especie de gesto reverencial. JP estaba a mi lado.

—¿Son tus amigos? ¡Oh, Dios mío, diles que traigan el Enredos!

Keun volvió a hablar.

—¡Y ahora ya sabéis qué está en juego! Acaba de empezar la mejor noche de mi vida. Estoy invitándoos a uniros a mí, porque soy el mejor amigo de la historia. Aunque hay un pequeño problemilla: en cuanto cuelgue el teléfono, Mitchell y Billy llamarán a sus amigos. Hemos acordado que solo habrá sitio para un coche más de tíos. No puedo ajustar más la ratio de animadoras por tío. Ahora bien, me ha tocado a mí llamar primero porque resulta que soy el ayudante del encargado en funciones. Lo que quiere decir que jugáis con ventaja desde el principio. Sé que no me fallaréis. Sé que puedo contar con vosotros para que traigáis el Enredos. Caballeros, les deseo una travesía segura. Y si pierden la vida esta noche, lo harán con la alegría de saber que se han sacrificado por la más noble de las nobles causas de la humanidad. La caza de animadoras.

3

JP y yo ni siquiera nos molestamos en colgar el teléfono.

—Voy a cambiarme —me limité a decir.

—Yo también —dijo JP.

—Duque, ¡el Enredos! ¡En el armario de los juegos!

Salí disparado al piso de arriba, me deslicé patinando con los calcetines por el suelo de parquet de la cocina y entré en mi habitación dando un traspié. Abrí la puerta del armario de golpe y empecé a rebuscar como loco entre las camisas apiladas abajo, con la vana esperanza de que en ese montón hubiera una prenda maravillosa y perfecta, una bonita camisa de botones sin arrugas que dijera de mí: «Soy un tipo fuerte y duro, aunque también se me da de maravilla escuchar con una entrega auténtica y apasionada los vítores de aliento y a quienes los emiten». Por desgracia, esa camisa no existía. Me puse a toda prisa una camiseta amarilla de Threadless, sucia pero muy chula, y un jersey negro de punto con cuello de pico. Me quité corriendo los vaqueros de ver pelis de James Bond con Duque y JP, y me embutí corriendo mis únicos vaqueros negros elegantes.

Hundí la barbilla en el pecho para comprobar mi olor corporal. Entré corriendo en el baño y me puse desodorante. Me miré en el espejo. Tenía buen aspecto, salvo por el pelo, un tanto despeinado. Regresé corriendo al cuarto, recogí el abrigo de invierno del suelo, empecé a calzarme las Puma y bajé corriendo con las deportivas a medio poner al tiempo que gritaba:

—¿Está todo el mundo listo? ¡Yo ya estoy! ¡Vámonos!

Cuando llegué abajo, Duque se había sentado en el centro del sofá y estaba viendo la peli de Bond.

—Duque. El Enredos. La Chaqueta. Al Coche. —Me volví y hablé a gritos por las escaleras—: JP, ¡¿dónde estás?!

—¿Tienes un abrigo para prestarme? —me respondió.

—No, ¡ponte el tuyo! —le grité.

—Pero ¡si solo llevo una chaqueta! —me contestó también a gritos.

—¡Tú date prisa y ya está! —Por algún motivo, Duque todavía no había quitado la película—. Duque —repetí—. El Enredos. La chaqueta. Al coche.

Puso pausa y se volvió hacia mí.

—Tobin, ¿cómo te imaginas el infierno?

—¡Es una pregunta que puedo responder en el coche!

—Porque yo me lo imagino como un lugar donde tenga que pasar una eternidad en una Waffle House abarrotada de animadoras.

—¡Oh, venga ya! —dije—. ¡No seas idiota!

Duque se levantó. El sofá actuaba de barrera entre ambos.

—¿Estás diciendo que vamos a salir al exterior el día de la peor ventisca de nieve desde hace cincuenta años? ¿Que vamos a recorrer en coche una distancia de treinta y dos kilómetros para pasar el rato con una panda de tías desconocidas? ¿Con unas tías cuya idea de la diversión consiste en jugar a algo pensado para niños de seis años? ¿Y la idiota soy yo?

Volví a dirigir la mirada hacia el piso de arriba.

—¡JP! ¡Date prisa!

—¡Eso intento! —respondió—. Pero ¡es difícil darse prisa cuando uno intenta estar estupendo!

Rodeé el sofá y posé un brazo sobre Duque. La miré sonriente. Éramos amigos desde hacía mucho tiempo. La conocía bien. Sabía que odiaba a las animadoras. Sabía que odiaba el frío. Sabía que odiaba que la obligaran a levantarse del sofá cuando estaba viendo pelis de James Bond.

Pero a Duque le encantaban las *hash browns* de la Waffle House.

—Hay dos cosas que te resultan irresistibles —le dije—. La primera es James Bond.

—No lo puedo negar —afirmó—. ¿Cuál es la otra?

—Las *hash browns* —contesté—. Las doradas y deliciosas *hash browns* de la Waffle House.

No me miró, no directamente. Miró más allá, a través de las paredes de la casa y más allá de la nieve; entrecerró los ojos mientras miraba a un punto distante. Estaba imaginándose las doradas tortitas de patata rayada.

—Puedes pedirlas gratinadas, cubiertas de cebolla y con costra de queso fundido —añadí.

Parpadeó de forma exagerada y sacudió la cabeza.

—¡Dios!, ¡mi pasión por las *hash browns* siempre me pierde! Pero no pienso quedarme allí varada toda la noche.

—Será solo una hora, a menos que estés pasándolo bien —le aseguré.

Ella asintió en silencio. Mientras se ponía el abrigo, abrí el armario de los juegos y cogí la caja del Enredos con las esquinas abolladas.

Cuando me volví, JP estaba plantado ante mí.

—¡Oh, Dios mío! —exclamé.

JP había encontrado una prenda horrible en algún rincón oscuro del armario de mi padre: un pijama de peluche azul celeste, de cuerpo entero y con las perneras ajustadas. Lo complementaba con una gorra con orejeras.

—Pareces un leñador obsesionado con la ropa infantil —dije.

—Cierra el pico, caraculo —se limitó a responder JP—. Es mi rollo de esquiador sexy. Esta ropa dice: «Acabo de bajar de las pistas tras un largo día salvando vidas con la Patrulla de Salvamento de montaña».

Duque soltó una carcajada.

—En realidad, lo que dice es: «Que yo no haya sido la primera mujer astronauta no quiere decir que no pueda ponerme su traje espacial».

—¡Por el amor de Dios! Vaaaleee... Iré a cambiarme —dijo JP.

—¡Que no hay tiempo! —grité.

—Deberías ponerte las botas —me aconsejó Duque mirando mis deportivas Puma.

—¡No hay tiempo! —volví a gritar.

Los empujé a toda prisa para llevarlos al garaje y subimos a Carla, el SUV Honda blanco de mis padres. Habían pasado ocho minutos desde que Keun había colgado el teléfono. El tiempo de ventaja con el que contábamos al principio seguramente ya había pasado. Eran las once y cuarenta y dos. En una noche normal, habríamos tardado unos veinte minutos en llegar a la Waffle House.

Pero iba a quedar demostrado que no era una noche normal.

4

Cuando presioné el botón de la puerta del garaje, fui consciente de la verdadera dimensión del desafío al que nos enfrentábamos: una pared de nieve de unos sesenta centímetros de alto se levantaba al otro lado de la puerta del garaje. Desde la llegada de Duque y JP, más o menos a la hora de comer, debían de haberse acumulado unos cuarenta y cinco centímetros más de nieve.

Activé la tracción a las cuatro ruedas de Carla.

—Voy a… ¿Paso por encima con el coche?

—¡Vámonos! —gritó JP desde el asiento trasero.

Duque había conseguido sentarse delante. Inspiré con fuerza y di marcha atrás. Carla se levantó un poco del suelo cuando empecé a rodar por la nieve, pero seguí de todas formas y empecé a retroceder por el camino de entrada a la casa.

A decir verdad, no conducía, más bien patinaba marcha atrás por encima de la nieve, pero alcancé mi objetivo. En muy poco tiempo, más por suerte que por destreza conductora, el coche se encontraba en la calzada, orientado, más o menos, en dirección a la Waffle House.

El asfalto estaba cubierto por una capa blanca de treinta centímetros de grosor. En nuestro vecindario no habían retirado la nieve ni habían echado sal.

—Esta es una manera muy estúpida de morir —comentó Duque.

Yo empezaba a estar de acuerdo con ella.

Pero, desde el asiento trasero, JP gritó:

—¡Espartanos! ¡Esta noche cenaremos en la Waffle House!

Asentí en silencio, puse la marcha automática en posición de conducción y pisé el acelerador. Las ruedas empezaron a girar sobre sí mismas, y de pronto salimos disparados. La nieve que caía cobró vida a la luz de los faros. No veía los bordillos de las aceras, ni mucho menos las líneas divisorias de carriles. Básicamente intentaba mantenerme en el espacio que quedaba entre los buzones de las casas.

Grove Park, nuestro barrio, es una especie de cuenco, y para salir de allí hay que ascender por una pendiente muy suave. JP, Duque y yo nos criamos en Grove Park; había subido por aquella pendiente con el coche más de mil veces.

Por ello, no se me pasó por la cabeza que conducir por aquella pequeña elevación del terreno supusiera problema alguno. Sin embargo, no tardé en darme cuenta de que, por mucho que pisara el acelerador, no estábamos ascendiendo a toda velocidad. Empecé a sentir miedo.

Carla avanzaba cada vez más despacio. Yo pisaba el acelerador y oía como giraban las ruedas sobre la nieve. JP soltó un taco. No obstante, seguíamos avanzando, aunque fuera a paso de tortuga, y de pronto vi el final de la cuesta y el negro pavimento de la autovía despejada de nieve ante nosotros.

—Venga, Carla —mascullé.

—Dale gas —sugirió JP.

Pisé el acelerador, y las ruedas giraron aún más. De pronto, Carla dejó de subir.

Se hizo una larga pausa entre el momento en que Carla dejó de avanzar y cuando empezó a patinar con las ruedas bloqueadas, marcha atrás y colina abajo. Fue un tiempo de silencio, un instante para la contemplación. Por lo general, soy bastante reacio a correr riesgos. No me va eso de recorrer el Sendero de los Apalaches a pie, ni pasar el verano estudiando en Ecuador, ni me arriesgaría a comer sushi. De pequeño, cuando me desvelaba por alguna preocupación, mi madre siempre me decía: «¿Qué es lo peor que puede ocurrir?». A ella le parecía un buen consuelo, era su forma de hacerme ver que mis hipotéticos errores en los deberes de mates de segundo no comprometían mi felicidad futura. Sin embargo, yo no lo interpretaba así. Cuando me lo decía, yo empezaba a pensar, lógicamente, en las peores consecuencias. Digamos que sí me preocupaban esos errores. Quizá mi profesora, la señorita Chapman, me gritase. Bueno, no me gritaría, pero sí expresaría su desilusión con tacto. Quizá esa forma tan atenta de manifestar su decepción me molestase. Y quizá rompería a llorar. Todos me llamarían llorica, lo que agravaría mi condición de marginado social, y, fruto del rechazo, me engancharía a las drogas para olvidar. Cuando me tocara pasar a quinto, ya estaría enganchado a la heroína. Al final moriría. Esa era la peor de las consecuencias. Y podía ocurrir. Creía firmemente en esa forma de plantearme el futuro, aunque solo fuera para no engancharme a la heroína o morir. Pero, en aquella ocasión, lo había tirado todo por la borda. ¿Y por qué motivo? ¿Por unas animadoras a las que no conocía? No es que tuviera nada en contra de las animadoras, pero seguro que había mejores causas por las que sacrificarse.

Noté que Duque estaba mirándome, me volví hacia ella, y tenía los ojos abiertos como platos, grandes y redondos, con cara de susto y puede que de cabreo. Y no fue hasta ese momento, sumido en el silencio del ambiente, en que me planteé la peor de las posibilidades. Era la siguiente: si llegaba a sobrevivir, mis padres me matarían por haber dejado el coche en siniestro total. Me castigarían durante años, décadas, seguramente. Trabajaría cientos de horas durante el verano para pagar la reparación del coche.

Entonces ocurrió lo inevitable. Carla empezó a deslizarse marcha atrás hacia la casa, sin parar de colear. Yo pisaba el freno. Duque tiró del freno de mano, pero Carla seguía retrocediendo en plan eslalon, y solo de tanto en tanto reaccionaba a los frenéticos volantazos que yo iba dando.

Noté un ligero bache y supuse que nos habíamos subido a uno de los bordillos. A partir de entonces, seguimos retrocediendo por los patios de nuestros vecinos al tiempo que abríamos surcos en la nieve de la profundidad de los neumáticos. Rodábamos marcha atrás y veíamos pasar las casas, tan de cerca que llegábamos a distinguir los adornos de los árboles de Navidad por las ventanas de los comedores. Carla esquivó, de milagro, una camioneta aparcada en el camino de entrada de una de las viviendas, y mientras veía buzones, coches y casas acercándose por el retrovisor, atisbé a JP de refilón. Estaba sonriendo. Al final había sucedido lo peor. Lo cual, en cierto modo, resultaba reconfortante. En definitiva, algo en la sonrisa de mi amigo me hizo sonreír.

Me volví para echar un vistazo a Duque y levanté las manos del volante de golpe. Ella sacudió la cabeza como si estuviera enfadada, aunque también sonreía. Para demostrarle hasta qué punto no controlaba a Carla, volví a coger el volante y empecé a girarlo con brusquedad hacia un lado y hacia el otro. Ella rió un poco más.

—Estamos muy jodidos —dijo.

Entonces, de pronto, los frenos empezaron a funcionar, e hice fuerza contra el asiento para pisar el pedal hasta el fondo. Al final, a medida que el firme iba aplanándose, fuimos frenando hasta detenernos.

—¡Me cago en todo!, ¡no puedo creer que siga vivo! ¡No hemos muerto, tíos! —exclamaba JP en voz muy alta.

Miré a mi alrededor para intentar centrarme. Más o menos a un metro y medio de la puerta del acompañante, se encontraba la casa de una pareja de jubilados, el señor y la señora Olney. Tenían una luz encendida, y al mirar con más detenimiento, vi a la señora Olney ataviada con un camisón blanco y la cara prácticamente pegada al cristal, mirándonos, boquiabierta. Duque la miró y le dedicó un saludo militar. Puse la palanca de cambio de Carla en el modo de conducción y salí con cautela del patio de los Olney para regresar a lo que esperaba que fuera la calzada. Moví la palanca al modo de estacionamiento y retiré mis temblorosas manos del volante.

—Vale —dijo JP, intentando tranquilizarse—. Vale. Vale. Vale. —Tomó aire y añadió—: ¡Ha sido increíble! ¡Ha sido la mejor montaña rusa de mi vida!

—Yo estoy intentando no hacérmelo encima —contesté.

Estaba dispuesto a volver a casa, de regreso a nuestras pelis de James Bond. Quería quedarme levantado hasta medianoche, comer palomitas, dormir un par de horas, pasar la Navidad con Duque y sus padres. Podría vivir sin la compañía de las animadoras de diecisiete años y medio de Pensilvania. Lograría sobrevivir un día más sin ellas.

JP siguió hablando.

—No paraba de pensar: «Tío, voy a palmar llevando un mono de color azul celeste. Mi madre tendrá que identificar mi cadáver y va a pasarse el resto de su vida pensando que, en la intimidad, a su hijo le gustaba vestirse como una estrella del porno de los años setenta preparada para el frío polar.

—Creo que puedo pasar una noche sin comer *hash browns* —añadió Duque.

—Sí —dije—. Sí.

JP protestó en voz alta diciendo que quería volver a montar en la montaña rusa, pero yo ya había tenido bastante. Me temblaba el dedo cuando presioné el botón de marcación rápida para llamar a Keun.

—Oye, tío, ni siquiera podemos salir de Grove Park. Hay demasiada nieve.

—Tío —respondió Keun—, esfuérzate un poco más. Los amigos de Mitchell ni siquiera habrán salido, no lo creo. Además, Billy ha llamado a un par de universitarios a los que conoce y les ha dicho que traigan un barril de cerveza, porque estas chicas tan encantadoras solo se dignarían hablar con Billy si estuvieran borra… ¡Eh! Perdón, Billy acaba de pegarme con su gorra de papel. ¡Soy el ayudante del encargado en funciones, Billy! Informaré de tu comporta… ¡Eh! Bueno, da lo mismo, tú ven. No quiero quedarme aquí atrapado con Billy y un montón de borrachos. El restaurante quedará hecho una ruina, y me despedirán y… Por favor…

Desde la parte trasera del coche, JP canturreaba:

—¡Montaña rusa! ¡Montaña rusa! ¡Montaña rusa!

Cerré el teléfono y me volví hacia Duque. Estaba a punto de iniciar la campaña para convencerlos de irnos a casa cuando volvió a sonarme el móvil. Era mi madre.

—No hemos conseguido el coche. Volvemos al hotel —añadió—. Solo quedan ochenta minutos para que sea Navidad, y yo iba a esperar, pero tu padre está cansado y quiere acostarse, por eso vamos a felicitarte ya. —Mi padre se acercó al teléfono, y oí su desganado «Feliz Navidad», una octava por debajo del jubiloso saludo de mi madre.

—Feliz Navidad —respondí—. Llamadme si surge algo. Todavía nos quedan dos pelis más de Bond por ver. —Justo antes de que mi madre colgara, me sonó el tono de llamada en espera. Era Keun. Puse el manos libres.

—Dime que ya habéis salido de Grove Park.

—Tío, pero si acabas de llamar. Todavía estamos a los pies de la cuesta —dije—. Me parece que nos vamos para casa, tío.

—Venid. ¡Ya! Acabo de enterarme de a quién ha invitado Mitchell: a Timmy y a Tommy Reston. Vienen para acá. Todavía podéis llegar antes que ellos. ¡Sé que podéis! ¡Tenéis que hacerlo! ¡No pienso dejar que mi animadísimo milagro de Navidad se frustre por culpa de los gemelos Reston!

Y colgó. Keun solía dramatizar mucho, aunque en esa ocasión entendía su preocupación. Los gemelos Reston podían fastidiarlo prácticamente todo. Timmy y Tommy Reston eran una pareja de gemelos idénticos que no se parecían absolutamente en nada. Timmy pesaba más de ciento treinta kilos, aunque no estaba gordo. Era fuertote y muy rápido, por eso era el mejor jugador de fútbol de nuestro equipo. Tommy, por otro lado, cabía de cuerpo entero en una sola pierna de los vaqueros de Timmy, pero lo que le faltaba de corpulencia lo compensaba más que con creces con una agresividad brutal. Cuando estábamos en primaria, Timmy y Tommy libraban peleas épicas entre ellos en la cancha de baloncesto. No creo que ninguno de los dos conservara sus auténticos dientes.

Duque se volvió hacia mí.

—Vale, esto ya no solo tiene que ver con nosotros, ni con las animadoras. Ahora lo que importa es proteger a Keun de los gemelos Reston.

—Si se quedan encerrados por la nieve unos días en la Waffle House y empieza a escasear la comida, ya sabéis qué va a pasar —dijo JP.

Duque siguió la broma. Eso se le daba bien.

—Tendrán que practicar el canibalismo. Y Keun será el primero en caer.

Negué con la cabeza.

—Pero el coche…

—Piensa en las animadoras —imploró JP.

Sin embargo, yo no estaba pensando en ellas cuando asentí en silencio. Estaba pensando en remontar la cuesta, en llegar a las calles despejadas de nieve que nos llevarían a cualquier parte.

5

Duque, como siempre, tenía un plan. Seguíamos estacionados en medio de la carretera cuando compartió con nosotros lo que pensaba.

—El problema ha sido que nos hemos ahogado al subir la cuesta. ¿Por qué? Porque no hemos encarado la subida con la máxima potencia. Tienes que retroceder cuanto puedas en línea recta y luego subir disparado. Conseguiremos ascender yendo mucho más deprisa, y el impulso nos llevará hasta arriba.

No era un plan especialmente atractivo, pero no se me ocurría nada mejor. Di marcha atrás todo lo que pude, con la subida justo delante de nosotros aunque casi invisible por la cantidad de nieve que caía sobre los faros. No paré hasta meterme en el patio delantero de una casa; había un imponente roble que quedó a unos centímetros del parachoques trasero de Carla. Hice girar las ruedas para hundirlas un poco en la nieve dura.

—¿Cinturones bien puestos? —pregunté.

—Sí —respondieron al unísono mis dos amigos.

—¿Todos los airbags activados?

—Afirmativo —dijo Duque.

Me volví para mirarla. Estaba sonriendo y enarcando las cejas. Le correspondí con un gesto de asentimiento.

—Necesito una cuenta atrás, colegas.

—Cinco —soltaron a la par—. Cuatro. Tres.

Puse la palanca de cambio en posición neutral y empecé a revolucionar el motor.

—Dos. Uno.

Metí la primera de golpe y salimos disparados, acelerando a trompicones cuando las ruedas patinaban sobre algún fragmento de nieve congelada. Encaramos la subida a sesenta y cuatro kilómetros por hora, con lo que excedíamos en treinta kilómetros el límite de velocidad permitida en Grove Park. Me levanté del asiento, notaba la presión del cinturón. Estaba cargando todo el peso de mi cuerpo sobre el acelerador, pero las ruedas patinaban, empezamos a decelerar y yo empecé a desanimarme.

—¡Vamos! —exclamó Duque.

—Tú puedes hacerlo, Carla —masculló JP en voz baja desde el asiento trasero, y el coche siguió adelante, aumentando poco a poco la velocidad con cada segundo que pasaba.

—Carla, ¡sube ese culo disparador de gas hasta la cima! —grité al tiempo que aporreaba el volante.

—No le hables así —dijo Duque—. Necesita que la animen con amabilidad. Carla, nena, te queremos. Eres un coche maravilloso. Y creemos en ti. Confiamos en ti con los ojos cerrados.

JP empezó a dejarse llevar por el pánico.

—No vamos a conseguirlo.

Duque reaccionó con tono tranquilizador.

—No lo escuches, Carla. Vas a conseguirlo.

Volví a ver el final de la cuesta y el asfalto negro recién despejado de nieve. Y Carla estaba en plan: «Creo que puedo, creo que puedo», y Duque no paraba de aporrear el salpicadero diciendo:

—Te quiero, Carla. Tú lo sabes, ¿verdad? Me despierto todas las mañanas y lo primero que pienso es en lo mucho que quiero al coche de la madre de Tobin. Sé que es raro, nena, pero es así. Te quiero. Y sé que puedes hacerlo.

Yo seguía pisando el acelerador, y las ruedas no paraban de girar. Redujimos la marcha hasta los doce kilómetros por hora. Nos acercábamos a un montón de nieve de casi un metro de alto, donde el quitanieves había vertido toda su carga, que nos impedía el paso. Habíamos estado a punto de lograrlo. El velocímetro marcaba casi ocho kilómetros por hora.

—¡Oh, Dios, es una caída enorme! —exclamó JP, con la voz quebrada.

Miré por el retrovisor. Desde luego que lo era.

Seguíamos avanzando muy lentamente, pero nada más. La pendiente empezaba a suavizarse, aunque íbamos a llegar por los pelos. Yo seguía dando toquecitos al acelerador con nulos resultados.

—Carla —dijo Duque—, ha llegado la hora de que te confiese la verdad. Estoy enamorada de ti. Quiero estar contigo, Carla. Nunca he sentido esto por un coch...

La ruedas se agarraron a la nieve justo cuando yo tenía el acelerador pisado hasta el fondo, salimos disparados hacia el montículo y la nieve saltó hasta el parabrisas, pero logramos cruzarlo, la mitad del recorrido por encima del montón blanco, y la otra mitad, atravesándolo. Carla empezó a colear cuando lo cruzamos y pisé el freno de golpe al ver que nos acercábamos a un stop. Carla corcoveó y, de pronto, en lugar de estar frente a la señal de tráfico, nos encontrábamos en la carretera, orientados en la dirección correcta. Solté el pedal del freno y empecé a circular.

—¡Sííí! —gritó JP desde el asiento trasero. Se inclinó hacia delante y le revolvió los rizos a Duque—. ¡Hemos conseguido no matarnos de un modo flipante!

—Está claro que sabes cómo hablarle a un coche —le dije a Duque. Sentía como me bombeaba la sangre por todo el cuerpo. Resultaba alucinante lo tranquila que parecía ella mientras se peinaba el pelo con los dedos para volver a ponérselo bien.

—En situaciones desesperadas, soluciones desesperadas —respondió.

Fueron unos primeros ocho kilómetros muy agradables: la calzada describía toda una serie de subidas y bajadas por las montañas, lo que requería una conducción cautelosa. Sin embargo, el nuestro era el único coche que circulaba por allí y, aunque el asfalto estaba mojado, la sal impedía la formación de placas de hielo. Además, conducía con mucha precaución, a treinta y dos kilómetros por hora, lo que hacía que las curvas no parecieran tan aterradoras. Viajamos todos en silencio durante largo rato —supongo que pensando que habíamos conseguido conquistar la cima—, aunque, de tanto en tanto, JP lanzaba un sonoro suspiro y decía: «No puedo creerme que no estemos muertos», o alguna variante sobre el mismo tema. Caía demasiada nieve y la carretera estaba demasiado húmeda para poner música, así que seguimos en silencio.

Al cabo de un rato, Duque dijo:

—A todo esto, ¿qué les ves a las animadoras? —Me lo decía a mí; lo sabía porque había salido unos meses con una chica llamada Brittany, que, casualmente, era animadora.

En realidad, en el instituto, contábamos con un equipo de animadoras bastante bueno. En líneas generales, eran mucho mejores que el equipo de fútbol al que animaban. También eran muy famosas por el rastro de corazones rotos que iban dejando a su paso: Stuart Weintraub, el chico al que Keun había visto en la Waffle House, se había quedado hecho polvo después de su historia con Chloe, la animadora.

—Hummm… ¿Podría ser que están muy buenas? —sugirió JP.

—No —dije, e intenté ponerme serio—. Fue una coincidencia. Brittany no me gustaba porque fuera animadora. Lo que quiero decir es que es maja, ¿sabéis?

Duque soltó una risa burlona.

—Sí, tan maja como Stalin; le encanta machacar a sus enemigos.

—Brittany es guay —repuso JP—. El problema es que tú no le gustabas, porque no lo entendía.

—¿Que no entendía el qué? —preguntó Duque.

—Bueno, ya sabes… Que no eres una amenaza. A la mayoría de las chicas con novio no les gusta que su chico se pase el día con otra tía. Y Brittany no llegó a entender que tú no eres una chica de verdad.

—Si te refieres a que no me gustan las revistas de cotilleos, que prefiero comer a ser anoréxica, que me niego a ver programas de televisión sobre modelos y que odio el color rosa, entonces sí, tienes razón. Estoy orgullosa de no ser una chica de verdad.

Era cierto que a Brittany no le gustaba Duque, pero es que tampoco le gustaba JP. En realidad, ni siquiera yo le gustaba demasiado. Cuanto más tiempo llevábamos juntos más le molestaban mi sentido del humor, mis modales en la mesa y todo lo demás, que fue la razón por la que cortamos. Y no me importó gran cosa. Me fastidió que me dejara, pero no me quedé tan hecho polvo como Weintraub. Supongo que yo no estaba enamorado. Eso marcó la diferencia. Era mona y lista, y hablar con ella no estaba mal, aunque, a decir verdad, no hablábamos mucho. Nunca tuve la sensación de estar arriesgando mucho al salir con ella, porque siempre supe cómo acabaría. No valía la pena arriesgarse a sentir algo más por esa chica.

¡Dios, odiaba hablar de Brittany! Pero Duque no paraba de mencionarla; a lo mejor lo hacía por el simple placer de fastidiarme. O tal vez fuera porque ella nunca tenía ningún drama personal del que hablar. Había muchos tíos a los que les gustaba Duque, pero ella no parecía interesada en ninguno. A ella no le iba eso de hablar sin parar sobre un tío, sobre lo mono que era y que a veces le hacía caso y otras no, y todo ese rollo. Eso me gustaba de Duque. Era una persona normal: le gustaba gastar bromas y hablar de pelis, y no le importaba gritar o que le gritaran. Era mucho más normal que las demás chicas.

—No estoy obsesionado con las animadoras —insistí.

—Pero —dijo JP—, a ambos nos obsesionan las tías buenas a las que les encanta jugar al Enredos. Eso no tiene nada que ver con que te gusten las animadoras, Duque, tiene que ver con que te guste el espíritu libre, soñador e indomable de nuestra patria, Estados Unidos.

—Sí, vale, puedes llamarme antipatriota, pero no acabo de ver clara la relación con las animadoras. Dar ánimo a los demás no es sexy. Lo misterioso es sexy. Lo siniestro es sexy. Ser más profunda de lo que pareces a primera vista es sexy.

—Vale —contestó JP—. Por eso sales con Billy Talos. Nada es más misterioso y siniestro que un camarero de la Waffle House.

Miré por el espejo retrovisor para ver si JP estaba de coña, pero no me lo pareció. Duque se giró, le dio un puñetazo en la rodilla y dijo:

—Solo es un trabajo.

—Un momento, ¿estás saliendo con Billy Talos? —le pregunté.

Me sorprendió, porque creía que Duque nunca saldría con nadie, aunque también porque Billy Talos era un tío de esos a los que les gustan las birras y el fútbol, y a Duque le iban más las pelis en blanco y negro e ir al teatro.

Duque permaneció callada unos segundos.

—No. Billy me pidió que fuera su pareja en el baile de invierno del instituto.

No dije nada. Me extrañaba que Duque le hubiera contado a JP algo que no había compartido conmigo.

—No te ofendas, pero Billy Talos es un poco grasiento, ¿no? —soltó JP—. Yo creo que si le estrujaran el pelo cada día o cada dos días, Estados Unidos podría ahorrar mucho en producción de aceite.

—No me ofendes —dijo Duque entre risas.

Estaba claro que no le gustaba en plan novio. Con todo, no conseguía imaginarme a Duque con Billy Talos. Al margen del pelo graso, él no me parecía un tío especialmente… Bueno, eso, ni divertido ni interesante. Pero daba igual. Duque y JP siguieron con una discusión nada acalorada sobre el menú de la Waffle House; debatían sobre si su tostada con pasas era mejor que su tostada normal. No estaba mal como ruido de fondo para conducir. Los copos de nieve chocaban contra el parabrisas y se fundían de inmediato. Las varillas limpiaparabrisas los retiraban enseguida. Las luces largas iluminaban la nieve y el asfalto mojado, y veía lo suficiente para saber dónde estaba mi carril y hacia dónde me dirigía.

Podría haber conducido por esa carretera durante largo tiempo sin cansarme, pero estábamos a punto de llegar al cruce de Sunrise Avenue y dirigirnos, por el centro de la ciudad, hacia la interestatal y la Waffle House. Eran las doce y veintiséis. Ya era el día siguiente.

—¡Eh! —dije, y los interrumpí.

—¿Qué? —preguntó Duque.

Aparté la vista por un instante de la carretera para hablarle mirándola a la cara.

—Feliz Navidad.

—Feliz Navidad —respondió ella—. Feliz Navidad, JP.

—Feliz Navidad, caraculos.

6

Los bancos de nieve que se habían formado a ambos lados de Sunrise Avenue eran enormes, tan altos como el coche, y daba la sensación de que estábamos avanzando por el centro de un interminable tobogán helado. JP y Duque permanecían callados; los tres estábamos concentrados en la carretera. Nos quedaban todavía unos cuantos kilómetros para llegar al centro, y la Waffle House estaba a un kilómetro y medio, en dirección este, en la salida de la interestatal.

Nuestro silencio se vio interrumpido por un rap de los noventa que sonó en el teléfono de JP.

—Es Keun —dijo. Y puso el altavoz.

—Tíos, ¿dónde narices estáis?

Duque se inclinó hacia el móvil para que pudiera oírla.

—Keun, mira por la ventana y dime qué ves.

—¡Te diré lo que no veo! ¡No os veo ni a ti ni a JP ni a Tobin en el aparcamiento de la Waffle House! No se sabe nada de los colegas universitarios de Mitchell, pero Billy acaba de hablar con los gemelos: están a punto de girar por Sunrise.

—Entonces vamos bien, porque nosotros ya estamos en Sunrise —dije.

—Deprisa. ¡Las animadoras quieren su Enredos! Espera, un momento… Están ensayando la pirámide y necesitan que las vigile. Que las vigile, tío. ¿Sabes qué significa eso? Si se caen, caerán en mis brazos, tío. Tengo que dejaros.

Oí el clic del teléfono cuando colgó.

—Pisa el acelerador —me ordenó JP.

Me reí y mantuve la velocidad constante. Solo necesitábamos seguir en cabeza.

Para avanzar patinando con un SUV, Sunrise Avenue no está mal, porque, a diferencia de la mayoría de las calles en Gracetown, es bastante recta. Siguiendo las huellas de las ruedas de los otros coches, fui aumentando la velocidad poco a poco hasta alcanzar los cuarenta. Supuse que llegaríamos al centro al cabo de un par de minutos, y que estaríamos comiendo los gofres con queso especiales de Keun (que no estaban en el menú) pasados otros diez. Me puse a pensar en esos gofres con quesitos Kraft fundidos por encima, en su sabor dulce y salado al mismo tiempo, un sabor tan intenso y complejo que no podía compararse con otros sabores, solo con emociones. Gofres con queso, en eso pensaba; gofres con sabor a amor, pero sin el temor a la ruptura. Cuando llegamos a la curva de noventa grados de Sunrise Avenue, justo antes de entrar directamente en el centro de la ciudad, casi podía saborearlos.

Abordé la curva tal como me habían enseñado en la autoescuela: con las manos sobre el volante colocadas en las dos y diez. Lo giré ligeramente mientras apretaba con suavidad el pedal del freno.

Carla, sin embargo, no reaccionó como esperaba. Siguió avanzando en línea recta.

—Tobin —dijo Duque. Y luego—: Gira, Tobin, gira, Tobin, gira.

No dije nada. Seguía girando el volante hacia la derecha y pisando el freno. Empezamos a frenar cuando nos acercábamos al montículo, pero no nos desviamos lo más mínimo. En lugar de girar, nos estampamos contra una pared de nieve, y se oyó un ruido similar a un estampido ultrasónico.

«¡Maldita sea!» Carla quedó inclinada hacia la izquierda. El parabrisas estaba cubierto por una capa blanca moteada de gasolina.

En cuanto nos detuvimos, volví la cabeza de golpe y vi grandes fragmentos de nieve congelada que caían por detrás del coche y empezaban a enterrarnos. Reaccioné usando la clase de lenguaje sofisticado por el que se me conoce:

—Mierda, mierda, mierda, mierda, mierda, mierda, mierda. Idiota, idiota, idiota, idiota, idiota, mierda.

7

Duque se echó hacia delante y apagó el motor.

—Peligro de envenenamiento por intoxicación de monóxido de carbono —dijo con tono de listilla, como si no estuviéramos totalmente jodidos y congelados a dieciséis kilómetros de casa—. ¡Salgamos por detrás! —ordenó, y su actitud autoritaria me tranquilizó.

JP se movió como pudo hacia el maletero y abrió la puerta de atrás. Salió disparado. Duque lo siguió, y luego yo, que salí sacando los pies por delante. Como ya había logrado centrarme, fui capaz de expresar con elocuencia mi parecer sobre la situación.

—¡Mierda, mierda, mierda, mierda! —Le di una patada al parachoques trasero de Carla y me cayó toda la nieve en la cara—. ¡Qué idea tan idiota, Dios, qué idea tan idiota! ¡Dios! ¡Mis padres…! ¡Mierda, mierda, mierda!

JP me puso una mano en el hombro.

—Todo irá bien.

—No —dije—. No irá bien. Y ya sabes que no irá bien.

—Sí, sí que irá bien —insistió JP—. ¿Sabes qué? Irá todo bien porque voy a desenterrar el coche de la nieve, y pasará alguien, y ellos nos ayudarán, aunque sean los gemelos. Es decir, los gemelos no van a dejarnos aquí tirados para que muramos congelados.

Duque me miró y sonrió con suficiencia.

—Si me permites hacer un comentario, ¿cuándo vas a arrepentirte por no hacerme caso cuando te he dicho que te cambiaras de calzado mientras estábamos en casa?

Miré los copos de nieve que me caían sobre las Puma e hice una mueca de disgusto.

JP seguía animado.

—¡Sí! ¡Va a ir todo bien! Dios me dio estos brazos fuertes y los pectorales por algo, tío. Es para poder desenterrar tu coche de la nieve. Ni siquiera necesito que me ayudéis. Vosotros hablad un rato y dejad que Hulk obre su magia.

Miré a JP. Debía de pesar unos sesenta y cinco kilos. Las ardillas tenían una musculatura más impresionante que la suya. Pero JP se mantenía impávido. Se bajó las orejeras del gorro. Metió las manos en su ceñidísimo mono de nieve, sacó unos guantes de lana y regresó al coche. No tenía intención de ayudarlo, porque sabía que era imposible. Carla estaba enterrada bajo un montículo que me llegaba casi hasta la cabeza, y ni siquiera teníamos una pala. Me quedé en la carretera junto a Duque, secándome el mechón de pelo que me asomaba por debajo de la gorra.

—Lo siento —le dije a Duque.

—Eh, no ha sido culpa tuya. Ha sido culpa de Carla. Tú estabas girando el volante. Carla no te ha escuchado. Sabía que no tenía que quererla. Es como todas, Tobin: en cuanto le he confesado mi amor, me ha abandonado.

Me reí.

—Yo nunca te abandonaré —dije, y le di unas palmaditas en la espalda.

—Sí, bueno. Primero: a ti nunca te he confesado mi amor. Y segundo: para ti ni siquiera soy una chica de verdad.

—Estamos jodidísimos —dije, como ausente, me volví para mirar a JP y vi que estaba abriéndose paso hacia el coche a través de un túnel, en dirección al asiento del conductor. Avanzaba como un topo y lo hacía con una eficacia sorprendente.

—Sí, ya empiezo a tener frío —contestó ella, se puso a mi lado y pegó su costado al mío.

No lograba entender cómo podía tener frío con el grueso abrigo para la nieve que llevaba, pero daba igual. Su gesto me recordó que no estaba solo ahí fuera. Levanté una mano y le moví un poco el gorro al rodearla con un brazo.

—Duque, ¿qué vamos a hacer?

—No lo sé, pero seguro que esto es más divertido que estar en la Waffle House —respondió.

—Pero en la Waffle House está Billy Talos —bromeé—. Ahora ya sé por qué has aceptado venir. ¡No tenía nada que ver con las *hash browns*!

—Todo tiene que ver con las *hash browns* —replicó—. Como dijo el poeta: «Es tanto lo que depende de las doradas *hash browns*, fritas con aceite, con su acompañamiento de huevos revueltos…».

No tenía ni idea de qué estaba hablando. Me limité a asentir en silencio, levanté la vista hacia la carretera y me pregunté cuándo pasaría algún coche para rescatarnos.

—Ya sé que es una mierda, pero sin duda es la Navidad más aventurera que hemos vivido jamás.

—En efecto, y es una buena explicación de por qué estoy en contra de vivir aventuras.

—Correr unos cuantos riesgos de vez en cuando no tiene nada de malo —repuso Duque mirándome.

—No puedo estar más en desacuerdo, y lo ocurrido confirma lo que pienso. He corrido un riesgo, y ahora Carla está atrapada bajo un banco de nieve y yo estoy a punto de ser repudiado por mi familia.

—Te prometo que todo saldrá bien —dijo Duque con tono comedido, sereno.

—Se te da bien —comenté—. Lo de decir cosas sin sentido de una forma que consigues que me las crea.

Se puso de puntillas, me agarró por los hombros y me miró, tenía la nariz roja y húmeda por la nieve, y acercó mucho su cara a la mía.

—A ti no te gustan las animadoras. Crees que son tontas. Te gustan las chicas *emo*, las chicas simpáticas, las chicas divertidas con las que te encanta pasar el rato.

Me encogí de hombros.

—Sí, lo que tú digas… Eso no ha funcionado, no —dije.

—Maldita sea. —Sonrió.

JP emergió de su túnel, se sacudió la nieve del mono y anunció:

—Tobin, tengo una mala noticia, pero no quiero que te la tomes muy a la tremenda.

—Vale —dije, nervioso.

—En realidad no se me ocurre una forma suave de decirlo.

Hummm... En tu opinión, ¿cuál sería el número ideal de ruedas que debería tener Carla en este momento?

Cerré los ojos y dejé caer la cabeza hacia atrás: la luz de la farola era tan intensa que me atravesaba los párpados, la nieve me caía en los labios.

—Porque, para ser totalmente sincero —prosiguió JP—, creo que el número ideal de ruedas sería cuatro. Y ahora mismo hay tres ruedas físicamente conectadas a Carla, una cantidad inadecuada. Por suerte, la cuarta no está muy lejos, pero, por desgracia, no soy un experto en poner ruedas.

Me bajé la gorra para taparme la cara. Fui consciente de lo profundamente jodido que estaba, y, por primera vez, sentí frío, frío en las muñecas, en el punto donde los guantes no llegaban a juntarse del todo con el puño de la chaqueta; frío en la cara y frío en los pies, donde la nieve fundida empezaba a calarme los calcetines. Mis padres no iban a pegarme, ni a marcarme a fuego con un gancho metálico, ni nada por el estilo. Eran demasiado buenos para ser crueles. Y ese, precisamente, era el motivo por el que me sentía tan mal: no se merecían tener un hijo que se hubiera cargado una rueda de su querida Carla por ir a pasar unas horas de la madrugada de Navidad con catorce animadoras.

Alguien me levantó la gorra de la cara.

—Espero que ahora no pongas como pretexto que no tenemos coche para no ir a la Waffle House —dijo JP.

Duque, que estaba apoyada sobre el maletero parcialmente visible de Carla, se rió, pero a mí no me hizo ninguna gracia.

—Ahora toca hacer chistes malos a mi costa, ¿no?

Se puso más erguido, para recordarme que era un poco más alto que yo, dio dos pasos hacia el centro de la calzada y se situó justo debajo de la farola.

—No estoy para bromas —repuso—. ¿Es un chiste malo creer en tus propios sueños? ¿Es un chiste malo querer superar la adversidad para conseguir que esos sueños se hagan realidad? ¿Fue un chiste malo cuando Huckleberry Finn navegó en un bote cientos de kilómetros por el Mississippi para llegar hasta unas animadoras del siglo XIX? ¿Fue un chiste malo que miles de hombres y mujeres dedicaran sus vidas a la investigación espacial para que Neal Armstrong pudiera enrollarse con unas animadoras en la luna? ¡No! Y no es un chiste malo creer que en esta maravillosa noche de milagros, nosotros, tres hombres inteligentes, ¡debamos avanzar como podamos hacia la luz amarilla del cartel de la Waffle House!

—«Personas» inteligentes, si no te importa —replicó Duque con desinterés.

—¡Oh, venga ya! —exclamó JP—. ¿No vais a decir nada? ¡¿Nada?!

Ya había empezado a gritar para que se le oyera a pesar de que la nieve amortiguaba su voz. En ese momento, la voz de JP me parecía el único sonido del mundo.

—¿Queréis más? Pues tengo más. Dama y caballero, cuando mis padres se fueron de Corea sin otra cosa que la ropa que llevaban puesta y la considerable fortuna que habían amasado gracias a su empresa de transportes, tenían un sueño. Soñaban con que algún día, en medio de las cumbres nevadas de Carolina del Norte, su hijo perdería la virginidad con una animadora en el baño de las chicas de la Waffle House que está justo a la entrada de la interestatal. ¡Mis padres han sacrificado mucho por ese sueño! ¡Y por eso deberías seguir con nuestro viaje, a pesar de todas las dificultades y obstáculos! No por mí, ni siquiera por la pobre animadora en cuestión, sino por mis padres y, en realidad, por todos los inmigrantes que llegaron a esta nación con la esperanza de que, algún día, sus hijos pudieran tener lo que ellos mismos jamás consiguieron: sexo con una animadora.

Duque aplaudió. Yo me reía, pero asentí mirando a JP. Cuanto más lo pensaba, más estúpido me parecía ir a pasar el rato con una panda de animadoras a las que ni siquiera conocía, y que, en cualquier caso, solo estarían en la ciudad una noche. No tenía nada en contra de las animadoras, y eso que contaba con cierta experiencia en ese campo, y aunque era divertido, no era motivo suficiente para plantearme avanzar como pudiera por la nieve para llegar hasta allí. No obstante, si seguía adelante, ¿qué podía perder que no hubiera perdido ya? Solo la vida, y tenía más probabilidades de sobrevivir caminando los cinco kilómetros hasta la Waffle House que los dieciséis que me separaban de casa. Me metí como pude por la parte trasera del SUV, agarré unas cuantas mantas, me cercioré de que todas las puertas tuvieran el seguro puesto y cerré a Carla con llave. Apoyé la mano sobre el salpicadero y dije:

—Volveremos a por ti.

—Eso es —dijo Duque para tranquilizar a Carla—. Jamás dejamos a nuestros caídos en el camino.

Habíamos avanzado apenas treinta metros desde la curva cuando oí el rugido de un motor.

Los gemelos.

8

Los gemelos conducían un viejo Ford Mustang rojo cereza tuneado, con alerón trasero y los bajos de la carrocería casi pegados al suelo. Digamos que no era un coche muy conocido por resultar ideal para conducir los días de mal tiempo. Por eso tuve la certeza de que ellos tampoco podrían tomar bien la curva y acabarían estampándose contra Carla por detrás. Cuando el rugido del motor se convirtió en un estruendo, Duque nos empujó a JP y a mí hacia un lado de la carretera.

Doblaron la esquina emitiendo ruidos varios. El Ford Mustang iba levantando una nube de nieve en polvo y empezó a colear, pero, de algún modo, consiguió no salirse de la calzada. El pequeño Tommy Reston no paraba de dar volantazos hacia un lado y hacia el otro. Por lo visto, el muy asqueroso era un experto en la conducción con nieve.

Era tan notable la diferencia de tamaño entre los hermanos que el Mustang se escoraba de forma visible hacia la izquierda, donde Timmy Reston había conseguido encajar su cuerpo en el asiento del acompañante. Vi a Timmy sonriendo, y le afloraron unos hoyuelos de dos centímetros de profundidad en las mejillas, gigantescas y carnosas. Tommy frenó el Mustang en seco a unos nueve metros de nosotros, bajó la ventanilla y asomó la cabeza.

—¿Habéis tenido algún problema con el coche? —preguntó.

Empecé a caminar hacia ellos.

—Sí, sí —dije—. Hemos chocado contra un montículo de nieve. Me alegro de veros, chicos. ¿Podéis llevarnos, aunque sea hasta el centro?

—Claro —contestó—. Subid. —Tommy miró por detrás de mí y, modulando un poco la voz, añadió—: ¿Qué pasa, Angie? —Que era el auténtico nombre de Duque.

—Hola —dijo ella.

Me volví en su dirección e hice un gesto a JP y a Duque para que se acercaran. Yo ya estaba casi junto al coche. Permanecí del lado del conductor, porque supuse que sería imposible entrar en el asiento trasero justo por detrás de Timmy.

Estaba ya con la cabeza agachada, a la altura de la puerta, cuando Tommy dijo:

—¿Sabes qué? Tengo sitio ahí detrás para dos pringados. —Y luego habló más alto para que JP y Duque lo oyeran mientras se acercaban—: Pero no tengo sitio para dos pringados y una guarra. —Pisó el acelerador y durante unos segundos las ruedas del Mustang giraron aunque el coche no se movía.

Corrí a sujetar la manilla de la puerta, pero cuando llegué con los dedos, el Mustang ya había salido disparado. Perdí el equilibrio y caí de bruces al suelo. El coche a la fuga me salpicó nieve a la cara y al cuello, que me bajó hasta el pecho. Escupí un poco y vi como Timmy y Tommy salían disparados hacia JP y Duque.

Ambos estaban juntos, a un lado de la carretera, y Duque aleteaba con ambos brazos en dirección a Timmy y a Tommy. Cuando el Mustang ya estaba cerca, JP dio un paso hacia la calzada y levantó una pierna del suelo. Justo cuando pasaba el coche, JP le pateó el parachoques trasero. Fue una patada de nada, le quedó un poco afeminada y todo. Ni siquiera oí el impacto del pie contra la carrocería. No obstante, no sé cómo, el golpe alteró el delicado equilibrio del vehículo y, de pronto, el Mustang dio una vuelta de campana. Tommy debió de intentar revolucionar el motor mientras derrapaba, pero no le sirvió de nada. El Mustang salió disparado de la calzada y fue a dar contra una pila de nieve retirada del asfalto. Desapareció por completo, solo se le veían las luces de freno.

Me levanté como pude y corrí hacia JP y Duque.

—¡La hostia! —exclamó JP, y se miró los pies—. ¡Soy superfuerte!

Duque caminó con decisión hacia el Mustang.

—Tenemos que sacarlos de ahí —dijo—. Podrían morir si los dejamos dentro.

—¡A la mierda! —espeté—. ¿No has visto lo que acaban de hacer? Además, ¡te han llamado guarra! —Sin embargo, durante un instante, percibí que se ruborizaba, y las mejillas se le ponían incluso más rojas de lo que ya las tenía por el azote del viento. Siempre había odiado eso de «guarra». Me cabreaba especialmente cuando alguien lo aplicaba para hablar de Duque, porque, aunque fuera algo ridículo y totalmente incierto, a ella la avergonzaba, y sabía que nosotros sabíamos que se sentía avergonzada, y… Bueno, pues eso. Me cabreaba que la insultaran así. Sin embargo, no quise mencionarlo para no darle más importancia.

No obstante, Duque reaccionó casi de inmediato.

—¡Oh, sí! —dijo, y entornó los ojos—. Tommy Reston me ha llamado guarra. ¡Buuuaaa, buuuaaa! Un insulto a mi feminidad. ¡Anda ya! ¡Me alegra que alguien haya reconocido que quizá soy un ser humano con apetito sexual!

La miré con gesto interrogante y seguí caminando hacia el Mustang junto a ella.

—No es nada personal —dije al final—, pero prefiero no imaginar a nadie que sienta apetito sexual por Billy Talos.

Se detuvo en seco, se volvió y me miró.

—¿Quieres parar ya con lo de Billy? —me soltó muy seria—. Ni siquiera me gusta.

No entendí por qué se picaba tanto con el tema. Siempre estábamos chinchándonos.

—¿Qué dices? —pregunté, a la defensiva.

—¡Por el amor de Dios, déjalo ya! —respondió ella—. Ayúdame a salvar a esos misóginos retrasados de morir envenenados por intoxicación con monóxido de carbono.

Y lo haríamos, seguro. Si era necesario, pasaríamos horas abriendo un túnel para sacar a los Reston. Sin embargo, al final no hizo falta que nos esforzáramos, porque Timmy Reston, puesto que era el hombre más fuerte del mundo, logró apartar toneladas de nieve y abrir la puerta del coche. Se levantó, solo le asomaban los hombros y la cabeza por encima de la nieve, y gritó:

—¡Vas-a-morir!

No me quedó del todo claro si Timmy se refería solo a uno de nosotros, como por ejemplo JP, que ya había empezado a correr, o era en plan impersonal, referido a un grupo de personas entre las que estaba incluida yo. Me dio igual, salí corriendo y empujé a Duque para que hiciera lo propio. Me mantuve detrás de ella, porque no quería que resbalara y cayera al suelo sin que me diera cuenta. Me volví para ver por dónde iban los gemelos, y vi los hombros de Timmy Reston y su cabeza abriéndose paso entre la masa de nieve. Vi asomar de pronto la cocorota de Tommy por el hueco por donde antes había salido Timmy. Bramaba palabras furibundas e incomprensibles, palabras tan solapadas que solo se oía su rabia. Pasamos por su lado cuando aún no se habían liberado del todo de su prisión nevada y seguimos corriendo.

—Vamos, Duque —dije.

—Hago… lo que puedo —respondió, tomando aire entre palabra y palabra.

En ese momento los oía gritar y, cuando volví a mirar, vi que habían escapado de la nieve, que corrían en nuestra dirección y que se acercaban más con cada zancada. Había demasiada nieve en los arcenes para salir corriendo hacia otro lugar que no fuera calle abajo. Pero si seguíamos mucho más, los gemelos acabarían cazándonos y se darían un festín con nuestros riñones.

He oído decir que, en momentos de crisis intensa, el nivel de adrenalina aumenta tanto durante un breve instante que la persona en cuestión experimenta una fuerza sobrehumana. Y tal vez eso explique cómo conseguí agarrar a Duque, echármela encima del hombro derecho y salir corriendo como un atleta olímpico por la nieve resbaladiza.

La transporté durante varios minutos antes de empezar a cansarme siquiera, sin volver la vista atrás y sin necesidad de hacerlo, porque ella miraba por mí e iba diciendo: «Sigue corriendo, sigue corriendo, eres más rápido que ellos, eres más rápido que ellos». Aunque estuviera hablándome como le había hablado a Carla mientras subíamos la cuesta, me daba igual, funcionaba. Hacía que siguiera corriendo, a pesar de que notaba el bombeo de la sangre en las plantas de los pies, mientras la rodeaba con el brazo por la cintura, justo por debajo de la espalda. Corrí hasta que llegamos a un pequeño puente sobre una carretera de dos carriles. Vi a JP tirado boca abajo a un lado del puente. Supuse que se había resbalado y frené un poco para ayudarle a levantarse, pero él gritó:

—¡No, no! ¡Sigue corriendo, sigue corriendo!

Por eso seguí corriendo. Me costaba mucho respirar, porque sentía todo el peso de Duque sobre el hombro.

—Oye, ¿puedo bajarte? —le pregunté.

—Sí. Además, estoy empezando a marearme un poco.

Me detuve y la dejé bajar.

—Sigue tú —dije.

Ella salió disparada sin mí. Yo me doblé sobre mí mismo, con las manos sobre las rodillas, y vi que JP se acercaba corriendo hacia mí. A lo lejos, distinguí a los gemelos, bueno, mejor dicho, solo a Timmy. Sospeché que Tommy quedaba oculto tras el contorno infinito de su hermano. A esas alturas ya sabía que la situación era desesperada, los gemelos nos atraparían sí o sí, aunque estaba convencido de que podía enfrentarme a ellos, en serio. Inspiré con fuerza varias veces seguidas en el momento en que JP llegó a mi altura y empecé a correr, pero él me sujetó por el abrigo.

—No. No. Mira —me dijo.

Nos quedamos ahí, en la carretera, con el aire húmedo abrasándome los pulmones, Tommy se lanzó a la carga contra nosotros, con su cara rechoncha demudada por un exagerado gesto de furia. Y entonces, sin previo aviso, cayó de bruces al suelo, como si le hubieran disparado por la espalda. Apenas tuvo tiempo de poner las manos por delante para amortiguar la caída. Timmy tropezó con el cuerpo de Tommy, cayó también a la nieve y quedó despatarrado.

—¿Qué narices has hecho? —le pregunté a JP mientras salíamos corriendo en dirección a Duque.

—He usado todo el hilo dental que me quedaba para atarlo de un lado al otro del puente y así tender una trampa que los hiciera tropezar. Lo he levantado justo después de que pasaras con Duque a cuestas —me explicó.

—¡Ha sido flipante! —exclamé.

—Sí, pero mis encías no se alegran tanto —mascculló en respuesta.

Seguimos corriendo, pero ya no oía a los gemelos y, cuando volví la cabeza para mirar atrás, solo vi la nieve que seguía cayendo con toda calma.

Cuando por fin alcanzamos a Duque, estábamos rodeados por los edificios de obra vista del centro, y salimos de Sunrise para doblar por la calle principal, donde acababan de retirar la nieve. Seguíamos corriendo, aunque apenas sentía los pies a causa del frío y el agotamiento. No oía a los gemelos, pero seguían dándome miedo. Solo nos quedaba un kilómetro y medio para llegar. Si seguíamos corriendo, todo acabaría en cuestión de veinte minutos.

—Llama a Keun —dijo Duque—. Que te diga si se nos han adelantado esos tíos de la universidad.

Sin dejar de correr me metí una mano en el vaquero, saqué el móvil y llamé a Keun. Alguien —que no era Keun— respondió a la primera llamada.

—¿Está Keun?

—¿Eres Tobin?

Entonces reconocí la voz. Era Billy Talos.

—Sí —dije—. ¿Qué pasa, Billy?

—Oye, ¿Angie está contigo?

—Eeeh… Sí —contesté.

—¿Estáis cerca?

Valoré las consecuencias de mi respuesta, pues no sabía si él aprovecharía esa información para ayudar a sus amigos.

—Bastante —dije.

—Vale, te paso a Keun.

La voz atronadora de Keun me resonó en la oreja:

—¿Qué pasa? ¿Dónde estás? Tío, creo que Billy está enamorado. Bueno, es que, ahora mismo, está sentado junto a una de las Madison. ¡Una de las Madison, tío! Son un montón. ¡El mundo está lleno de mágicas Madison!

Me quedé mirando a Duque para ver si había oído algo de la conversación, pero estaba mirando hacia delante y seguía corriendo. Creí que Billy me había preguntado sobre Duque porque tenía ganas de verla, no porque no quería que lo pillara con otra. ¡Tonto de mí!

—¡Tobin! —me gritó Keun al oído.

—Sí, ¿qué pasa?

—Esto… Me has llamado tú —me recordó.

—¡Ah, sí! Estamos cerca. Estamos en la esquina de la principal con la Tercera. Deberíamos estar ahí dentro de media hora.

—Genial, creo que seguís yendo con ventaja. Por lo visto, los universitarios están atrapados en alguna carretera perdida.

—Genial. Vale, te llamaré cuando estemos cerca.

—Brutal. ¡Ah, oye!, traéis el Enredos, ¿no? —Miré hacia JP, y luego a Duque. Tapé el auricular con un dedo y dije—: ¿Hemos traído el Enredos?

JP dejó de correr. Duque hizo lo mismo.

—¡Mierda, nos lo hemos dejado dentro de Carla! —exclamó JP.

Destapé el micrófono.

—Keun, lo siento, tío, pero nos hemos dejado el Enredos en el coche.

—Mal rollo —soltó con cierto tono amenazante.

—Ya lo sé, es una putada. Lo siento.

—Volveré a llamarte —dijo, y colgó.

Había pasado solamente un minuto cuando Keun volvió a llamar.

—Escucha, hemos votado y, por desgracia, vais a tener que volver a por el Enredos. La mayoría ha estado de acuerdo en que no os dejaremos entrar sin el juego.

—¿Qué? ¿Quién ha propuesto la votación?

—Billy, Mitchell y yo.

—¡Venga ya, Keun! ¡Haz presión o lo que sea para que nos dejen entrar! Carla está a unos veinte minutos de caminata, y la ventisca sigue. Además, los gemelos Reston están en algún punto del camino de vuelta. ¡Consigue que cambien el voto!

—Por desgracia, el resultado de la votación ha sido tres a favor y cero en contra.

—¿Qué? ¿Keun? ¿Has votado en contra de nosotros?

—Yo no lo considero un voto en contra de vosotros —me aclaró—. Lo considero un voto a favor del Enredos.

—¡Me tomas el pelo! —exclamé.

Duque y JP no oían a Keun, pero estaban mirándome con nerviosismo.

—Yo no bromeo con el Enredos —replicó Keun—. ¡Todavía podéis llegar los primeros! ¡Daos prisa y ya está!

Cerré el teléfono para colgar y me tapé la cara con el gorro.

—Keun dice que no nos dejará entrar sin el Enredos —mascullé.

Me coloqué bajo el toldo de una cafetería e intenté sacudirme la nieve de las deportivas congeladas. JP recorría la calle de un lado para el otro y parecía muy nervioso. Ninguno dijo nada durante un rato. Yo seguía mirando al final de la calle para localizar a los gemelos Reston, pero no aparecían.

—Vamos a ir a la Waffle House —dijo JP.

—Sí, claro —respondí.

—Vamos a ir —repitió—. Volveremos al coche por otro camino para evitar toparnos con los gemelos Reston, recuperaremos el Enredos e iremos a la Waffle House. Si nos damos prisa, solo tardaremos una hora.

Me volví hacia Duque, que estaba a mi lado, bajo el toldo. Ella se lo diría a JP. Ella le diría que teníamos que desistir y llamar al teléfono de emergencias para ver si alguien, quien fuera, desde cualquier lugar, podía acudir en nuestra ayuda.

—Yo quiero *hash browns* —dijo Duque por detrás de mí—. Las quiero relucientes por el aceite y con cobertura de queso. Las quiero con trocitos de beicon, gratinadas y cortadas en tiras.

—Lo que quieres es a Billy Talos —dije.

Me dio un codazo en el costado.

—Ya te he dicho que no hicieras más bromitas sobre el tema, ¡Dios! Además, no es verdad. Lo que quiero son las *hash browns*. Eso es todo. No hay más. Tengo hambre, y es un hambre que solo puedo saciar con un chute de *hash browns*, por eso vamos a volver al coche y vamos a recuperar el Enredos. —Salió caminando con paso decidido y JP la siguió.

Yo me quedé debajo del toldo durante un instante, pero al final decidí que estar cabreado con tus amigos es peor que estar cabreado sin ellos.

Cuando los alcancé, todos llevábamos las capuchas bien cerradas para protegernos de la fuerte corriente de viento que nos azotaba en la cara a medida que avanzábamos por la calle paralela a Sunrise. Teníamos que hablar a gritos para oírnos, y Duque dijo:

—Me alegro de que hayas decidido acompañarnos.

—Gracias —le contesté.

—¡Sinceramente —gritó—, las *hash browns* no valen nada si tú no estás!

Me reí y comenté que «Las *hash browns* no valen nada si tú no estás» era un nombre muy guay para un grupo de música.

—O para una canción —añadió Duque, y empezó a cantar en plan glam rock, levantó un guante a la altura de su cara y fingió que sujetaba un micrófono imaginario mientras cantaba una intensa balada a capela—. ¡Oh, freiré por ti! / Pero ahora lloro por ti / ¡Oh, nena, este plato era para dos! / ¡Me has roto el corazón! / ¡Estas *hash browns* no valen nada! / ¡Oooh!, estas *hash browns* no valen nada, nooo! / ¡Estas *hash browns* no valen nada si tú no estás…

9

Duque y JP hicieron unos tiempos magníficos en su recorrido de la calle; aunque no corrían, sí caminaban deprisa. Yo tenía los pies congelados y estaba cansado de haber llevado a Duque, por eso me quedé un poco rezagado. Sin embargo, el viento, que no paraba de soplar, me permitía oír su conversación, aunque ellos no pudieran oír nada de lo que yo decía.

Duque estaba diciendo (otra vez) que lo que hacían las animadoras no era un deporte. Como respuesta, JP la señaló con el dedo y la miró con seriedad negando con la cabeza.

—No quiero oír otro comentario negativo más sobre las animadoras. De no ser por ellas, ¿quién nos indicaría cuándo estar contentos o no durante los eventos deportivos? De no ser por las animadoras, ¿cómo harían las chicas más guapas de Estados Unidos el ejercicio necesario para mantenerse saludables?

Avancé como pude para ponerme a su altura y meter baza aunque fuera con una frase.

—Además, sin las animadoras, ¿qué sería de la industria de las minifaldas de poliéster? —pregunté. El simple hecho de poder hablar hacía que la caminata no fuera tan dura y que el azote del viento no resultara tan desagradable.

—Exacto —dijo JP mientras se limpiaba la nariz con la manga del pijama de mi padre—. Por no hablar de la industria de los pompones. ¿Te das cuenta de cuánta gente tiene un puesto de trabajo gracias a la fabricación, distribución y venta de pompones?

—¿Veinte? —aventuró Duque.

—¡Miles! —respondió JP—. ¡El mundo debe de contener millones de pompones, adheridos a las manos de millones de animadoras! Y si está mal desear que esos millones de animadoras froten sus pompones en mi torso desnudo, pues entonces no me interesa tener razón, Duque. No me interesa tener razón.

—Eres un payaso sin remedio —dijo ella—. Y también un genio.

Me quedé por detrás de ellos, pero caminaba todo lo rápido que podía. Mis amigos, ni payasos molestos, ni genios pedantes. Era siempre un placer escuchar a JP haciendo gala de su ingenio y escuchar a Duque dándole la réplica. Tardamos quince minutos en dar el rodeo para regresar hasta Carla por un camino que nos evitara el paso por Sunrise (y el encuentro con los gemelos, o eso esperábamos). Entré en el coche por el maletero y cogí el Enredos. Luego saltamos una cadena que limitaba una propiedad y atravesamos el patio trasero de una casa para ir en línea recta hacia el oeste, en dirección a la autopista. Supusimos que los gemelos cogerían el camino por el que habíamos ido nosotros la primera vez.

Ese camino era más corto, pero todos estuvimos de acuerdo en que no habíamos visto que ni Timmy ni Tommy llevaran un Enredos en las manos, así que no nos importaba que llegaran antes que nosotros.

Caminamos en silencio durante largo rato mientras íbamos dejando atrás casas de madera con las luces apagadas, y yo llevaba el Enredos sobre la cabeza para evitar que me cayera mucha nieve en la cara. Los fríos copos habían formado grandes montones que llegaban hasta los pomos de las puertas a un lado de la calle, y pensé en lo mucho que una nevada transformaba el paisaje. Siempre había vivido en aquel sitio. Había paseado y conducido por el vecindario miles de veces. Recordaba aquella ocasión en que todos los árboles murieron por una plaga y cuando plantaron los nuevos a lo largo de toda la calle. Mirando por encima de las cercas, veía una manzana más allá de la calle principal y sabía que era incluso mejor: conocía todas las galerías de artesanía típica para turistas, todas las tiendas abiertas a la calle que vendían aquellas botas de senderismo que hubiera deseado llevar en ese preciso instante.

Sin embargo, con la nieve, todo parecía nuevo, todo estaba cubierto por una capa tan blanca y prístina que no resultaba amenazador. No había ni calles ni aceras bajo mis pies, no había bocas de incendios. No había nada que no fuera el blanco omnipresente, como si todo el lugar estuviera envuelto en ese color, listo para regalo. No solo se veía distinto, también olía distinto. En el ambiente se percibían el frío intenso y la húmeda acritud de la nieve. Y ese silencio espeluznante... Solo se oía el ritmo constante de nuestras pisadas aplastando la nieve. Perdido en esa blancura, ni siquiera oía lo que estaban diciendo JP y Duque apenas unos metros por delante de mí.

Me habría convencido del todo de que éramos los últimos supervivientes de Carolina del Norte de no haber visto las intensas luces del colmado Duque y Duquesa al doblar por la Tercera y adentrarnos en Maple.

Duque tenía ese apodo por una vez que fuimos al Duque y Duquesa estando en octavo. En ese colmado, en lugar de llamarte «señor» o «señora», los empleados tienen que llamarte «duque» o «duquesa».

A lo que iba, Duque tardó un poco en participar de la fiesta hormonal de la pubertad y, por si fuera poco, siempre llevaba vaqueros y gorras de béisbol, sobre todo en primaria. Por eso ocurrió lo más previsible: un día fue al colmado Duque y Duquesa a comprar chicle Big League Chew o Mountain Dew Code Red o la marca que comiéramos esa semana para cariarnos los dientes y, cuando pagó, el chico que estaba en el mostrador dijo: «Gracias, duque».

Y se quedó con el apodo. Que conste que una vez en noveno, creo, durante la hora del almuerzo, JP, Keun y yo nos ofrecimos para empezar a llamarla Angie. Pero ella dijo que odiaba su nombre. Por eso nos quedamos con Duque. Le pegaba. Su actitud era excelente, se comportaba como una líder nata y tenía muchas otras cualidades, y aunque ya no parecía un chico, seguía comportándose como uno de los nuestros.

Mientras nos acercábamos a Maple, me di cuenta de que JP empezaba a frenar para situarse a mi altura.

—¿Qué pasa? —dije.

—Oye, ¿estás bien? —me preguntó. Se acercó, me quitó el Enredos y se lo metió bajo el brazo

—Esto… ¿Sí?

—Es que vas caminando como… No sé. Como si no tuvieras ni tobillos ni rodillas.

Miré hacia abajo y era verdad, sí que estaba caminando de forma muy rara, con las piernas muy separadas y como giradas, y las rodillas dobladas. Parecía un vaquero tras haber montado a caballo durante horas.

—Sí… —dije contemplando mis curiosos andares—. Hummm… Me parece que tengo los pies congelados.

—¡Parada rápida de emergencia! —gritó JP—. ¡Tenemos un posible caso de congelación!

Negué con la cabeza, en realidad me encontraba bien, pero Duque se volvió, me vio caminando y dijo:

—¡Al Duque y Duquesa!

Ellos echaron a correr y yo seguí caminando como un pato. Llegaron al colmado mucho antes que yo, y cuando por fin entré, Duque ya estaba en el mostrador, pagando un paquete de cuatro pares de calcetines blancos de algodón.

No éramos los únicos clientes. Mientras me acomodaba en el compartimento de la diminuta cafetería del colmado, miré hacia el asiento del fondo: allí, con una taza humeante delante, estaba sentado Tío de Aluminio.

10

—¿Qué pasa? —preguntó JP a Tío de Aluminio mientras yo me quitaba las zapatillas empapadas.

Es un poco difícil describir a Tío de Aluminio, porque tiene aspecto de tío mayor y canoso normal, salvo por el hecho de que jamás sale de su casa sin tener todo el cuerpo, de la cabeza a los pies, envuelto en papel de aluminio. Me quité como pude los calcetines casi congelados. Tenía los pies de color azul celeste. JP me ofreció una servilleta para envolverlos mientras Tío de Aluminio intentaba darnos conversación.

—¿Cómo estáis los tres esta noche? —Tío de Aluminio siempre hablaba así, como si la vida fuera una película de terror y él fuera el maniaco que empuña el cuchillo. Aunque todo el mundo sabía que era inofensivo.

Nos había hecho la pregunta a los tres, aunque solo estuviera mirándome a mí.

—Veamos… —respondí—. Hemos perdido una rueda del coche y no me siento los pies.

—Se te veía muy solitario ahí fuera —dijo—. Como un héroe épico luchando contra los elementos.

—Sí. Lo que tú digas. ¿Cómo estás tú? —le pregunté por pura educación. «¿Por qué le has preguntado eso?», me reproché de inmediato. ¡Malditos modales sureños!

—Aquí estoy, disfrutando de un tazón de sopa de fideos —dijo—. Me encanta saborear un buen tazón de sopa. Luego creo que iré a dar otro paseo.

—¿No tienes frío solo con el aluminio? —¡No podía parar de hacerle preguntas!

—¿Qué aluminio? —me preguntó.

—Eeeh… —dije—. Vale.

Duque me pasó los calcetines nuevos. Me puse un par, otro encima y un tercero. Me guardé el cuarto por si necesitaba unos secos más adelante. Me costó mucho volver a calzarme las Puma, pero me sentía un hombre cuando me levanté para marcharme.

—Siempre es un placer veros —dijo Tío de Aluminio.

—¡Ah, sí! —dije—. Feliz Navidad.

—Que los cerdos del destino te lleven volando sano y salvo a casa —respondió.

Vale. Me sentí fatal por la mujer que estaba tras el mostrador, porque se quedaba sola con él. Cuando salía, la mujer me dijo:

—¿Duque?

Me volví.

—¿Sí?

—No he podido evitar oír lo que decías. Lo de tu coche.

—Sí. Es una mierda.

—Escucha —dijo—. Podemos remolcarlo. Tengo una camioneta.

—¿De veras? —pregunté.

—Sí, dame un papel para que te apunte mi número.

Rebusqué en el bolsillo del abrigo y encontré un tíquet de compra.

Anotó su número de teléfono y su nombre, Rachel, con letra muy redondeada.

—¡Vaya! Gracias, Rachel.

—Sí. Ciento cincuenta pavos y cinco más cada kilómetro por día festivo, y por el mal tiempo y todo eso.

Hice una mueca de disgusto, pero asentí con la cabeza. Conseguir un remolque por un ojo de la cara era mejor que no contar con una grúa.

Apenas hubimos regresado a la carretera —yo caminaba por fin notándome los dedos de los pies—, cuando JP se acercó a mí patinando.

—Sinceramente —dijo—, el hecho de que Tío de Aluminio tenga…, no sé…, unos cuarenta años y siga vivo me hace albergar la esperanza de que yo disfrutaré de una vida adulta razonablemente exitosa.

—Sí. —Duque iba caminando por delante de nosotros, engullendo Cheetos.

—Tío —me soltó JP—, ¿estás mirándole el culo a Duque?

—¿Cómo? No. —Y en cuanto solté aquella mentira me di cuenta de que sí estaba mirándola por detrás, aunque no exactamente al culo.

Duque se volvió.

—¿De qué estáis hablando?

—¡De tu culo! —gritó JP contra el viento.

Ella rió.

—Ya sé que sueñas con él cuando estás solo por las noches, JP.

Duque frenó un poco y la alcanzamos.

—Sinceramente, Duque —dijo JP y la rodeó con un brazo—, espero no ofenderte, pero si alguna vez tengo un sueño erótico contigo, tendría que localizar mi subconsciente, arrancármelo de cuajo y acabar con él a palos.

Ella le dio la réplica con su característico aplomo.

—No me ofende lo más mínimo. Si no lo consiguieras, tendría que hacerlo yo por ti. —Y luego se volvió y me miró.

Supuse que quería ver si estaba riéndome, y sí que lo hacía, pero por lo bajini.

Habíamos llegado a Governor's Park, donde se encontraba el parque infantil más grande de toda la ciudad, cuando, a lo lejos, oí el ruido de un motor, muy alto y potente. Por un instante creí que podía tratarse de los gemelos, pero me volví cuando el coche pasó por debajo de una farola y vi las luces del techo.

—La poli —dije enseguida, y salí disparado para entrar en el parque.

JP y Duque también salieron corriendo de la calzada. Nos agachamos para ocultarnos tras un montículo de nieve, casi metidos en su interior, mientras el poli pasaba lentamente con su coche patrulla junto a nosotros y barría todo el parque con un foco reflector.

Cuando ya había desaparecido se me ocurrió decir:

—Podría habernos llevado en coche.

—Sí, a la cárcel —dijo JP.

—No estamos cometiendo ningún delito —aclaré.

JP lo rumió durante un rato. Estar en la calle a las dos y media de la madrugada del día de Navidad parecía algo sospechoso, lo cual no quería decir que realmente lo fuera.

—No seas caraculo —soltó al final.

Vale, tenía razón. Hice lo menos típico de un caraculo que se me ocurrió: avanzar uno pasos por la nieve, que me llegaba a las pantorrillas, para alejarme de la calzada y adentrarme en Governor's Park. Una vez en el parque, me dejé caer de espaldas con los brazos abiertos, convencido de que la nieve me acogería con su grosor y su tersura. Me quedé tumbado durante un instante dibujando un ángel en el suelo. Duque se dejó caer de bruces.

—¡Un ángel de nieve con tetas! —exclamó JP, cogió carrerilla, se tiró de cabeza a la nieve y cayó de lado, sin dejar de abrazar con fuerza el Enredos. Se levantó y se colocó junto a la silueta dibujada por su cuerpo y dijo—: ¡La silueta de un cadáver en una investigación de asesinato!

—¿Cómo ha sido? —pregunté, siguiendo la broma.

—Alguien intentó robarle el Enredos y murió de forma heroica defendiéndolo —respondió JP.

Borré mi ángel e hice otro, pero esta vez usé los guantes para ponerle cuernos.

—¡Un demonio de nieve! —gritó Duque, pletórica.

Con toda aquella nieve rodeándonos me sentía como un niño pequeño en uno de esos paseos flotantes por un castillo hinchable; no podía hacerme daño aunque me cayera. Nada podía lastimarme.

Duque corrió hacia mí, con un hombro hacia abajo y la cabeza gacha, y arremetió contra mi torso para derribarme. Caímos juntos al suelo y empecé a rodar sobre ella, con su cara tan pegada a la mía que nuestros alientos helados se entremezclaron. Sentí todo su peso sobre mí y se me hizo un nudo en el estómago cuando me sonrió. Hubo una milésima de segundo en la que podría haber salido de debajo de ella, pero no lo hice. Al final, Duque me empujó, se levantó y se sacudió la nieve del abrigo sobre mi cuerpo inmóvil y orientado boca arriba.

Nos levantamos, regresamos dando grandes zancadas a la carretera y seguimos nuestro recorrido.

Estaba más mojado y tenía más frío que en toda la noche, pero nos quedaba solo un kilómetro y medio hasta la autopista; desde allí, recorreríamos una carretera corta y estaríamos en la Waffle House.

Empezamos caminando juntos, Duque iba hablando sobre el cuidado que yo debía tener con la congelación y yo le hablé de hasta dónde sería capaz de llegar para conseguir que ella volviera a reunirse con su novio el grasiento. Duque me dio una patada en la espinilla y JP nos llamó «caraculo» a ambos. Sin embargo, al cabo de un rato, la carretera volvió a cubrirse de nieve y empecé a caminar sobre la huella recién hecha por una rueda que supuse era la del coche patrulla. JP iba caminando por la huella de uno de los neumáticos, y yo, por otra; Duque se encontraba a unos metros por delante de nosotros.

—Tobin —me dijo JP de pronto. Levanté la vista y vi que lo tenía justo a mi lado, levantando mucho los pies para avanzar por la nieve—. No es que me parezca necesariamente bien, pero creo que te gusta Duque.

11

Ella iba caminando por delante de nosotros con sus botas de caña alta, la capucha puesta y mirando al suelo. La forma de caminar de las chicas tiene algo especial, sobre todo si no llevan zapatos de tacón. Cuando llevan deportivas o cualquier otro calzado, sus andares tienen ese no se qué especial; está relacionado con la forma en que sus piernas están conectadas a las caderas. En cualquier caso, Duque iba caminando y desprendía ese algo singular, y me di asco a mí mismo por haber pensado en ello.

A ver, lo aclaro, seguro que mis primas también tienen ese algo especial, pero a veces te das cuenta, y otras, no. Cuando Brittany, la animadora, camina, lo ves. Cuando Duque camina, no lo ves. Por lo general.

Me pasé tanto rato pensando en Duque y en sus andares, y en los rizos mojados que se le veían por la espalda, y en la forma en que el grosor de su abrigo hacía que se le separasen un poco los brazos del cuerpo, y en todo lo demás, que tardé demasiado en responder a JP.

—No seas caraculo —dije al final

—Te has tomado muchísimo tiempo para darme esa respuesta tan ocurrente —repuso él.

—No —contesté al final—. No me gusta Duque, no en ese plan. Te lo diría si me gustara, pero sería como si me gustara mi prima.

—Es curioso que digas eso, porque yo tengo una prima que está buenísima.

—Eso es asqueroso.

—Duque —la llamó JP—, ¿qué me decías el otro día sobre el peligro de enrollarte con una prima hermana? Que no era del todo seguro, ¿no?

Ella se volvió hacia nosotros y siguió caminando, de espaldas al viento, con la nieve revoloteando a su alrededor y avanzando hacia donde estábamos.

—No, no es del todo seguro. Aumenta ligeramente las probabilidades de que el feto sufra malformaciones. Pero estoy leyendo un libro para la clase de historia donde dice que hay un 99,999 por ciento de probabilidades de que uno de tus tatara-tatara-tatara-tatara abuelos se casara con una prima hermana.

—Entonces estás diciendo que no hay nada malo en enrollarse con una prima.

Duque hizo una pausa y siguió caminando hacia nosotros. Lanzó un sonoro suspiro.

—Eso no es lo que he dicho. Además, estoy un poco harta de hablar sobre rollos entre primos y sobre animadoras que están buenas.

—¿Y de qué quieres que hablemos, si no? ¿Del tiempo? Parece que va a nevar —dijo JP.

—Sinceramente, preferiría hablar del tiempo.

—¿Sabes, Duque?, también existen los animadores. Siempre podrías enrollarte con uno —dije.

Duque se quedó callada y salió disparada hacia nosotros. Tenía la cara arrugada cuando me gritó:

—¡¿Sabes qué?!, todo este rollo es muy machista, ¡¿vale?! Odio ser la defensora de las mujeres o como se diga, pero todo ese rollo sobre cómo te lo montarías con unas chicas solo porque llevan minifalda o sobre lo cachondo que te ponen sus pompones, o lo que sea sobre ellas, es muy machista. ¡¿Vale?! Las animadoras con vestiditos cortos como en las fantasías masculinas... ¡Eso es machista! Soy consciente de vuestra necesidad constante de frotar el cuerpo contra la piel de alguna chica, pero ¿os importaría hablar un poco menos de ello cuando yo esté delante?

Bajé la vista y me quedé mirando la nieve que caía sobre suelo nevado. Me sentía como si acabaran de pillarme copiando en un examen o algo por el estilo. Quería decir que ya ni siquiera tenía ganas de ir a la Waffle House, pero me quedé callado. Los tres seguimos caminando en fila india. El viento soplaba a nuestra espalda, y deseé que me empujase con su fuerza hacia el restaurante.

—Lo siento —oí que Duque le decía a JP.

—No, no es culpa tuya —respondió él sin levantar la vista—. He sido un caraculo. Solo hace falta que... No sé... Es que a veces es difícil acordarse de que eres una chica.

—Sí, a lo mejor tendría que enseñar un poco más las tetas —dijo Duque, bien alto para que yo lo oyera.

Siempre existe un riesgo: algo es bueno, bueno de verdad y cada vez más bueno, hasta que de pronto se vuelve raro. De pronto, ella te pilla mirándola y ya no quiere seguir haciendo bromas contigo, porque no quiere que creas que está flirteando, porque no quiere que creas que le gustas. Ocurra cuando ocurra, es un desastre de magnitud inigualable en el curso de las relaciones humanas; el momento en que uno de los dos empieza a perforar el muro divisorio entre la amistad y los besos. Derribar ese muro supone que puede producirse un feliz paréntesis en la relación. Algo en plan: «Oh, mira, hemos derribado el muro, voy a mirarte como una chica y tú vas a mirarme como un chico, y vamos a jugar a un juego muy divertido llamado "¿Puedo ponerte la mano ahí?, ¿y qué pasa si te la pongo aquí o allá?"». A veces ese paréntesis parece tan maravilloso que puedes llegar a convencerte de que no es solo un intermedio, sino que durará para siempre.

Ese paréntesis nunca tiene final feliz, no obstante. Dios sabe que no fue así con Brittany. Y eso que Brittany y yo no éramos amigos íntimos. No era el caso de Duque. Ella era mi mejor amiga de entre todos mis amigos. Hasta el punto de que si me preguntaran a qué persona me llevaría a una isla desierta, respondería que a Duque. ¿Y qué CD? Una mezcla titulada «La Tierra es azul como una naranja», que ella me grabó la Navidad pasada. ¿Qué libro me llevaría? El libro más largo que me ha gustado, *La ladrona de libros*, que me recomendó Duque.

Y no quería vivir ese feliz paréntesis con Duque si eso iba a acabar en un inevitable final desastroso.

Sin embargo, insisto (y este es uno de mis reproches más importantes contra la conciencia humana): en cuanto piensas en algo, es muy difícil dejar de pensar en ello. Y yo había tenido precisamente ese maldito pensamiento.

Nos quejábamos por el frío. Duque no paraba de sorberse los mocos, porque no teníamos pañuelos de papel y ella no quería sonarse con las manos y tirar los mocos al suelo. Como JP había accedido a no hablar sobre animadoras, siguió hablando sobre *hash browns*.

JP usaba la expresión *hash brown* solo como sustituto de «animadora», no cabía duda, porque decía cosas del tipo: «Lo que más me gusta de las *hash browns* de la Waffle House es que llevan unas minifaldas monísimas»; «Las *hash browns* siempre están de buen humor. Y eso es contagioso. Ver *hash browns* felices me hace feliz».

Daba la sensación de que, como era JP el que hablaba, a Duque no le parecía ofensivo. Se limitaba a reír, a responder y hablar sobre las auténticas *hash browns*.

—Estarán tan calentitas... —dijo—. Tan crujientes, doradas y deliciosas... Voy a pedir cuatro raciones grandes. Y una tostada con pan de pasas. ¡Dios, me encanta la tostada de pasas! ¡Hummm...! Va a ser una orgía de carbohidratos.

Vi que dejábamos la interestatal a lo lejos, la nieve se había apilado en un enorme montículo a un lado del puente. La Waffle House todavía debía de estar a un kilómetro y medio de distancia, aunque ya se veía con toda claridad. Las letras negras en sus recuadros amarillos, la promesa de sus gofres cubiertos de queso, la sonrisa pícara de Keun, y esa clase de chicas que te ponían muy fácil no pensar en nada.

Seguimos caminando, empecé a ver como asomaba la luz a través de la gruesa cortina de nieve. Al principio, el cartel no fue lo que mejor se veía, sino la luz que irradiaba. De pronto, por fin se reveló el letrero, en lo alto del humilde restaurante. Aquel letrero era más grande y llamativo de lo que el pequeño y cochambroso local sería jamás. Sus letras negras en sus recuadros amarillos eran la promesa de un ambiente cálido y alimento: WAFFLE HOUSE. Caí de rodillas en plena calle y grité:

—¡Ni en un castillo, ni en una mansión, sino en la Waffle House se halla nuestra salvación!

Duque rió y me levantó sujetándome por las axilas. Llevaba la gorra cubierta de hielo y calada hasta la frente. Yo la miraba y ella me miraba, y no estábamos caminando. Estábamos ahí plantados, y su mirada era tan atrayente… No atrayente en un sentido general, ni por el intenso azul que irradiaba, ni por sus ojos enormes y enmarcados por unas pestañas tan largas que resultaban obscenas. Lo que me atraía de los ojos de Duque era la complejidad de su color. Ella siempre decía que se parecían al fondo de los cubos de basura: eran un batiburrillo de verde, marrón y amarillo. Pero estaba menospreciándose. Siempre estaba menospreciándose.

¡Por el amor de Dios! No pensar en ello era muy difícil. Podría haberme quedado mirándola boquiabierto para siempre mientras me miraba con gesto interrogante, de no haber sido porque oí un motor a lo lejos. Me volví y vi el Ford Mustang de color rojo tomando la curva a una velocidad considerable. Agarré a Duque por el brazo y corrimos hacia el montículo. Miré hacia la carretera para localizar a JP, que nos llevaba bastante delantera.

—¡JP! —grité—¡Los gemelos!

12

JP se volvió de golpe. Se quedó mirándonos a los dos, ocultos tras la nieve. Miró el coche. Permaneció paralizado un instante. Se volvió en dirección a la carretera y echó a correr; sus piernas se veían como un borrón cargado de energía. Estaba acortando camino para llegar antes a la Waffle House. El Mustang de los gemelos pasó rugiendo junto a Duque y a mí.

El pequeño Tommy Reston se inclinó para bajar la ventanilla y enseñarnos una caja de Enredos mientras anunciaba:

—¡Os vamos a matar!

Por el momento, parecían conformarse con matar a JP, y cuando vi que se abalanzaban sobre él, grité:

—¡Corre, JP! ¡Corre! —Aunque estoy seguro de que no me oía por el rugido del Mustang, le grité de todas formas. Fue un último bramido desesperado y furtivo lanzado al aire. A partir de ese instante, Duque y yo fuimos meros espectadores.

La cabeza de JP dejó de verse enseguida. Corría muy deprisa, aunque no tenía ni la más mínima oportunidad de superar la velocidad de un Ford Mustang conducido por un experto para llegar antes a la Waffle House.

—De verdad que me apetecían mucho esas *hash browns* —dijo Duque, malhumorada.

—Sí —respondí.

El Mustang llegó a un punto donde podía adelantar a JP, pero él no dejaba de correr ni salía de la calzada. El claxon sonaba cuando vi encenderse las luces de freno del coche, pero JP seguía corriendo. En ese instante supe en qué consistía el descabellado plan de mi amigo: había calculado que la calzada no era lo bastante ancha para que el Mustang lo adelantara por ningún lado, debido a la nieve acumulada en ambos arcenes, y creía que los gemelos no lo atropellarían. A mí me parecía una suposición muy generosa sobre la benevolencia de los gemelos. Sin embargo, el plan estaba funcionando. El claxon del Mustang sonaba con una furia impotente mientras JP seguía corriendo por delante del vehículo.

Algo cambió en mi visión periférica. Levanté la vista hacia el cruce elevado y vi las siluetas de dos tipos corpulentos caminando con parsimonia hacia la rampa de salida, transportando un barril que parecía muy pesado. El barril de cerveza. Eran los universitarios. Se los señalé a Duque, y ella me miró con los ojos como platos.

—¡Por el atajo! —gritó, salió disparada hacia la autopista y atravesó a toda prisa el montículo.

Jamás la había visto correr tan deprisa, y no sabía qué tenía en mente, pero sí que tenía un plan, así que la seguí. Ascendimos a toda mecha por el cruce elevado de la interestatal; la nieve tenía el grosor suficiente para subir sin problema. Cuando salté por encima del guardarraíl, vi a JP del otro lado del cruce, todavía corriendo. Sin embargo, el Mustang se había detenido. En lugar de seguir en el coche, Timmy y Tommy Reston estaban persiguiendo a JP a pie.

Duque y yo nos dirigíamos hacia los universitarios. Al final, uno de ellos levantó la vista.

—Oye, ¿vosotros sois…? —preguntó.

Pero ni siquiera acabó la frase. Pasamos corriendo junto a él y Duque me gritó:

—¡Saca la alfombrilla! ¡Saca la alfombrilla!

Abrí la caja del Enredos y la tiré al suelo. Tenía la ruleta entre los dientes y la alfombrilla plástica en las manos, entonces por fin entendí el plan. Tal vez los gemelos fueran más rápidos. Sin embargo, con la brillante idea de Duque, supe que teníamos una oportunidad de llegar antes.

Cuando alcanzamos el inicio de la rampa del cruce elevado, desplegué la alfombrilla del Enredos con un solo movimiento. Duque se dejó caer encima de culo, y yo hice lo propio y me puse la ruleta debajo.

—¡Tendrás que hundir la mano derecha en la nieve para que vayamos siempre girando hacia ese lado! —gritó ella.

—¡Vale, vale! —respondí.

Empezamos a bajar deslizándonos cada vez más deprisa, entonces la rampa describió una curva, enterré la mano en la nieve y la tomamos sin dejar de acelerar. En ese momento vi a JP por detrás de Timmy Reston, intentando en vano frenar el avance de su cuerpo gigantesco hacia la Waffle House.

—Todavía podemos conseguirlo —dije, aunque seguía teniendo mis dudas.

Entonces oí un rugido grave procedente de detrás, me volví y vi el barril de cerveza rodando rampa abajo a una velocidad considerable. Estaban intentando matarnos. ¡No tenían ninguna deportividad!

—¡Barril! —grité, y Duque volvió la cabeza de golpe.

El objeto rodante avanzaba botando hacia nosotros como una amenaza. No sabía cuánto pesa un barril de cerveza, pero, teniendo en cuenta lo mucho que les había costado cargar con él a esos tíos, imaginé que pesaba lo suficiente para matar a dos prometedores estudiantes de instituto una madrugada de Navidad mientras iban montados en su trineo hecho con la alfombrilla del Enredos. Duque siguió mirando hacia atrás, observando como se acercaba el barril de cerveza, pero yo estaba demasiado asustado.

—¡Ahora, ahora, gira, gira, gira! —me gritó justo en ese momento.

Hundí el brazo en la nieve y ella se volvió hacia mí y me apartó de un empujón de la alfombrilla. Fue así como frenamos, y el barril pasó rodando por nuestro lado, nos adelantó justo por encima de los puntos rojos sobre los que hacía un instante se encontraba Duque. Sin embargo, en cuanto nos pasó fue a dar contra el guardarraíl, rebotó y cayó hacia abajo. No vi qué ocurrió a continuación, pero sí lo oí: un barril de cerveza muy espumosa chocó contra algo puntiagudo y explotó como una gigantesca bomba cervecera.

La explosión fue tan fuerte que Tommy, Timmy y JP quedaron paralizados al unísono, y permanecieron así durante al menos cinco segundos. Cuando reanudaron la carrera, Tommy pisó un fragmento de suelo helado y cayó de bruces. Al ver desplomarse a su hermano, el gigante Timmy de pronto varió el rumbo: en lugar de perseguir a JP, saltó el montículo de nieve acumulada en la carretera y empezó a correr hacia la Waffle House. Unos metros más allá, JP realizó de inmediato el mismo movimiento, de forma que ambos se dirigían hacia la misma puerta aunque desde distintos ángulos. Duque y yo ya estábamos cerca, lo bastante cerca del final de la rampa para sentir como íbamos frenando, y lo bastante cerca para oír a los gemelos gritar a JP y chillarse entre ellos. Vislumbré algo por las ventanas brumosas de la Waffle House. Animadoras con sus sudaderas verdes. Peinadas con colas de caballo.

Sin embargo, mientras nos levantábamos y recogíamos la alfombrilla del Enredos, supe que no estábamos lo bastante cerca. Timmy llevaba la delantera. Sacudía los brazos al correr y, en su mano rechoncha, la caja del Enredos tenía un aspecto diminuto y por ello cómico. JP estaba acercándose desde otro ángulo, corriendo a más no poder, a punto de echar las tripas por la boca, con la nieve que le llegaba hasta las espinillas. Duque y yo corríamos lo más rápido que podíamos, pero íbamos muy rezagados. Sin embargo, yo seguí albergando esperanzas sobre la victoria de JP hasta que Timmy estuvo a un par de metros de la puerta y comprendí que iba a ser claramente el primero en entrar. El corazón me dio un vuelco. JP había estado a punto de conseguirlo. Sus padres inmigrantes se habían sacrificado tanto… Duque se quedaría sin sus *hash browns*, y yo sin mis gofres cubiertos de queso fundido.

Entonces, cuando Timmy empezó a alargar la mano hacia la puerta, JP saltó propulsado hacia delante. Surcó el aire volando, con el cuerpo estirado, como un receptor de fútbol americano cuando atrapa el balón tras un pase alto. Saltó tanto que fue como si lo hubiera hecho impulsado desde una cama elástica.

Su hombro se clavó en el pecho de Timmy Reston, y cayeron hechos una maraña de cuerpos cubiertos de nieve junto a la entrada. JP se levantó primero, salió disparado hacia la puerta, la abrió de golpe y la cerró al entrar. Duque y yo estábamos a solo un paso, lo bastante cerca para oír el grito de júbilo a través del cristal. JP levantó las manos por encima de la cabeza, con los puños cerrados, y el estallido de alegría siguió oyéndose durante varios minutos.

Mientras JP miraba hacia el exterior oscuro, donde nos encontrábamos nosotros, con las manos levantadas, me quedé mirando como Keun —que llevaba una visera negra de la Waffle House, con una camisa de rayas blancas y amarillas, y un delantal marrón— asaltaba a JP por la espalda. Keun lo agarró por la cintura y lo levantó del suelo, y JP siguió con los brazos en alto. Las animadoras, todas sentadas en una hilera de asientos compartimentados del restaurante, observaban la situación. Bajé la vista para mirar a Duque, que no estaba contemplando lo que ocurría, sino a mí, y me reí. Ella también se rió.

Tommy y Timmy aporrearon la ventana durante un rato, pero Keun se limitó a levantar las manos como diciendo: «¿Qué puedo hacer yo?». Y al final regresaron caminando al Mustang. Cuando nos acercábamos a la Waffle House, pasamos junto a ellos, y Timmy me dedicó un gesto amenazante, pero eso fue todo. Cuando me volví para ver como se alejaban, también vi a los tres universitarios largándose a todo correr por la rampa de salida de la autopista.

Duque y yo por fin llegamos a la puerta, y apoyé la mano en ella para entrar. Keun la abrió y dijo:

—Técnicamente, no debería permitiros la entrada, puesto que solo JP ha llegado antes que los Reston. Pero vosotros lleváis el Enredos.

Pasamos por delante de él después de darle un empujón, y una ráfaga de aire caliente me golpeó en la cara. Hasta ese momento, ni siquiera me había percatado de lo entumecido que tenía el cuerpo, pero empecé a notar un cosquilleo a medida que se calentaba y recuperaba su vitalidad. Tiré la alfombrilla empapada del Enredos y dejé la ruleta en el suelo embaldosado.

—¡Ha llegado el Enredos! —grité.

Keun gritó: «¡Hurra!», pero la noticia ni siquiera me proporcionó una mirada soslayada de la manada ataviada de verde y situada al otro extremo del comedor.

Agarré a Keun con un brazo y con la otra mano le alboroté el pelo que le asomaba por la visera.

—Mataría por unos gofres con queso gratinado —le dije.

Duque pidió *hash browns* y luego se dejó caer en el asiento del compartimento situado junto a la máquina de los discos. JP y yo nos instalamos a la barra y hablamos con Keun mientras cocinaba.

—¿Sabes? No he podido evitar fijarme en que las animadoras no están revoloteando a tu alrededor.

—Sí —dijo dándonos la espalda mientras se afanaba con los gofres y las planchas—. Espero que el Enredos lo cambie todo. Sí que han estado flirteando con don Llevo-coleta-pero-sigo-siendo-un-machote —comentó Keun señalando con un gesto de cabeza a un tío sentado un compartimento más allá—. Pero, por lo visto, él solo tiene ojos para su novia.

—Sí, al parecer el Enredos obra maravillas —repuse.

La alfombrilla mojada estaba arrugada en el suelo, totalmente ignorada por las animadoras.

JP se inclinó hacia mí para ver mejor a las animadoras y luego sacudió la cabeza.

—Esto de espiarlas de forma furtiva es lo que hago todos los días a la hora de la comida.

—En efecto —dije.

—Vamos, que es evidente que no quieren hablar.

—Desde luego —afirmé.

Estaban agrupadas en torno a tres compartimentos, formando una especie de rectángulo. Hablaban muy deprisa y prestándose mucha atención entre ellas. Logré captar algunas palabras al vuelo, aunque carecían de sentido para mí: *herkies, kewpies* en trío y extensiones máximas. Charlaban sobre un certamen de animadoras, una especie de competición. Hay pocos temas de conversación que me parezcan menos interesantes que las competiciones de animadoras. Aunque no muchos.

—Eh, el tío adormilado empieza a espabilar —dijo JP.

Miré hacia el compartimento en cuestión y vi a un tipo con coleta y ojos negros, que entrecerraba para mirarme. Tardé unos segundos en reconocerlo.

—Ese tío va al instituto de Gracetown —dije.

—Sí —respondió Keun—. Es Jeb.

—¡Eso es! —dije.

Jeb era de los primeros cursos. No lo conocía bien, pero sí lo tenía visto del insti. Por lo visto, él también me reconoció, porque se levantó de su asiento y se acercó caminando hacia mí.

—¿Tobin? —me preguntó.

Asentí con la cabeza y le estreché la mano.

—¿Conoces a Addie? —me preguntó.

Me quedé mirándolo con gesto inexpresivo.

—Es de los primeros cursos. Guapa… —dijo.

Arrugué los ojos.

—Hummm… ¿No?

—Pelo largo y rubio, y un poco dramática —añadió. Sonaba desesperado y un tanto desconcertado ante el hecho de que yo no conociera a la chica de la que no paraba de hablar.

—Esto… Lo siento, tío. No me suena esa chica para nada.

Cerró los ojos. Percibí como se desinflaba por completo.

—Empezamos a salir en Nochebuena —dijo, y se quedó mirando a lo lejos.

—¿Ayer? —pregunté mientras pensaba: «¿Lleváis saliendo un día y estás tan pillado?». Una razón más para evitar el feliz paréntesis.

—Ayer no —contestó Jeb, bastante desanimado—. La Nochebuena del año pasado.

Me volví hacia Keun.

—Tío —dije—, este chico está fatal.

Keun asintió con la cabeza mientras ponía las *hash browns* de Duque sobre la plancha.

—Lo acompañaré hasta el pueblo en coche por la mañana —dijo Keun—. Aunque ¿cuál es la norma, Jeb?

Jeb lo recitó como si Keun le hubiera repetido la norma miles de veces.

—No marcharnos hasta que se haya ido la última animadora.

—Eso es, colega. Deberías volver a la cama.

—Sí, claro —dijo Jeb—, pero, si por casualidad la ves, ¿le dirás que..., bueno..., que me he retrasado?

—Sí, se lo diré. Si la veo —añadí. No debí de sonar lo bastante convincente, porque se volvió y miró directamente a Duque.

—Dile que iré —le suplicó, y lo más raro de todo fue que ella lo captó. O al menos, eso me pareció.

En cualquier caso, Duque asintió con la cabeza como diciendo: «Sí, se lo diré, si por algún motivo veo a esa chica a la que no conozco en plena ventisca a las cuatro de la madrugada». Y mientras ella le sonreía con gesto comprensivo, volví a tener ese pensamiento que no podía olvidar.

Al final el chico de la coleta se tranquilizó gracias a la sonrisa de Duque. Volvió a dejarse caer en el asiento de su compartimento.

Hablé con Keun hasta que terminó de prepararme el gofre y me lo sirvió todavía humeante.

—¡Dios, qué buena pinta, Keun! —dije, pero él ya se había dado la vuelta para emplatar las *hash browns* de Duque.

Estaba levantando el plato cuando apareció Billy Talos, que se lo quitó de las manos, fue a servírselo a Duque y se sentó a su lado.

Me volví para mirarlos un par de veces: estaban inclinados sobre la mesa y se hablaban con mucha intensidad. Deseaba interrumpirles y contarle a ella que él había estado tonteando con una de las muchas Madison mientras nosotros avanzábamos como podíamos por la nieve. Al final pensé que no era asunto mío.

—Voy a hablar con una de ellas —les dije a JP y a Keun.

JP no daba crédito.

—¿Con una de quiénes? ¿De las animadoras?

Asentí en silencio.

—Tío —dijo Keun—, yo llevo toda la noche intentándolo. Están en su mundo y solo hablan entre ellas. Cuando te diriges a todas en general, se limitan a ignorarte.

Con todo, yo debía hablar con alguna de ellas o, al menos, fingir que lo hacía.

—Es como si fuéramos una manada de leones a la caza de un grupo de gacelas —dije mientras mirábamos a nuestras presas, muy concentrados—. Hay que buscar a alguna que se haya quedado rezagada y… —una chica rubia y muy menuda se distanció del grupo— abalanzarse sobre ella —concluí al tiempo que me levantaba de golpe del taburete.

Me acerqué a ella con decisión.

—Me llamo Tobin —dije, y le tendí la mano.

—Amber —respondió ella.

—Qué nombre tan bonito —comenté.

La chica asintió en silencio y echó una mirada a su alrededor moviendo solo los ojos. Buscaba una excusa para alejarse de las demás, aunque todavía no podía proporcionársela. Intenté pensar en alguna pregunta ocurrente.

—Hummm... ¿Se sabe algo de cómo está vuestro tren? —le pregunté.

—Es posible que ni siquiera esté listo para salir mañana —me informó.

—Sí, bueno, qué pena —dije sonriendo.

Volví la cabeza para mirar a Billy y a Duque, pero ella ya no estaba. Las *hash browns* seguían humeando. Ella había echado el ketchup en un plato aparte para ir mojándolas, como hacía siempre, pero se había ido. Dejé a Amber y me acerqué a Billy.

—Ha salido —se limitó a decir.

¿Quién en su sano juicio saldría al exterior, precisamente ese día, cuando en el interior estaban sus *hash browns*, calientes y humeantes, junto con las catorce animadoras?

Cogí mi gorra del mostrador y me la calé hasta las orejas, luego me puse los guantes y volví a aventurarme a la ventisca. Duque estaba sentada en el bordillo del aparcamiento, bajo la marquesina, aunque no del todo, protegida solo a medias de la nieve que caía.

Me senté junto a ella.

—Te cuelga una vela de la nariz.

Se sorbió los mocos, pero no levantó la vista para mirarme.

—Vuelve a entrar —dijo—. No es para tanto.

—¿El qué no es para tanto?

—Nada no es para tanto. Tú vuelve a entrar y déjame.

—«Nada no es para tanto» sería un buen nombre para un grupo —le dije.

Quería que me mirase para poder evaluar la situación. Al final lo hizo: tenía la nariz roja, y supuse que era por el frío, pero entonces se me ocurrió que quizá había estado llorando, lo cual resultaba extraño, porque Duque nunca llora.

—Al menos… Al menos podrías reprimirte cuando yo esté delante. Es que, bueno, no sé… ¿Qué le ves a ella de interesante? De verdad, dime qué tiene ella de interesante. O cualquiera de ellas.

—No lo sé —dije—. Tú estabas hablando con Billy Talos.

Volvió a mirarme y esa vez siguió haciéndolo mientras hablaba.

—Estaba diciéndole que no iría con él a esa estupidez del baile de invierno, porque no puedo evitar que me guste otra persona.

Empecé a asimilar esa idea poco a poco. Me volví hacia ella y dijo:

—Ya sé que ellas hacen eso de la risilla disimulada y que yo me parto el culo de risa; ellas muestran el escote y yo soy como una tabla de planchar... Pero también soy una chica, ¿sabes?

—Ya sé que eres una chica —respondí a la defensiva.

—¿De verdad? ¿Alguien lo sabe? Porque cuando entro al Duque y Duquesa soy un «duque». Soy uno más del trío de los tíos listos. Y soy gay por creer que James Bond está bueno. Y tú nunca me miras como miras a las demás chicas, salvo cuando... Da igual. Da igual, da igual, da igual... Bueno, no... Cuando veníamos caminando hacia aquí, antes de que llegaran los gemelos, he creído, por un segundo, que estabas mirándome como si de verdad fuera una mujer, y he pensado: «Oye, a lo mejor Tobin no es el imbécil más superficial del mundo». Pero entonces, justo cuando estoy cortando con Billy y te miro, te veo hablando con una tía como nunca has hablado conmigo.

Por fin lo entendí, aunque demasiado tarde. Lo que yo intentaba no pensar era una cosa que Duque también pensaba. Estábamos intentando no pensar en el mismo pensamiento. A Duque le gustaba yo. Tenía que digerirlo antes de poder mirarla.

Bien. «Vale —me dije—, la miraré y, si está mirándome, la miraré otra vez y volveré a valorar la situación. Bastará con una mirada.»

La miré. Tenía la cabeza inclinada hacia mí, no pestañeaba, y se apreciaba a la perfección la variada gama de colores de sus ojos. Se humedecía los labios cuarteados frunciéndolos, le asomaba un mechón de pelo por debajo de la gorra, tenía la nariz ligeramente roja y se sorbía los mocos. No quería dejar de mirarla, pero al final lo hice. Volví a dirigir la vista al suelo nevado del aparcamiento.

—¿Puedes decir algo, por favor? —me suplicó.

Hablé mirando el asfalto.

—Siempre he creído que no debe desperdiciarse la oportunidad de un feliz paréntesis por salvaguardar un final feliz, porque no existen los finales felices. ¿Entiendes lo que quiero decir? Hay tanto que perder…

—¿Sabes por qué he decidido venir? ¿Por qué he decidido volver a subir esa cuesta, Tobin? Seguro que sabes que no ha sido porque me preocupase que Keun estuviera con los gemelos Reston, ni porque quisiera verte perder el culo por las animadoras.

—Creía que había sido por Billy —dije.

En ese momento estaba mirándome con intensidad, y podía ver el vaho de su respiración.

—Quería vivir una aventura contigo. Porque me encantan estas movidas. Porque no soy como la tía esa de ahí dentro, como quiera que se llame. No creo que sea un palizón de la muerte caminar seis kilómetros durante la ventisca. Eso es lo que quiero. Eso me flipa. Mientras estábamos en tu casa viendo la peli, estaba deseando que nevara más. ¡Más y más! Así todo se volvería más emocionante. A lo mejor tú no eres así, aunque yo creo que sí.

—Yo deseaba lo mismo —dije interrumpiéndola a medias, aunque seguía sin mirarla por miedo a dejarme llevar—. Que siguiera nevando.

—¿De verdad? Genial. Es genial, en serio. ¿Y qué pasa si el hecho de que nieve más hace que el final feliz sea menos probable? ¿Qué pasa porque el coche haya quedado hecho una ruina? ¡Qué más da! ¿Y si nuestra amistad se va a la porra? ¿Eso también da igual? He besado a chicos con los que no me jugaba nada, y eso solo me ha hecho desear besar a alguien con el que me lo jugara...

Alcé la vista y estuve a punto de decir «no te juegas nada», y esperé a que acabara la frase y dijera «todo», pero no conseguí esperar más. Le puse una mano en la nuca y sentí sus labios sobre los míos, el aire gélido desapareció y fue sustituido por el calor de su boca, tersa y delicada y con un maravilloso sabor a *hash brown*. Abrí los ojos y, con los guantes puestos, le acaricié la cara, la piel pálida por el frío. Jamás había dado un primer beso a una chica a la que quisiera. Cuando nos separamos, me quedé mirándola con timidez y dije:

—¡Vaya!

Ella se rió y volvió a atraerme hacia sí. En ese momento, por encima de nosotros y desde detrás, oí la campanilla de la puerta de la Waffle House.

—¡Me cago en todo! ¡Mierda! ¿Qué puñetas está pasando aquí?

Levanté la vista y vi a JP, e intenté disimular la sonrisa de idiota que se me había quedado.

—¡Keun! —gritó JP—. ¡Saca ese culo gordo coreano aquí fuera!

Keun apareció por la puerta y se quedó mirándonos.

—¡Contadle ahora mismo qué acabáis de hacer! —gritó JP.

—Hummm… —dije.

—Nos hemos besado —contestó Duque.

—Eso es gay —aclaró Keun.

—Soy una chica.

—Sí, ya lo sé, pero Tobin también —señaló Keun.

JP seguía gritando; al parecer, era incapaz de moderarse.

—¡¿Es que soy el único al que le preocupa la cohesión de nuestro grupo?! ¡¿Nadie más va a pensar en el bien común?!

—Vete a perder el culo por las animadoras —le espetó Duque.

JP se quedó mirándonos un rato y luego sonrió.

—Por favor, solo os pido que ahora no os pongáis en plan empalagoso. —Se volvió y entró de nuevo.

—Se te están enfriando las *hash browns* —dije.

—Si volvemos a entrar, nada de tontear con las animadoras.

—Solamente lo hacía para que te fijaras en mí —confesé—. ¿Puedo darte otro beso?

Ella asintió con la cabeza y lo hice, y no sentí la típica decepción del segundo beso ni nada por el estilo. Podría haber seguido besándola eternamente.

—La verdad es que sí quiero mis *hash browns* —confesó Duque, entre beso y beso.

Me levanté para abrirle la puerta, ella se agachó para pasar por debajo de mi brazo y cenamos a las tres de la madrugada.

Nos refugiamos en la trastienda, entre las gigantescas neveras, interrumpidos de tanto en tanto por JP, que se plantaba allí para contarnos detalles desternillantes sobre sus intentos frustrados, en compañía de Keun, de trabar conversación con las animadoras. Al final, Duque y yo nos quedamos dormidos sobre las baldosas rojas de la cocina de la Waffle House, ella usó mi hombro de almohada, y yo, mi chaqueta. JP y Keun nos despertaron a las siete. Keun rompió por un instante su promesa de no abandonar a las animadoras y nos llevó en coche hasta el Duque y Duquesa. Resultó que Tío de Aluminio era el conductor de la grúa, y fue él quien nos remolcó. Empujé el coche por la entrada de mi casa para que no se fastidiara el eje y dejé la rueda suelta en el garaje. Después, Duque y yo fuimos a su casa y abrimos los regalos. Intenté que sus padres no notaran demasiado lo loco que estaba por su hija. Cuando llegaron mis padres, les dije que el coche se había quedado atrapado en la nieve por la ventisca mientras llevaba a Duque a casa. Se pusieron hechos una furia, pero el cabreo no les duró demasiado porque era Navidad y porque tenían seguro a todo riesgo y porque era solo un coche. Esa misma noche llamé por teléfono a Duque, a JP y a Keun, cuando las animadoras por fin se habían ido de la Waffle House y todo el mundo había disfrutado ya de su cena de Navidad. Vinieron todos a casa y vimos dos pelis de James Bond, y pasamos despiertos casi toda la noche recordando nuestras aventuras. Nos quedamos dormidos, los cuatro, cada uno en su saco de dormir, como lo habíamos hecho siempre, solo que yo, en realidad, seguía despierto y también Duque, y estuvimos mirándonos todo el rato. Al final nos levantamos a eso de las... No sé, serían las cuatro y media, y caminamos un kilómetro y medio por la nieve hasta el Starbucks, los dos solos. Logré apañármelas con el confuso sistema de la cadena de cafeterías, con su carta repleta de palabras extranjeras, y conseguí un café con leche, que contenía la cafeína que necesitaba tan desesperadamente. Duque y yo nos apoltronamos juntos en las afelpadas butacas violeta, repantigados sobre los asientos. Jamás me había sentido tan cansado, estaba tan exhausto que me costaba sonreír. Pero empezamos a hablar de esto y de aquello, de nada en particular, a ella se le daba muy bien ese tipo de conversación. Entonces se hizo un silencio, ella me miró con ojos soñolientos y dijo:

—Hasta ahora va todo bien.

—¡Dios, cuánto te quiero! —dije.

—Ah —respondió ella.

—¿Es un «Ah» bueno? —pregunté

—El mejor «Ah» de la historia —respondió.

Dejé el café con leche encima de la mesa, y me entregué en cuerpo y alma al feliz paréntesis de la aventura más alucinante de mi vida.

Lauren Myracle

LA SANTA PATRONA DE LOS CERDOS

Para mi padre
y para el encantador pueblo de montana de Brevard,
Carolina del Norte, ambos llenos de gracia a reventar

1

Ser yo era un asco. Ser yo esa noche supuestamente maravillosa, con la nieve supuestamente maravillosa apilándose en montículos de un metro y medio, justo por debajo de la ventana de mi cuarto, era un asco aún mayor. Si a eso le sumaba que era Nochebuena, ser yo era casi un ascazo total. Y si además le sumaba la triste, dolorosa y devastadora ausencia de Jeb, «¡ding, ding, ding!», la campana situada en lo alto del «asquerosómetro» no podía tañer más alto.

En lugar de «Campana sobre campana», yo había dado la campanada: me había llevado el premio gordo de vidas que asqueaban. Genial.

«Bueno, aquí estás, con tu molinillo y tu anafre», me dije, al tiempo que deseaba que Dorrie y Tegan se dieran prisa en llegar. No tenía ni idea de lo que era un anafre, pero sonaba deprimente y aburrido, un objeto olvidado y abandonado en algún rincón porque ya nadie lo quiere. Como yo. Olvidada y abandonada.

«Arggg.» Odiaba compadecerme de mí misma, que era la razón por la que había llamado a Tegan y a Dorrie, y les había suplicado que vinieran a verme. Pero aún no habían llegado, así que no me quedaba otro remedio que compadecerme de mí misma.

Porque echaba mucho de menos a Jeb.

Porque nuestra separación, ocurrida hacía solo una semana y que todavía dolía como una herida abierta, había sido culpa mía y solo mía. ¡La muy idiota!

Porque había escrito a Jeb un (¿patético?) e-mail pidiéndole por favor, por favor, por favor, que se reuniera conmigo en el Starbucks el día anterior para poder hablar. Pero él no se había presentado a la cita. Ni siquiera me llamó.

Y porque, después de esperarlo en el Starbucks durante casi dos horas, odiaba tanto mi vida y me odiaba tanto a mí misma que crucé como pude el aparcamiento y llegué hasta el salón de belleza Fantastic Sam's, donde pedí con voz llorosa a la estilista que me rapara el pelo y me tiñera lo que quedara de color rosa. Y ella lo hizo, ¿por qué iba a importarle que yo cometiera un suicidio estilístico con mi cabellera?

Claro que me compadecía de mí misma: tenía el corazón partido, me daba asco y tenía pinta de pollo rosa desplumado.

—¡Dios mío, Addie! —dijo mi madre ayer por la tarde cuando por fin llegué a casa—. Menudo... corte de pelo tan impresionante. Y te lo has teñido. Tu bonita melena rubia...

Le eché una mirada en plan: «Ya que estás, ¿por qué no me pegas un tiro?», a la que ella respondió ladeando la cabeza, en plan advertencia, como diciendo: «Un momento, cariño, ya sé que estás hecha polvo, pero eso no te da derecho a tomarla conmigo».

—Lo siento —me disculpé—. Supongo que todavía no me he acostumbrado.

—Bueno… Es difícil acostumbrarse a algo tan distinto. ¿Qué te ha motivado a hacerlo?

—No lo sé. Necesitaba un cambio.

Soltó la batidora. Estaba preparando *Cherries Jubilee*, un postre de cerezas con licor y helado de vainilla, típico de la cena de Nochebuena en nuestra familia. La acidez de las cerezas trituradas hizo que me picaran los ojos.

—¿Por casualidad tiene algo que ver con lo que ocurrió en la fiesta de Charlie el sábado pasado? —me preguntó.

Sentí que me ardían las mejillas.

—No entiendo a qué te refieres. —Parpadeé—. Además, ¿tú cómo sabes qué ocurrió en la fiesta de Charlie?

—Bueno, cariño, es que estuviste llorando casi toda la noche hasta quedarte dormida…

—No, no es verdad.

—Y también está el detalle del puñado de horas que te has pasado colgada al teléfono hablando o con Dorrie o con Tegan.

—¡¿Has estado escuchando mis llamadas?! —le pregunté gritando—. ¡¿Has estado espiando a tu propia hija?!

—No se considera espiar cuando es imposible no oír al otro.

Me quedé mirándola boquiabierta. Fingía ser una madre perfecta, con su delantal navideño y preparando el postre de cerezas con la receta tradicional de la familia, cuando en realidad era… Era…

Bueno, no sabía qué era, pero sí sabía que escuchar las conversaciones de los demás era algo maligno y perverso.

—Y no digas «un puñado de horas» —le dije—. Eres demasiado vieja para hablar así.

Mi madre se echó a reír, y eso me fastidió todavía más, sobre todo [illegible] le parecer cordial y me miró con esa ca[illegible] adolescente y está condenada a que l[illegible]

—¡Oh[illegible] Lo has hecho para castigarte, cariño?

—¡Oh[illegible]. ¡Menudo comentario más inapropiado sobre el nuevo corte de pelo de alguien! —Y salí corriendo hacia mi cuarto para llorar a moco tendido en la intimidad.

Veinticuatro horas más tarde seguía metida en mi habitación. Había salido por la noche para comer el postre de cerezas y por la mañana para abrir los regalos, pero no lo había disfrutado. No me había invadido el espíritu navideño de júbilo y magia. De hecho, no estaba segura de seguir creyendo en el júbilo y la magia de la Navidad.

Rodé sobre la cama y agarré el iPod de la mesilla de noche. Seleccioné mi lista «Días tristes», compuesta por todas las canciones melancólicas de la historia, y le di al play.

Mi iPenguin movía con tristeza las aletas mientras «Fools in Love» sonaba en su cuerpo de plástico.

Luego volví al menú principal y fui pasando las opciones hasta llegar a «Fotos». Sabía que estaba adentrándome en un terreno peligroso, pero no me importaba. Seleccioné el álbum que me interesaba y di unos golpecitos con el dedo al botón para abrirlo.

La foto que apareció fue la primera que le había sacado a Jeb, una imagen robada con el móvil hacía poco más de un año. Ese día también nevaba, y en la foto Jeb tenía copos de nieve sobre el pelo negro. Llevaba solo una chaqueta vaquera aunque hacía un frío que pelaba, y recuerdo preguntarme si su madre y él andarían mal de dinero. Había oído que se habían mudado a Gracetown desde la reserva cherokee situada a unos ciento sesenta kilómetros de nuestro pueblo. Me parecía algo muy exótico.

En cualquier caso, Jeb y yo coincidíamos en la clase de inglés de segundo, y estaba guapísimo con su coleta negro azabache y sus ojos grises. Además, era un tío muy serio, y eso era algo nuevo para mí, porque yo era la típica payasa. Siempre lo veía inclinado sobre el pupitre, tomando apuntes, mientras yo no paraba de mirarlo a hurtadillas, maravillada por la forma en que le brillaba el pelo y por la belleza de sus pómulos, que eran lo más bonito que había visto en toda mi vida. Sin embargo, él era tan reservado que parecía indiferente, incluso cuando yo actuaba de forma superjovial. Al comentar esa cuestión tan problemática con Dorrie y Tegan, Dorrie sugirió que, a lo mejor, Jeb se sentía incómodo por el hecho de que en nuestro pequeño pueblo de montaña todo el mundo era auténticamente sureño, cristiano y blanco.

—Eso no tiene nada de malo —respondí, molesta, puesto que yo era las tres cosas.

—Ya lo sé —contestó Dorrie—. Solo digo que, a lo mejor, el chico se siente un poco extraño. Solo a lo mejor. —Dorrie sabía lo que decía; era una de los dos únicos alumnos judíos del instituto.

Tras pensarlo, me planteé si Jeb se sentiría como un extraño en nuestra comunidad. ¿Podría ser esa la razón por la que comía con Nathan Krugle, que sin duda era extraño por empeñarse en llevar siempre esa colección de camisetas de *Star Trek*? ¿Podría ser esa la razón por la que, todas las mañanas, antes de que abrieran el colegio, Jeb se apoyaba contra la pared, con las manos metidas en los bolsillos, en lugar de reunirse con todos nosotros para comentar el programa *American Idol*? ¿Sería esa la razón por la que no sucumbía a mis encantos durante la clase de inglés, porque se sentía demasiado incómodo para abrirse?

Cuantas más vueltas le daba, más me angustiaba. Nadie debería sentirse un extraño en su propio instituto, sobre todo nadie tan adorable como Jeb y, sobre todo, porque nosotros, sus compañeros de clase, éramos muy simpáticos.

Bueno, al menos Dorrie, Tegan, nuestros amigos y yo éramos muy simpáticos. Éramos muy, muy simpáticos. Los porretas no eran tan simpáticos. Eran unos maleducados. Ni Nathan Krugle, ese era un amargado y un resentido. Para ser sincera, me preocupaba mucho que Nathan pudiera comerle la cabeza a Jeb con vete a saber qué cosas raras.

Un día que estaba obsesionada con todo ese tema por enésima vez, pasé de la preocupación al mosqueo. En serio, ¿por qué habría decidido Jeb pasar tiempo con Nathan Krugle en lugar de pasarlo conmigo?

Por eso, el día en cuestión, estando en clase, le di unos golpecitos con el lápiz y le dije:

—¡Por el amor de Dios, Jeb! ¿Te importaría sonreír?

Se sobresaltó, se le cayó el libro al suelo, y yo me sentí fatal. Pensé: «Para el carro, Addie. Ya que estamos, la próxima vez, ¿por qué no le soplas una trompetilla en la oreja?».

Sin embargo, en ese momento, las comisuras de sus labios esbozaron una sonrisa, y se prendió una chispa de simpatía en sus ojos. Ocurrió algo más, algo que hizo que se me acelerase el pulso. Se ruborizó un poco y se agachó, a toda prisa, para recoger el libro.

«¡Ah! —Caí en lo que ocurría y me avergoncé de mí misma—. ¡Lo único que pasa es que es tímido!»

Recostada sobre la almohada, me quedé mirando la foto de Jeb en el iPod hasta que me dolió demasiado seguir viendo su imagen.

Apreté el botón central, y apareció la foto siguiente. Era del Gran Bombardeo de Hollyhock, que había tenido lugar la Nochebuena del año anterior, solo un par de semanas después de que yo le dijera a Jeb que sonriera, ¡por el amor de Dios! Como el día de Nochebuena era uno de esos que duraban una eternidad, por la impaciente espera de los regalos de Navidad, unos cuantos fuimos a dar un paseo por Hollyhock Park, para airearnos un poco.

Pedí a uno de los chicos que llamara a Jeb, y, milagrosamente, él accedió a acompañarnos.

Acabamos haciendo una guerra de bolas de nieve, de chicos contra chicas, y fue genial. Dorrie, Tegan y yo levantamos un fuerte y organizamos un sistema de distribución de bolas de nieve que consistía en que Tegan las hacía, yo las apilaba y Dorrie bombardeaba a nuestros enemigos con precisión letal. Estábamos machacando a los chicos hasta que Jeb se coló por nuestra retaguardia y me derribó. Usó todo el peso de su cuerpo para tirarme sobre nuestra pila de proyectiles nevados. Me entró nieve por la nariz y me dolió un montón, aunque me sentía demasiado eufórica para que me importara. Me volví boca arriba, riendo, y la cara de Jeb quedó pegada a la mía, a tan solo unos milímetros.

Esa fue la imagen que capturó la cámara, fue una foto tomada por Tegan con su móvil. Jeb volvía a llevar la chaqueta vaquera —la azul desteñida que le quedaba tan sexy porque resaltaba su tez morena— y también estaba riendo. Mientras contemplaba nuestros rostros felices, recordé que no me soltó enseguida. Se apoyó en los antebrazos para no aplastarme, y su risa fue moderándose hasta convertirse en una expresión de curiosidad que me hizo sentir un cosquilleo en el estómago.

Después de la guerra de bolas de nieve, Jeb y yo fuimos a tomar unos *mocha lattes*, los dos solos. Lo sugerí yo, pero Jeb accedió sin pensarlo. Fuimos al Starbucks y nos sentamos en las dos butacas violeta de terciopelo que hay a la entrada del local. Yo estaba como loca de contenta, él se mostraba tímido. Sin embargo, poco a poco, fue relajándose y adoptó una actitud más segura. Se acercó a mí y me cogió de la mano. Me sorprendió tanto que tiré el café.

—¡Dios mío, Addie! —exclamó y, al decirlo, se le marcó más la nuez—. ¿Puedo besarte?

Se me disparó el corazón y, de pronto, la tímida era yo, lo cual no tenía ningún sentido. Jeb me cogió la taza y la dejó encima de la mesa, se acercó a mí y posó sus labios sobre los míos. Cuando al final se apartó un poco, su mirada tenía la calidez del chocolate fundido.

Sonrió, y yo también me derretí como el chocolate.

Fue la Nochebuena más perfecta de toda mi vida.

—¡Eh, Addie! —me llamó mi hermano pequeño desde el piso de abajo, donde mi madre, mi padre y él estaban jugando a un juego de la Wii que le había traído Papá Noel—. ¿Quieres boxear conmigo?

—No, gracias —respondí.

—¿Y una partida de tenis?

—No.

—¿Bolos?

Solté un bufido. La Wii no era precisamente algo que me hiciera saltar de alegría. Pero Chris tenía ocho años. Solo intentaba animarme.

—¡A lo mejor más tarde! —le contesté gritando.

—Vale —respondió, y oí las pisadas que se alejaban.

También oí que decía a nuestros padres: «Ha dicho que no», y me sentí aún más melancólica. Mi padre, mi madre y Chris estaban juntos abajo, con los nunchakus en los puños y atizándose en la cara alegremente, mientras yo estaba en mi cuarto, triste y sola.

«¿Y de quién era la culpa?», me pregunté a mí misma. «Venga ya, cierra el pico», me respondí.

Fui pasando las fotos: Jeb posando en plan cursi con un pastelito Reese's Big Cup, porque sabía que era mi dulce favorito y me lo había traído para darme una sorpresa.

Jeb en verano, sin camiseta, en la fiesta de la piscina de Megan Montgomery. ¡Dios, era tan guapo...!

Jeb con gesto entre lascivo y adorable, en el lavado de coches benéfico que organizó el Starbucks del pueblo. Me quedé mirando su foto y me derretí por dentro. Había sido un día muy divertido, y no solo divertido, sino guay, porque estábamos allí por una buena causa. Christina, la jefa de mi turno en el Starbucks, se había puesto de parto antes de hora, y nuestro local quería ayudarle a pagar las facturas del hospital que el seguro no cubría.

Jeb se había ofrecido voluntario para echar una mano y se comportó como un auténtico caballero. Llegó a las nueve en punto de la mañana y se quedó hasta las tres, limpiando coches y trabajando como una bestia; parecía uno de esos tíos buenos que salen en los calendarios universitarios con el torso desnudo. Hizo muchísimo más de lo que podría esperarse de un novio, y me sentía pletórica. Cuando el último coche salió del aparcamiento, rodeé a Jeb con los brazos y pegué mi cara a la suya.

—No tenías que esforzarte tanto —dije. Inspiré su olor a jabón—. Era tuya desde que te he visto limpiar el primer coche.

Me había puesto en plan provocativo, y para ello usé una frase de Renée Zellweger en *Jerry Maguire*, cuando dice a Tom Cruise, «Era tuya desde el primer "hola"». Pero Jeb frunció el ceño y respondió:

—Ah, ¿sí? Vale. Pero no entiendo muy bien qué quieres decir.

—¡Ja, ja! —dije yo suponiendo que deseaba que le dijera más cosas bonitas—. Ha sido un detallazo que te hayas quedado hasta el final. Si lo has hecho para impresionarme… Bueno, que no hacía falta. Eso es todo.

Enarcó las cejas.

—¿Crees que he lavado todos esos coches para impresionarte?

Sentí que me ardían las mejillas y caí en la cuenta de que no estaba de broma.

—Esto… Ya no.

Me sentí tan avergonzada que intenté apartarme de él. Pero me lo impidió. Me besó en la coronilla y dijo:

—Addie, mi madre me ha criado sola.

—Ya lo sé.

—Por eso sé lo difícil que es ser madre soltera para una mujer. Eso es todo.

Por un instante me sentí muy tonta. Era algo lamentable. Aunque sabía que el hecho de que Jeb quisiera ayudar a Christina ya era bueno de por sí, no me habría importado que parte de su motivación hubiera estado relacionada conmigo.

Jeb me acercó a su cuerpo.

—Aunque me alegro de haberte impresionado —dijo, y sentí sus labios sobre mi piel. También noté el calor de su torso bajo su camiseta mojada—. No hay nada que desee más que impresionar a mi chica.

Yo no estaba del todo lista para que me sacara de mi enfurruñamiento con una bromita.

—¿Estás diciendo que soy tu chica?

Se rió, como si le hubiera preguntado una obviedad.

No dejé que se librara de contestar, y me aparté de él. Me quedé mirándolo en plan: «¿Y bien?».

Su mirada de ojos negros se tornó seria y me agarró las manos.

—Sí, Addie, eres mi chica. Siempre serás mi chica.

Encerrada en mi habitación, cerré los ojos con fuerza, porque aquel recuerdo resultaba demasiado doloroso, demasiado. Demasiado doloroso y difícil de rememorar, demasiado parecido a perder un pedazo de mi ser, que, de hecho, era lo que había ocurrido. Apreté el botón de apagado del iPod, y la pantalla se volvió negra. La música dejó de sonar, y mi iPenguin dejó de bailar. Emitió ese sonidito triste de «¿Me estás apagando?», y le dije:

—Estamos apagándonos las dos, Pingu. Tú y yo.

Me dejé caer sobre la almohada y me quedé mirando al techo, para seguir dándole vueltas a cómo se habían estropeado las cosas entre Jeb y yo. Para pensar por qué había dejado de ser su chica. Conocía la respuesta más evidente («Eso, no, caca. Ni se te ocurra meterte en ese jardín»), aunque no podía evitar analizar de forma obsesiva lo que nos había llevado hasta ese punto, porque, incluso antes de la fiesta de Charlie, las cosas no iban bien entre nosotros. Y no era porque él no me quisiera, yo sabía que me quería. Y yo le quería tanto que llegaba a dolerme.

En mi opinión, lo que nos había separado fue la forma en que demostrábamos nuestro amor. O, en el caso de Jeb, la forma en que no lo demostraba. Al menos, esa era la sensación que tenía yo. Según Tegan, que estaba enganchada al consultorio amoroso del doctor Phil, Jeb y yo hablábamos diferentes idiomas en el amor.

Yo quería que Jeb fuera dulce, romántico y cariñoso, como lo había sido en el Starbucks cuando me besó por primera vez la Nochebuena del año anterior. Un mes después, acabé consiguiendo un trabajo en ese mismo local y recuerdo que pensé:

«Genial, así podremos revivir nuestro beso una y otra y otra y otra vez».

Pero no lo hicimos, ni una sola vez. Aunque él se pasaba siempre por allí y yo me esmeraba por expresar con lenguaje corporal que deseaba sus besos, lo máximo a lo que llegamos fue a que se acercara más al mostrador para tensarme el nudo del delantal verde.

—Hola, chica de los cafés —me decía. Que era algo muy mono, pero no lo suficiente…

Y ese era solo un ejemplo. Había más. Yo quería que me llamara siempre para darme el beso de buenas noches, y él se sentía incómodo haciéndolo porque su piso era muy pequeño. «Es que no quiero que mi madre me oiga en plan cursi», me dijo. También estaba eso de que a otros chicos les parecía del todo normal coger de la mano a su novia por los pasillos del instituto, pero, cuando yo se la cogía a Jeb, él me daba un apretón rápido y me la soltaba.

—¿No te gusta tocarme? —le pregunté.

—Claro que me gusta —dijo. Adoptó esa mirada que yo estaba intentando borrar para siempre de su rostro y habló con voz ronca—. Ya sabes que me gusta, Addie. Me encanta estar contigo. Lo que pasa es que prefiero hacerlo cuando estemos solos de verdad.

Durante mucho tiempo, aunque todo eso me preocupara, me lo callaba. No quería ser una novia quejica.

Sin embargo, más o menos cuando llevábamos seis meses juntos (yo le regalé a Jeb una *playlist* con las canciones más románticas de la historia, y él no me regaló nada), me sentí muy triste. Y eso era un asco, porque yo estaba con el chico al que quería y deseaba que todo fuera perfecto entre nosotros, pero no podía encargarme yo sola de todo. Y si eso me convertía en una novia quejica, pues vale.

Por ejemplo, el tema de nuestro sexto mes juntos. Jeb se dio cuenta de mi malestar y no paraba de preguntarme qué me pasaba.

—¿A ti qué te parece? —le solté al final.

—¿Es porque no te he regalado nada? —me preguntó—. No sabía que íbamos a hacernos regalos.

—Bueno, pues tendrías que haberlo sabido —mascullé.

Al día siguiente me regaló uno de esos colgantes con forma de corazón de una máquina expendedora, de esas que funcionan con monedas de cuarto de dólar. Lo había sacado del huevo de plástico y lo había metido en una cajita de joyería. No logró impresionarme. Al día siguiente, Tegan me apartó del grupo para decirme que a Jeb le preocupaba que no me hubiera gustado el regalo, porque no lo llevaba puesto.

—Lo compró en el Duque y Duquesa —dije—. Es el colgante de la máquina expendedora de chorradas que hay al lado de la puerta. Es un collar de cuarto de dólar conseguido al azar.

—¿Y sabes cuántas monedas de cuarto de dólar tuvo que echar Jeb para conseguir precisamente ese colgante? —me preguntó Tegan—. Treinta y ocho. No paraba de entrar a la tienda para pedir cambio en la caja.

Se me cayó el alma a los pies.

—¿Quieres decir que…?

—Que quería regalarte ese colgante y no otro. El del corazón.

No me gustaba la forma en que Tegan estaba mirándome. Desvié la mirada.

—Siguen siendo menos de diez dólares.

Tegan se quedó callada. Yo tenía demasiado miedo para mirarla.

—Sé que lo has dicho sin pensar, Addie —dijo al final—. No seas idiota.

No quería ser idiota y por supuesto que me daba igual el precio del regalo. Pero quería más de lo que Jeb podía darme, y cuanto más tiempo pasábamos así, peor nos sentíamos los dos.

Transcurrieron varios meses, ¿y sabéis qué?: yo seguía haciendo que Jeb se sintiera como una mierda y él hacía lo mismo conmigo. No era algo constante, pero sucedía muchas más veces de lo que resultaba saludable, o como se diga.

—Tú quieres que sea alguien que no soy —me dijo la noche antes de que rompiéramos.

Estábamos sentados en el Corolla de su madre, delante de la casa de Charlie; todavía no habíamos entrado. Si pudiera retroceder hasta esa noche y no entrar jamás en esa casa, lo haría. Sin dudarlo.

—Eso no es cierto —repuse. Busqué a tientas la parte rajada del asiento del copiloto y empecé a agujerear la espuma del relleno con un dedo.

—Sí que es cierto, Addie —dijo.

Cambié de estrategia.

—Vale, aunque sí lo fuera, ¿por qué tiene que ser algo malo? La gente cambia por los demás continuamente. Fíjate en cualquier historia de amor, y verás que los protagonistas están deseando cambiar para que la pareja funcione. Por ejemplo, en *Shrek*, cuando Fiona le dice a Shrek que está harta de que esté tirándose eructos y pedos todo el rato. Y Shrek se pone en plan: «Soy un ogro. Asúmelo». Y Fiona le contesta: «¿Y si no puedo?». Por eso él se bebe esa poción que lo convierte en un príncipe que está como un tren. Lo hace todo por amor a Fiona.

—Eso es en la segunda parte de *Shrek* —dijo Jeb—. No en la primera.

—Da igual.

—Al final, Fiona se da cuenta de que no quiere que él sea un príncipe que está como un tren. Quiere que Shrek vuelva a ser un ogro.

Fruncí el ceño. No lo recordaba así.

—Lo que importa es que él estaba dispuesto a cambiar —dije.

Jeb lanzó un suspiro.

—¿Por qué tiene que ser siempre el chico el que cambie?

—La chica también puede cambiar —contesté—. Eso da lo mismo. Lo que estoy diciendo es que, si quieres a alguien, tienes que demostrarlo. Porque, Jeb, solo tenemos una vida. Solo una. —Me notaba cada vez más tensa por la desesperación. Ya conocía esa sensación—. ¿Es que no puedes simplemente intentarlo, aunque solo sea porque sabes que es muy importante para mí?

Jeb se quedó mirando por la ventanilla del acompañante.

—Lo que yo quiero… Quiero que me sigas hasta la escalerilla de un avión a punto de despegar y me cantes una balada en la cabina de primera clase, como hace Robbie con Julia en

El chico ideal —dije—. Quiero que construyas una casa para mí, como Noah hace por Allie en *El cuaderno de Noah*. ¡Quiero que me lleves volando por el océano mientras navegamos en un transatlántico! Como hace el tío de *Titanic*, ¿recuerdas?

Jeb se volvió hacia mí.

—¿El tío ese que se ahoga?

—Bueno, evidentemente no quiero que te ahogues. No estoy hablando de ahogarse. Me refiero a que me gustaría que me quisieras tanto que estuvieras dispuesto a ahogarte por mí si fuera necesario. —Se me quebró la voz—. Quiero... Quiero que tengas un gran gesto de amor.

—Addie, ya sabes que te quiero —dijo.

—O al menos un gesto mediano —insistí, incapaz de dar mi brazo a torcer.

Su rostro se debatía entre la desesperación y la angustia.

—¿No puedes confiar en nuestro amor sin exigirme que te lo demuestre a cada segundo?

Por lo visto, no podía, como había quedado demostrado gracias a lo que ocurrió a continuación. Bueno, no exactamente «lo que ocurrió», sino lo que yo hice. Porque me puse ciega de alcohol y me porté como una imbécil, y porque me bebí unos treinta y ocho cuartos de dólar en cerveza, si no más. Quizá no fueron treinta y ocho, pero sí un montón. Y no puedo echarle toda la culpa a la borrachera.

Jeb y yo entramos en la fiesta, pero cada uno fue por su lado, porque seguíamos enfadados. Yo acabé en el sótano con Charlie y otros chicos, mientras Jeb se quedó en el piso de arriba. Más tarde me enteré de que se había unido a un grupito de frikis del cine que estaban viendo *Tú y yo* en la tele de plasma de los padres de Charlie. El hecho de que estuviera viendo precisamente esa película era una ironía terrible, que podría haber resultado incluso divertida, pero no lo fue para nada.

Yo me dediqué a jugar a «Un limón, medio limón» con los chicos en el sótano, porque Charlie me convenció y porque es un auténtico demonio. Cuando el juego fue decayendo, me preguntó si podíamos ir a hablar a algún sitio tranquilo y, como una idiota, lo seguí obediente y dando tumbos hasta el cuarto de su hermano mayor. Estaba un poco sorprendida, porque Charlie y yo nunca habíamos tenido una conversación así de personal.

Pero Charlie formaba parte del grupo de tíos que tanto Jeb como yo frecuentábamos. Era arrogante y se daba aires de superioridad y, en general, era un caraculo, por usar una expresión de un chico coreano del insti, pero es lo que tenía Charlie. Como parecía un modelo de Hollister, podía permitirse el lujo de ser un caraculo.

Una vez en el cuarto de su hermano, me hizo sentarme en la cama y me dijo que necesitaba que le aconsejara sobre Brenna, una chica de nuestro curso con la que salía a veces. Me miró con esa cara de «Ya sé que soy muy mono y voy a sacarle partido» y me habló de la suerte que tenía Jeb de salir con una chica tan genial como yo.

Solté un gruñido y creo que dije:

—Vale, lo que tú digas.

—¿Estáis teniendo problemas? —me preguntó—. No me digas que estáis teniendo problemas, porque sois la pareja ideal.

—Sí, claro, por eso Jeb está arriba haciendo vete a saber tú qué, y yo estoy aquí abajo contigo —«¿Por qué estoy aquí abajo contigo?», recuerdo haber pensado y «¿Quién ha cerrado la puerta con llave?».

Charlie insistió en que entrara en detalles, se mostró encantador y comprensivo, y, cuando empecé a lloriquear, se acercó más para consolarme. Yo me resistí, pero él presionó sus labios contra los míos hasta que al final sucumbí.

Un chico estaba haciéndome mucho caso, un chico muy mono y carismático, ¿a quién le importaba que no lo hiciera con sentimiento?

Yo sí lo hice con sentimiento. Incluso mientras traicionaba a Jeb, puse sentimiento en lo que hacía.

Revivía ese momento de forma obsesiva y esa era la parte que me mataba. ¿En qué estaba pensando? Jeb y yo teníamos problemas, pero yo seguía queriéndolo. Lo quería entonces y lo quiero ahora. Lo querré siempre.

Pero ayer mismo, cuando no se pasó por el Starbucks, me envió el mensaje, alto y claro, de que él ya no me quería.

2

Un golpecito en la ventana de mi cuarto me sacó de mi festín de autocompasión. Tardé un minuto en volver a la realidad. Se oyó un nuevo golpecito. Alargué el cuello sin levantarme de la cama y vi a Tegan, superabrigada, y a Dorrie, todavía más abrigada, subidas al montículo de nieve que se había formado bajo mi ventana. Llevaban manoplas, y Dorrie me llamaba para que saliera con la voz amortiguada por el efecto del cristal.

Me levanté como pude, y al notar el cráneo despejado recordé el desastre que me había hecho en el pelo. ¡Mierda! Eché un vistazo a mi alrededor, agarré la manta que tenía tirada sobre la cama y me la eché por encima como si fuera una capucha. La sujeté con la barbilla, caminé hacia la ventana y tiré del cristal hacia arriba para abrirla.

—¡Saca ese culo a la pista de baile! —gritó Dorrie, a quien de pronto oí a un volumen mucho más alto.

—Eso no es una pista de baile —dije—. Es nieve. Nieve fría y helada.

—Es muy bonita —contestó Tegan—. Sal a verla. —Hizo una pausa y me miró con gesto interrogante por debajo de su gorra de lana a rayas.

—¿Addie? ¿Por qué llevas una manta en la cabeza?

—Eeeh… —dije, e hice el gesto de espantarlas con la mano—. Marchaos a casa. Estoy hecha una mierda. Vamos, largo de aquí.

—¡Oh, venga ya! —protestó Dorrie—. Primero: has llamado para decirnos que estabas teniendo una crisis. Segundo: aquí estamos. Ahora sal y ven a disfrutar de esta maravilla de la naturaleza.

—Paso.

—Te sentará bien. Te lo juro.

—Imposible. Lo siento.

Puso los ojos en blanco.

—Qué niñata. Vámonos, Tegan.

De pronto dejé de verlas y, transcurridos unos segundos, sonó el timbre de la puerta. Sin salir de mi cuarto, me recoloqué la manta para darle más aspecto de turbante. Me senté al borde de la cama e imaginé que era una nómada del desierto, con los ojos verdes muy abiertos y expresión de desolación. Al fin y al cabo, era una experta en desolación.

Oí la cháchara de mis amigas con mis padres en la entrada —«¡Feliz Navidad! ¿Habéis venido caminando con la que está cayendo?»—, y Dorrie y Tegan respondían a todo, con lo molesto que resultaba… Sus alegres voces estaban en armonía con el espíritu navideño, lo que fue enfureciéndome cada vez más hasta que deseé gritar: «¡Eh! ¡Chicas! ¿Recordáis al alma en pena a la que habéis venido a consolar? Estoy aquí arriba».

Al final oí sus pasos amortiguados por los calcetines cuando subían corriendo por las escaleras.

Dorrie fue la primera en entrar como una exhalación.

—¡Vaya! —dijo, mientras se levantaba la melena para separarla del cuello y se abanicaba con la mano—. Si no me siento ahora mismo, voy a hacer plof.

A Dorrie le encantaba decir: «Voy a hacer plof»; era su marca personal. Quería decir que estaba agotada. También le encantaban el refresco de cereza, los *bagels* y presumir diciendo que provenía de la vieja Europa, que era el lugar donde vivía el pueblo judío antes de llegar a Estados Unidos, supongo. A Dorrie le encantaba ser judía, su pasión por el judaísmo llegaba a tal punto que calificaba su pelo rizado con la expresión «judiafro». Me chocó la primera vez que lo dijo, y luego me hizo mucha gracia. Y así era Dorrie, en resumidas cuentas.

Tegan entró después de Dorrie, roja como un tomate.

—¡Oh, Dios mío, estoy empapada en sudor! —dijo mientras se quitaba el chaleco de franela que llevaba encima de la camiseta—. Casi me muero para llegar hasta aquí.

—Dímelo a mí —respondió Dorrie—. ¡Ocho mil kilómetros avanzando como podía para llegar desde mi casa hasta la tuya!

—Y, con esa distancia, quieres decir… ¿seis metros? —preguntó Tegan. Se volvió hacia mí—. ¿Crees que es esa la distancia? ¿Seis metros desde la casa de Dorrie hasta la mía?

Le lancé una mirada gélida. No estábamos allí para hablar de la aburrida distancia, palmo a palmo, que separaba sus casas.

—¿Y a qué viene ese tocado en la cabeza? —preguntó Dorrie, y se dejó caer a mi lado.

—No es por nada —dije, porque tampoco quería hablar de ello—. Es que tengo frío.

—Ajá, sí, claro. —Me quitó la manta de un tirón y lanzó un grito ahogado de horror—. *Oy!* —exclamó en yiddish—. ¿Qué has hecho?

—Vaya, muchas gracias —comenté con amargura—. Eres tan mala como mi madre.

—Jolín —dijo Tegan—. Es que… Jolín.

—Supongo que es por tu crisis —dijo Dorrie.

—En realidad, no.

—¿Estás segura?

—Dorrie. —Tegan le dio un manotazo—. Te queda mono, Addie. Es muy valiente.

Dorrie soltó un bufido.

—Vale, si alguien dice que tu peinado es algo valiente, tienes que volver a la pelu y pedir que te devuelvan el dinero.

—Largo de aquí —le dije. La empujé con los pies.

—¡Oye!

—Estás siendo mala conmigo cuando te necesito, así que ya no tienes permiso para estar en mi cama. —Hice algo de fuerza y la tiré del colchón.

—Creo que me has roto la rabadilla —se lamentó.

—Si te has roto la rabadilla, tendrás que sentarte en un flotador.

—No pienso sentarme en un flotador.

—Solo te informaba.

—Yo no estoy siendo mala cuando me necesitas —nos interrumpió Tegan. Hizo un gesto con la cabeza para señalar la cama—. ¿Puedo?

—Supongo que sí.

Tegan ocupó el lugar donde había estado Dorrie, yo me tumbé y apoyé la cabeza en su regazo. Ella me acarició el pelo, al principio de forma distraída y luego con más delicadeza, lo que me reconfortó.

—Bueno… ¿Qué ocurre? —preguntó.

No dije nada. Tenía ganas de contárselo, aunque, al mismo tiempo, no quería. El pelo no tenía nada que ver. El verdadero motivo de la crisis era tanto peor que no sabía cómo expresarlo en palabras sin romper a llorar.

—¡Oh, no! —dijo Dorrie. Su cara reflejó lo que debía de haber visto en la mía—. ¡Oh, *bubbelah*, mi niña querida! —Usó otra expresión yiddish.

Tegan dejó de mover la mano.

—¿Ha pasado algo con Jeb?

Asentí en silencio.

—¿Lo has visto? —preguntó Dorrie.

Negué con la cabeza.

—¿Has hablado con él?

Volví a negar con la cabeza.

Dorrie miró hacia el techo, y noté que ocurría algo entre Tegan y ella. Tegan me dio un golpecito en el hombro para que me incorporase.

—Addie, cuéntanoslo —dijo.

—Soy tan idiota… —susurré.

Tegan me puso la mano en el muslo para decirme: «Estamos aquí. Todo irá bien». Dorrie se inclinó y apoyó la barbilla en mi rodilla.

—Érase una vez… —me animó a contar.

—Érase una vez, cuando Jeb y yo todavía estábamos juntos —dije con profunda tristeza—, y yo lo quería, y él me quería, yo metí la pata hasta el fondo.

—Por lo de Charlie —dijo Dorrie.

—Lo sabemos —admitió Tegan, y me dio un par de palmaditas de consuelo.

—Pero eso ocurrió hace ya una semana. ¿Cuál es la nueva crisis?

—Aparte de la de tu pelo —dijo Dorrie.

Esperaron a que les diera una respuesta.

Esperaron algo más.

—Le escribí un e-mail a Jeb —confesé.

—Dime que no es verdad —dijo Dorrie. Se golpeó la frente contra mi rodilla varias veces.

—Creía que ibas a darle tiempo para cerrar la herida —añadió Tegan.

—Dijiste que lo más amable era mantenerte alejada, aunque resultara superdifícil. ¿Recuerdas?

Me encogí de hombros con gesto de impotencia.

—Y no es por ser una aguafiestas, pero creí que Jeb estaba saliendo con Brenna —dijo Dorrie.

Me quedé mirándola, pasmada.

—No... No me hagas caso, claro que no está saliendo con ella —rectificó—. Al fin y al cabo solo ha pasado una semana. Pero Brenna sí que le va detrás, ¿no? Y, por lo que sabemos, él no le hace ascos.

—Brenna es lo peor —solté—. Odio a Brenna.

—Creí que Brenna había vuelto con Charlie —intervino Tegan.

—Claro que odiamos a Brenna —me dijo Dorrie—. Esa no es la cuestión. —Se volvió hacia Tegan—. Nosotras queríamos que volviera con Charlie, pero no cuajó.

—¡Oh! —exclamó Tegan. Todavía parecía confusa.

Lancé un suspiro.

—¿Recordáis lo mucho que fanfarroneaba Brenna el día antes de irnos de vacaciones de invierno? ¿Que no paraba de repetir que iba a ver a Jeb durante las vacaciones?

—Creí que creíamos que solo quería poner a Charlie celoso —dijo Tegan.

—Sí que lo creíamos —contestó Dorrie—, aun así… Si ya había hecho sus planes…

—Aaah… —dijo Tegan—. Ya lo pillo. A Jeb no le va ese plan de ser un chico solo para un «plan», no a menos que él también planee algo.

—No quiero que Jeb tenga esa clase de planes con nadie, sobre todo con Brenna —repliqué con el ceño fruncido—. Maldita chica blanca de rastas falsas.

Dorrie resopló por la nariz.

—Addie, ¿puedo decirte algo que seguramente no te gustará escuchar?

—Preferiría que no me lo dijeras.

—Va a hacerlo de todas formas —advirtió Tegan.

—Ya me he dado cuenta de eso —respondí—. Solo digo que preferiría que no lo dijera.

—Es por las fiestas —dijo Dorrie—. Estas fiestas ponen melancólica a la gente.

—¡No estoy melancólica por eso! —protesté.

—Sí que lo estás. Las fiestas nos hacen sentir, más que

nunca, lo necesitados que estamos de compañía. En tu caso, la pena es más intensa porque Jeb y tú habríais celebrado vuestro primer año justo ahora. ¿A que sí?

—Ayer —dije—. En Nochebuena.

—¡Oh, Addie! —se lamentó Tegan.

—¿Crees que las parejas de todo el mundo están juntas en Nochebuena? —pregunté, y me lo planteé por primera vez—. ¿Porque todo es navideño y mágico, y al final resulta que no lo es y es todo un asco?

—Vamos a ver, ese e-mail que le has enviado… —dijo Dorrie con tono de «No nos desviemos del tema principal»—. ¿Era en plan felicitación de Navidad?

—No exactamente.

—Entonces ¿qué le decías?

Negué con la cabeza.

—Es demasiado doloroso.

—Tú cuéntanoslo y ya está —insistió Dorrie.

Me levanté de la cama.

—No, ni hablar. Pero lo abriré. Lo podéis leer vosotras.

3

Me siguieron hasta la mesa de escritorio, donde descansaba mi MacBook blanco como si nada, fingiendo que no participaba de mi desgracia. Decoraban su superficie unas pegatinas de Puffy Chococat, que debería haber arrancado en cuanto Jeb y yo cortamos, puesto que me las había regalado él. Sin embargo, no había tenido el valor de hacerlo.

Abrí el ordenador para encenderlo e hice clic sobre el icono de Firefox. Entré en Hotmail, abrí la carpeta de «Guardado», y arrastré el cursor hasta el e-mail de la vergüenza. Se me hizo un nudo en el estómago. El asunto era «¿Mocha lattes?».

Dorrie se dejó caer en la silla del ordenador y se apretujó para dejar sitio a Tegan. Hizo clic sobre la barra de desplazamiento y el mensaje que había escrito hacía dos días apareció de pronto en la pantalla, con fecha del 23 de diciembre:

> Hola, Jeb.
>
> Estoy aquí sentada, tecleando con miedo estas letras. Lo cual es una locura. ¿Cómo puede darme miedo hablar contigo?

He escrito muchísimas versiones de este mensaje, pero las he borrado todas y empiezo a volverme loca. Se acabó lo de borrar mensajes.

Aunque sí que hay algo que me gustaría borrar, y ya sabes qué es. Haber besado a Charlie fue el error más grande de toda mi vida. Lo siento. Lo siento muchísimo. Ya sé que te lo he repetido muchas veces, pero podría seguir diciéndotelo para siempre y no sería suficiente.

¿Sabes cuando en las pelis alguien hace algo que es una verdadera estupidez, como tontear con alguien a espaldas de su novia y luego el tío dice: «¡Si no ha sido nada! ¡Ella no significa nada!»? Bueno, pues lo que yo te hice sí que es algo. Te he hecho daño, y no hay nada que lo justifique.

Pero Charlie sí que no significa nada. Ni siquiera me apetece hablar de él. Me abordó él, y fue todo como… Todo fue muy rápido. Y tú y yo habíamos tenido esa estúpida discusión, y yo necesitaba compañía o yo qué sé… O a lo mejor solo estaba cabreada, y me sentó bien recibir tanta atención. Y no estaba pensando en ti. Solo pensaba en mí.

Decir todo esto no es nada agradable.

Me hace sentir como una mierda.

Pero una cosa sí te digo: la he cagado a lo grande, pero he aprendido la lección.

He cambiado, Jeb.

Te echo de menos. Te quiero. Si me das otra oportunidad, te entregaré mi corazón. Sé que suena cursi, pero es la verdad.

¿Te acuerdas de la Nochebuena del año pasado? Da igual. Ya sé que te acuerdas. Bueno, pues yo no puedo dejar de pensar en ese día. En ti. En nosotros.

Ven a tomarte un *mocha latte* de Nochebuena conmigo, Jeb. A las tres en el Starbucks, como el año pasado. Mañana tengo el día libre, pero estaré allí, esperando en una de esas enormes butacas violetas. Espero que podamos hablar… más.

Ya sé que no merezco nada, pero, si me quieres, soy tuya.

Muchos besos,

YO

Me di cuenta del momento en que Dorrie había terminado de leer, porque se volvió y me miró al tiempo que se mordía el labio. En cuanto a Tegan, emitió un triste «Oooh», se levantó de la silla y me abrazó con fuerza. Y eso me hizo llorar, mejor dicho, me hizo hipar, porque tenía espasmos más que lágrimas, y esa reacción me pilló totalmente desprevenida.

—¡Cariño! —exclamó Tegan.

Me sequé los mocos con la manga. Inspiré con fuerza.

—Vale —dije, y les dediqué una sonrisa llorosa—. Ya estoy mejor.

—No, no estás mejor —repuso Tegan.

—No, no lo estoy —admití, y volví a perder los papeles. Notaba las lágrimas calientes y saladas, e imaginé cómo me fundían el corazón.

Pero no lo fundieron. Únicamente lo reblandecieron por los bordes.

Inspirar con fuerza.

Inspirar con fuerza.

Inspirar con fuerza.

—¿Te ha respondido? —me preguntó Tegan.

—A medianoche —dije—. No esta medianoche, sino la medianoche antes de Nochebuena. —Tragué saliva, parpadeé y volví a limpiarme la nariz—. Revisé la bandeja de entrada cada hora, más o menos, desde que le había enviado el mensaje… Y nada. Y me puse en plan: «Déjalo ya. Eres un asco, claro que no va a contestarte». Pero entonces decidí mirar la bandeja de entrada una última vez, ¿sabéis?

Asintieron en silencio. Todas las chicas del planeta saben qué quiere decir mirar la bandeja de entrada por última vez.

—¿Y? —preguntó Dorrie.

Me incliné sobre ella y escribí con el teclado. Entonces apareció la respuesta de Jeb.

«Addie…», había escrito, y leía el silencio incómodo de Jeb en esos puntos suspensivos. Podía imaginarlo pensando y resoplando, con las manos suspendidas sobre el teclado. Al final —o al menos así lo imaginé— había tecleado: «Ya veremos».

—¿«Ya veremos»? —leyó Dorrie en voz alta—. ¿Eso es lo único que ha dicho: ¿«Ya veremos»?

—Ya lo sé. Típico de Jeb.

—Hummm… —dijo Dorrie.

—Yo no creo que «Ya veremos» sea malo —dijo Tegan—. Seguramente no sabía qué decir. Te quería tanto… Addie. Apuesto a que recibió tu e-mail y, al principio, el corazón le dio un vuelco de alegría, y luego, siendo como es…

—Como es un chico… —intervino Dorrie.

—Se dijo a sí mismo: «Contente. Ten cuidado».

—¡Basta! —dije. Era demasiado doloroso.

—Y a lo mejor eso es lo que quiere decir con ese «Ya veremos» —añadió Tegan de todas formas—. Que estaba pensándoselo. ¡Creo que eso es bueno, Addie!

—Tegan… —dije.

Su expresión fue debilitándose. Pasó de esperanzada a insegura hasta llegar a manifestar auténtica preocupación. Desplazó la vista hacia mi pelo rosa.

Dorrie, que era más rápida a la hora de reaccionar en esa clase de situaciones dijo:

—¿Cuánto esperaste en el Starbucks?

—Dos horas.

Hizo un gesto señalándome el pelo.

—¿Y después de eso fue cuando te hiciste…?

—Ajá. En el Fantastic Sam's que hay justo en la calle de enfrente.

—¿En el Fantastic Sam's? —inquirió Dorrie—. Te hiciste el cambio de peinado posruptura en un lugar que regala piruletas y globos?

—No me dieron ni piruleta ni globo —respondí con tristeza—. Estaban a punto de cerrar. Ni siquiera querían darme hora.

—No lo entiendo —dijo Dorrie—. ¿Sabes cuántas chicas habrían matado por tener tu pelo?

—Bueno, pues si están dispuestas a hurgar en el cubo de la basura para encontrarlo, es todo suyo.

—Sinceramente, empiezo a acostumbrarme al rosa —dijo Tegan—. Y no me refería a eso.

—Sí que te referías a eso —contesté—. Pero ¿a quién le importa? Es Navidad y estoy sola…

—No estás sola —repuso Tegan.

—Y siempre estaré sola…

—¿Cómo vas a estar sola si estamos a tu lado?

—Y Jeb… —Me quedé sin voz—. Jeb ya no me quiere.

—¡No puedo creer que no se haya presentado! —exclamó Tegan—. No me parece digno de Jeb. Aunque no quisiera volver, ¿no crees que al menos se habría presentado?

—Pero ¿por qué no quiere volver? —pregunté—. ¿Por qué?

—¿Estás segura de que no habrá sido un error? —insistió.

—No sigas —le advirtió Dorrie.

—¿Que no siga con qué? —preguntó Tegan. Se volvió hacia mí—. ¿Estás totalmente segura de que no ha intentado llamarte o ponerse en contacto contigo de cualquier otra forma?

Cogí el móvil, que tenía sobre la mesita de noche. Se lo pasé.

—Compruébalo tú misma.

Fue a la bandeja de llamadas recibidas y leyó los nombres en voz alta.

—Yo, Dorrie, casa, casa, otra vez casa…

—Esa era mi madre intentando averiguar dónde me había metido, porque estuve mucho tiempo.

Tegan frunció el ceño.

—«804-555-361.» ¿Quién es?

—Alguien que se equivocó —dije—. Contesté, pero nadie ha dicho nada.

Apretó un botón y se llevó el móvil a la oreja.

—¿Qué haces? —le pregunté.

—Estoy rellamando a quien haya sido. ¿Y si era Jeb llamando desde el teléfono de otra persona?

—No era él —repliqué.

—804 es el prefijo de Virginia —aseguró Dorrie—. ¿Te comentó algo Jeb sobre un viaje a Virginia?

—No —contesté. Tegan era la que estaba probando suerte, no yo. Con todo, cuando levantó un dedo para hacerme callar, se me aceleró el pulso.

—Ah, sí, hola —dijo Tegan—. ¿Puedo preguntar quién llama?

—Estás llamando tú, idiota —le soltó Dorrie.

Tegan se ruborizó.

—Lo siento —dijo al teléfono—. Quería decir… Esto… ¿Puedo preguntar quién es?

Dorrie esperó más o menos medio segundo.

—¿Y bueno? ¿Quién es?

Tegan sacudió la mano queriendo decir: «Chitón, estás distrayéndome».

—¿Yo? —le dijo a la persona misteriosa que se encontraba al otro lado del teléfono

—… No, porque eso es una locura. Y si hubiera tirado el móvil a la nieve, ¿por qué iba yo a…?

Tegan se apartó el teléfono y lo colocó a varios centímetros de su oreja. Se oían unas vocecillas por el altavoz, eran unas voces chillonas, como las de *Alvin y las ardillas*.

—¿Cuántos años tenéis? —preguntó Tegan—. Oye, dejad de pasaros el teléfono. Lo único que quiero saber es… Disculpa, ¿podríamos volver a lo de…? —Se quedó boquiabierta—. ¡No! ¡Claro que no! Voy a colgar ahora mismo, y creo que vosotros deberíais ir a… jugar a los columpios.

Colgó el teléfono.

—¿Os lo podéis creer? —nos preguntó a Dorrie y a mí, indignada—. ¡Tienen ocho años! Y querían que les dijera cómo se da un beso con lengua. Necesitan un buen lavado de cerebro.

Dorrie y yo nos miramos. Dorrie se volvió hacia Tegan.

—¿La persona que llamó a Addie era una niña de ocho años? —preguntó.

—No era una sola. Era toda una pandilla, no paraban de decir tonterías. Venga decir tonterías y más tonterías. —Sacudió la cabeza—. De verdad, espero que no fuéramos tan pesadas a su edad.

—¿Tegan? —dijo Dorrie—. No estás dándonos mucho material para sacar conclusiones, nena. ¿Has averiguado por qué esa pandilla de niñas de ocho años había llamado a Addie?

—¡Oh, lo siento! Esto… No creo que hayan sido ellas, porque han dicho que en realidad no era su teléfono. Dicen que lo han encontrado hace un par de horas, después de que una chica lo tirara a un montón de nieve.

—¿Repite eso? —pidió Dorrie.

Empezaron a picarme las palmas de las manos. No me gustó nada eso de la chica.

—Sí, por favor, dinos de qué narices estás hablando.

—Bueno —dijo Tegan—, no tengo muy claro a qué se referían, pero lo que han dicho es que esa chica…

—¿La chica que ha tirado el teléfono? —la interrumpió Dorrie.

—Exacto. Han dicho que estaba con un chico, y que estaban «enamoradíííísimos», que era algo que esas niñas de ocho años sabían porque han visto que el chico le daba «uno con lengua» a la chica. ¡Y entonces me han pedido que les enseñara a besar con lengua!

—No se puede enseñar a besar con lengua por teléfono — soltó Dorrie—. Además, ¡tienen solo ocho años! ¡Son unas criaturas! No están preparadas para besar con lengua. ¿Y eso de «uno con lengua»? ¡Por favor!

—Esto… ¿Tegan? —dije—. ¿Ese chico era Jeb?

Se puso seria. Me di cuenta por sus gestos. Se mordió el labio, volvió a abrir el móvil y le dio al botón de remarcación.

—No llamo para charlar —soltó a bocajarro. Se alejó el móvil de la oreja, haciendo una mueca de disgusto, y luego volvió a acercárselo—. ¡Que no! ¡A callar! Tengo una pregunta y solo una. El chico que estaba con esa chica… ¿Cómo era?

Se oía el rumor de las vocecitas de ardilla, pero no lograba distinguir qué decían. Me quedé mirando a Tegan a la cara y empecé a morderme la punta del pulgar.

—Ajá, vale —dijo Tegan—. Ah, ¿sí? ¡Oh, qué mono!

—Tegan —supliqué con los dientes apretados.

—Tengo que colgar, adiós —espetó Tegan, y cerró el teléfono de golpe. Se volvió hacia mí—. Definitivamente no era Jeb, porque ese chico tenía el pelo rizado. Ya está… ¡Tachán! ¡Caso resuelto!

—¿Y por qué has dicho: «¡Oh, qué mono!»? —preguntó Dorrie.

—Me han contado que el chico había hecho un bailecito divertido de felicidad después de besar a la chica, y que había agitado un puño en el aire y había gritado: «¡Jubilee!».

Dorrie se echó hacia atrás y puso una expresión en plan: «Vale, eso sí que es raro».

—¿Qué? —dijo Tegan—. ¿No querríais que un chico gritase «¡Jubilee!» justo después de besaros?

—A lo mejor acababan de comerse el postre —apunté.

Ambas me miraron.

Y yo las miré. Volví las palmas de las manos hacia arriba, en plan: «Venga ya, tías».

—*Jubilee*. ¿El postre de cereza? ¿El *Cherries Jubilee*?

Dorrie se volvió hacia Tegan.

—No —replicó—. No me gustaría que un chico gritase «Jubilee» para referirse a mi cereza.

Tegan rió con disimulo, pero paró al ver que yo no hacía lo mismo.

—Pero no era Jeb —repitió—. ¿Eso no es bueno?

No respondí. No quería que Jeb estuviera besando a desconocidas en Virginia, pero si la Patrulla Besucona de niñas de ocho años tenía alguna información sobre él, habría agradecido conocerla. Me habría gustado que hubieran dicho que el chico al que vieron no tenía el pelo rizado, y que, en lugar de besar a una chica, estaba, no sé... Encerrado en un retrete portátil o algo por el estilo. Si la Patrulla Besucona le hubiera dicho eso a Tegan, entonces sí habría sido una buena noticia, porque habría significado que Jeb tenía una excusa para no haberse encontrado conmigo.

No es que quisiera que Jeb estuviera encerrado en un retrete portátil, evidentemente.

—¿Addie? ¿Estás bien? —preguntó Tegan.

—¿Creéis en la magia de la Navidad? —pregunté.

—¿Eh?

—Yo no creo en eso, porque soy judía —respondió Dorrie.

—Sí, ya lo sé —dije—. Da igual, estoy hablando en plan hipotético.

Tegan se quedó mirando a Dorrie.

—¿Crees en la magia de Hanukkah?

—¿Qué?

—Ah, ¡ya sé! ¡Ángeles! —dijo Tegan—. ¿Crees en los ángeles?

En ese momento, tanto Dorrie como yo nos quedamos mirándola.

—Tú has sacado el tema —soltó Tegan—. La magia de la Navidad, la magia de Hanukkah, la magia de las fiestas... —Levantó las manos con las palmas hacia fuera, como si la repuesta evidente fuera: «Ángeles».

Dorrie soltó una carcajada. Pero yo no, porque supongo que mi corazón solitario necesitaba albergar esa esperanza, aunque yo no quisiera expresarlo con palabras.

—La Nochebuena del año pasado, después de que Jeb me besara en el Starbucks, vino a mi casa y vimos *Qué bello es vivir* con mis padres y con Chris.

—He visto esa película —dijo Dorrie—. James Stewart está a punto de tirarse por un puente porque está superdeprimido.

Tegan me señaló.

—Y un ángel lo ayuda a arrepentirse. En efecto.

—En realidad, todavía no era un ángel —dijo Dorrie—. Porque resulta que James Stewart es la prueba que debe superar para convertirse en ángel. Debe conseguir que James Stewart se dé cuenta de que vale la pena vivir la vida.

—Y así lo hace y todo sale bien, ¡y el ángel consigue sus alas! —finalizó Tegan—. Lo recuerdo. Sucede al final. La campanita plateada del árbol de Navidad de pronto empieza a sonar, «tilín, tilín, tilín», sin que nadie la toque.

Dorrie rió.

—¿«Tilín, tilín, tilín»? Tegan, me matas.

Tegan continuó, pasando por alto el comentario:

—Y la hijita de James Stewart dice: «Mi profesora dice que cada vez que suena una campana, un ángel ha conseguido sus alas». —Y lanzó un suspiro de felicidad.

Dorrie hizo girar de golpe la silla del ordenador de forma que Tegan y ella quedaron mirando hacia mí. Tegan perdió el equilibrio, pero se agarró del brazo del asiento y logró enderezarse.

—¿La magia de la Navidad, la magia de Hanukkah, *Qué bello es vivir*? —enumeró Dorrie y enarcó las cejas—. ¿Lo vas pillando?

—No te olvides de los ángeles —agregó Tegan.

Me senté a los pies de la cama.

—Ya sé que hice algo horrible, ya sé que le hice mucho, mucho, pero que mucho daño a Jeb. Pero ¿es que pedir perdón no cuenta para nada?

—Por supuesto que cuenta —dijo Tegan con tono comprensivo.

Se me hizo un nudo en la garganta. No me atreví a mirar a Dorrie, porque sabía que habría puesto los ojos en blanco.

—Bueno, pues si todo eso es cierto… —De pronto me resultó difícil seguir hablando—. ¿Dónde está mi ángel?

4

—A la porra con los ángeles —soltó Dorrie—. Olvídate de los ángeles.

—No, no te olvides de los ángeles —dijo Tegan. Se volvió de golpe hacia Dorrie—. Siempre te pones en plan Grinch, pero vas de farol.

—No es que me ponga en plan Grinch —advirtió Dorrie—. Es que soy realista.

Tegan se levantó de la silla del ordenador y se sentó a mi lado.

—Que Jeb no te haya llamado no significa nada en absoluto. A lo mejor ha ido a la reserva a visitar a su padre. ¿No había dicho que en «la res» la cobertura del móvil es un desastre?

Jeb nos había enseñado a llamar «la res» a la reserva india, y usar esa expresión nos hacía sentir unas expertas en el tema. Sin embargo, volver a oírla me hizo sentir más abatida.

—Jeb sí ha ido a «la res» —dije—. Pero ya ha vuelto. ¿Y cómo lo sé? Porque la malvada Brenna, casualmente, estaba en el Starbucks el lunes y, casualmente, mientras hacía cola para pedir, se dedicó a comentar toda la agenda de vacaciones de Jeb. Estaba con Meadow y le decía: «Me fastidia mucho que Jeb no esté aquí. Pero llega el día de Nochebuena en tren. ¡A lo mejor voy a recibirlo a la estación!».

—¿Por eso le has escrito un e-mail? —me preguntó Dorrie—. ¿Porque oíste a Brenna hablar de él?

—No ha sido por eso, pero sí ha tenido algo que ver. —No me gustó la forma en que Dorrie estaba mirándome—. ¿Y qué?

—A lo mejor se ha quedado atrapado por la ventisca —sugirió Tegan.

—¿Y todavía está atrapado? ¿Y ha tirado el teléfono a la nieve como la chica esa del beso y por eso no me ha llamado? ¿Y no puede acceder a un ordenador porque ha tenido que construir un iglú para pasar la noche y allí no tiene electricidad?

Tegan se encogió de hombros con nerviosismo y puso cara de «A lo mejor».

—No dejo de darle vueltas a eso —dije—. No se ha presentado a la cita, no me ha llamado, no me ha enviado un e-mail. No ha hecho nada para contactar conmigo.

—A lo mejor necesitaba romperte el corazón como se lo rompiste tú a él —dijo Dorrie.

—¡Dorrie! —Empezaron a brotarme nuevas lágrimas de los ojos—. ¡Ha sido un comentario muy cruel!

—O a lo mejor no. No lo sé. Pero, Adds… Le has hecho muchísimo daño.

—¡Lo sé! ¡Yo solo te lo estaba contando!

—Un daño superprofundo, le has abierto una herida eterna, una herida que tendrá abierta toda su vida. Como cuando Chloe cortó con Stuart.

Chloe Newland y Stuart Weintraub eran muy populares en el instituto de Gracetown: Chloe por engañar a Stuart, y Stuart por ser incapaz de olvidarla. ¿Y a que no sabéis dónde cortaron? En el Starbucks. Chloe estaba allí con otro chico… ¡En el baño! ¡Qué cutre fue! De pronto se presentó Stuart en el local, y resultó que yo estaba allí, presenciándolo todo.

—Vaya… —dije. Tenía el corazón desbocado, porque, desde ese día, le había cogido muchísima manía a Chloe. Me enfadé mucho con ella. Pensé que no tenía corazón por haber engañado así a su novio. Le dije que se largara, así de cabreada estaba. Hasta Christina tuvo que echarme la charla después. Me informó de que, en un futuro, no debía echar a los clientes del Starbucks solo por ser unos cerdos sin sentimientos—. ¿Estás diciendo…? —intenté interpretar la expresión de Dorrie—. ¿Estás diciendo que soy como Chloe?

—¡Por supuesto que no! —exclamó Tegan—. No está diciendo que seas como Chloe. Está diciendo que Jeb es como Stuart. ¿A que sí, Dorrie?

Dorrie no respondió de inmediato. Yo sabía que Stuart le gustaba un poco, porque a todas las chicas de nuestro curso les gustaba un poco Stuart. Era un chico simpático, aunque Chloe lo trataba como el culo. Sin embargo, había algo más en el afán protector de Dorrie, porque Stuart era el otro chico judío del instituto, y a ambos los unía ese vínculo.

Intenté convencerme de que esa era la razón por la que había sacado a relucir la ruptura de Stuart y Chloe. Me dije que no estaba comparándome con Chloe, quien, aparte de ser una zorra sin corazón, usaba un pintalabios rojo que no le pegaba nada con su tono de piel.

—Pobre Stuart —dijo Tegan—. Ojalá haya encontrado a otra persona. Ojalá haya encontrado a alguien que lo merezca.

—Sí, sí —contesté—. Yo también soy superpartidaria de que Stuart encuentre el amor verdadero. ¡Ánimo, Stuart! Pero, Dorrie, te repito la pregunta: ¿estás diciendo que soy la Chloe de esta situación?

—No —respondió Dorrie. Apretó mucho los ojos al cerrarlos y se frotó la frente, como si le hubiera entrado dolor de cabeza. Dejó caer la mano y se topó con mi mirada—. Adeline, te quiero. Siempre te querré. Pero...

Sentí un cosquilleo por toda la espalda, porque cualquier frase que contuviera las expresiones «te quiero» y «pero» no podía acabar bien.

—Pero ¿qué?

—Siempre te obsesionas con tus dramas personales. Bueno, lo hacemos todas, no estoy diciendo que no lo hagamos. Pero tú lo has convertido en todo un arte. Y algunas veces...

Me levanté de la cama y me llevé la manta. Volví a enrollármela en la cabeza y la sujeté por debajo de la barbilla.

—¿Sí?

—Algunas veces te preocupas más de ti misma que de los demás.

—¡Estás diciendo que soy como Chloe! ¡Estás diciendo que no tengo corazón y que soy una zorra egocéntrica!

—No digo que no tengas corazón —respondió Dorrie enseguida—. Para nada digo que no tengas corazón. Y no creo que seas una... Bueno todo eso que has dicho. No eres así.

No pasé por alto el detalle de que ninguna de las dos negó que fuera una egocéntrica.

—¡Oh, Dios mío! —exclamé—. Estoy en plena crisis, y mis mejores amigas se unen para atacarme.

—¡No estamos atacándote! —replicó Tegan.

—Lo siento, no os he oído —dije—. Estaba demasiado ocupada siendo una egocéntrica.

—No, no nos has oído porque tienes una manta que te tapa las orejas —repuso Dorrie. Se acercó dando grandes zancadas hacia mí—. Lo único que estoy diciendo es que…

—¡Habla, chucho, que no te escucho!

—… no creo que debas volver con Jeb a menos que estés segura.

El corazón iba a salírseme del pecho. Estaba a salvo en mi habitación, con mis dos mejores amigas, y me aterrorizaba lo que una de ellas estaba diciéndome.

—¿Segura de qué? —logré decir.

Dorrie me quitó la capucha.

—En tu e-mail dices que has cambiado —dijo con cautela—. Pero yo empiezo a dudar de que sea cierto. No sé si te has parado a pensar qué tienes que cambiar de ti misma.

Empecé a ver unos puntitos negros. Era bastante probable que estuviera hiperventilando, y no tardaría en desmayarme, darme un golpe en la cabeza y morir, y la manta con la que estaba envolviéndome se teñiría de rojo sangre.

—¡Largo! —le grité a Dorrie señalando la puerta.

Tegan se asustó.

—Addie… —dijo Dorrie.

—Lo digo en serio… Vete. Además, Jeb y yo no hemos vuelto, ¿no? Porque él no se presentó a la cita. Así que ¿a quién le importa si «de verdad» he cambiado? ¡Da igual! ¡¿Te enteras?!

Dorrie levantó las manos con impotencia.

—Tienes razón. Soy una idiota. Ha sido un comentario totalmente fuera de lugar.

—Dímelo a mí. ¡Creía que eras mi amiga!

—Sí que es tu amiga —intervino Tegan—. ¿Podéis dejar de pelearos? ¿Las dos?

Me volví, y cuando lo hice, vi de reojo mi reflejo en el espejo de la cómoda. Durante un segundo no me reconocí: no reconocí mi pelo, ni el ceño fruncido, ni esa mirada angustiada. Pensé: «¿Quién es esa tía loca?».

Noté una mano en mi hombro.

—Addie, lo siento —dijo Dorrie—. He hablado demasiado, sin pensar, como hago siempre. Yo solo...

Se quedó sin voz, pero esta vez yo no dije: «¿Tú "solo" qué?».

—Lo siento —repitió.

Clavé los dedos entre las fibras de la manta. Tras una eternidad que en realidad fueron unos segundos, asentí con un gesto casi imperceptible. «Pero sigues siendo una idiota», dije mentalmente, aunque por supuesto sabía que no lo era.

Dorrie me apretó el hombro y me soltó.

—Tendríamos que irnos, ¿no, Tegan?

—Supongo que sí —respondió. Jugueteaba con el faldón de la camiseta—. Pero no quiero que acabemos la noche de mal rollo. Bueno..., es que es Navidad.

—Ya hemos acabado de mal rollo —murmuré.

—No, no es verdad —replicó Dorrie—. Ya hemos hecho las paces. ¿A que sí, Addie?

—No me refería a eso —contesté.

—Déjalo —dijo Tegan—. Tengo una buena noticia para las dos, algo que no tiene nada que ver con la tristeza, ni con los corazones rotos, ni con las discusiones. —Nos lanzó a ambas una mirada suplicante—. ¿Vais a escucharme? ¿Por favor?

—Por supuesto —contesté—. Bueno, yo sí te escucharé. No puedo hablar por el Grinch.

—Me encantaría escuchar algo positivo —dijo Dorrie—. ¿Es algo sobre Gabriel?

—¿Gabriel? ¿Quién es Gabriel? —pregunté. Y entonces lo recordé—. ¡Ah! ¡Gabriel! —No miré a Dorrie, porque no quería que lo usara como prueba de que solo pensaba en mí misma o lo que fuera que creyera.

—He recibido una noticia estupenda justo antes de venir —explicó Tegan—. Pero no quería contarla mientras estábamos hablando de la crisis de Addie.

—Creo que ya hemos terminado con lo de la crisis de Addie —dijo Dorrie—. ¿Addie? ¿Hemos terminado con tu crisis?

«Jamás terminaremos con mi crisis», pensé.

Me senté en el suelo y tiré de Tegan para obligarla a sentarse a mi lado. Incluso le hice sitio a Dorrie.

—Cuéntanos tus buenas noticias —le dije.

—La noticia sí que es sobre Gabriel —anunció Tegan y sonrió—. ¡Llega a casa mañana!

5

—Tengo su cama lista —explicó Tegan—. Le he comprado un cerdito de peluche para que se sienta acompañado y un paquete de diez chicles de uva extra grandes.

—Ah, sí, porque a Gabriel le encanta el chicle de uva —dijo Dorrie.

—¿Los cerdos comen chicle? —pregunté.

—No se lo comen, lo mastican —aclaró Tegan—. También tengo una manta para que se acurruque y una correa y una caja para las cacas. Lo único que no tengo es barro para que se revuelque, aunque supongo que puede retozar en la nieve, ¿no?

Yo seguía dándole vueltas al tema del chicle, pero me obligué a dejar de pensar en ello.

—¿Por qué no? —dije—. Tegan, ¡es fantástico!

Le brillaban los ojos.

—Voy a tener mi propio cerdo. ¡Voy a tener mi propio cerdo, y es todo gracias a vosotras!

No pude evitar sonreír. Además de ser terriblemente adorable, había algo más en Tegan que la hacía única: su debilidad por los cerdos.

En realidad sentía verdadera pasión por los gorrinos, así que si ella decía que los cerdos masticaban chicle era porque los cerdos mastican chicle. Si existe alguna persona que pueda saberlo, esa es Tegan.

La habitación de Tegan era «Cerdilandia», tenía cerditos de porcelana y cerdos tallados en madera sobre todas las superficies. Todas las navidades, Dorrie y yo le regalábamos un nuevo cerdito para su colección. (Por nuestra parte, Tegan y yo le hacíamos regalos a Dorrie para Hanukkah, claro. Ese año le habíamos pedido una camiseta de una web superchula llamada Rabbi's Daughters. Era blanca con mangas tipo globo de color negro y decía: ¿TIENES *CHUTZPAH*? Algo así como «¿Tienes chispa?», pero en yiddish)

Tegan había deseado tener un cerdo de verdad toda su vida, pero sus padres siempre le habían dicho que no. En realidad, como su padre se cree muy gracioso, su respuesta clásica era soltar un gruñido y decir: «Cuando los cerdos vuelen, Terroncito de Azúcar».

Su madre la chinchaba menos, aunque se mostraba igual de inflexible.

—Tegan, ese cerdito tan mono con el que sueñas crecerá y llegará a pesar casi cuatrocientos kilos —decía.

Yo entendía su punto de vista. Casi cuatrocientos kilos eran como nueve Tegans montadas en equilibrio una encima de otra. Tal vez no fuera muy buena idea tener una mascota que multiplicara tu peso por nueve.

Sin embargo, Tegan descubrió —¡redoble de tambor, por favor!— los cerditos taza de té, que son monísimos. Hacía un mes Tegan nos había enseñado la página web donde aparecían, y estuvimos mirando las fotos sin parar de exclamar: «Oooh, aaah» al ver esos cerditos tan monos que cabían en una taza de té. Solo engordan un máximo de dos kilos y medio, que es más o menos el cuatro por ciento del peso de Tegan, y que es un tamaño mucho más manejable que el de un cerdo de cría de casi cuatrocientos kilos.

Tegan fue a hablar con la criadora y consiguió que sus padres también lo hicieran. Durante el transcurso de esas conversaciones, Dorrie y yo también fuimos a hablar con la criadora. Cuando los padres de Tegan por fin le dieron la luz verde oficial, ya estaba todo decidido: el último de los cerditos taza de té había sido pagado y reservado.

—¡Hala! —chilló Tegan cuando se lo dijimos—. ¡Sois las mejores amigas del mundo! Pero… ¿y si mis padres al final decían que no?

—Tuvimos que arriesgarnos —contestó Dorrie—. Esos cerditos se acaban pronto.

—Es verdad —dije—. Literalmente vuelan de las estanterías.

Dorrie soltó una risa parecida a un ronquidito, lo que me animó a seguir con la broma.

Imité un aleteo con los brazos y dije:

—¡Vuela! ¡Vuela hasta tu hogar, cerdito chiquitín!

De hecho, habíamos dado por sentado que Gabriel ya habría llegado volando a su hogar. La semana anterior, Tegan había recibido el mensaje de la criadora informando de que había destetado a Gabriel, y Tegan y Dorrie hicieron planes para ir en coche hasta la granja de cría de cerdos Fancy Nancy a recogerlo. La granja estaba en Maggie Valley, a unos trescientos veinte kilómetros de nuestra casa, pero era fácil ir y volver el mismo día.

Sin embargo, se desató la tormenta y nuestro plan de viaje se fue al garete.

—Pero Nancy llamó anoche, ¿y a que no sabéis qué dijo? —añadió Tegan—. Que las carreteras en Maggie Valley no se encuentran en tan mal estado y ha decidido ir en coche hasta Asheville. Pasará allí la Nochevieja. Y, como Gracetown le pilla de camino, se acercará y dejará a Gabriel en El Mundo de la Mascota. ¡Puede que lo tenga mañana!

—¿El Mundo de la Mascota, la tienda que está enfrente del Starbucks? —pregunté.

—¿Por qué allí? —preguntó Dorrie—. ¿No podía traértelo directamente a casa?

—No, porque no han retirado la nieve de las calles secundarias —dijo Tegan—. Nancy conoce al dueño de El Mundo de la Mascota, y él le dejará una llave para que abra la tienda. Nancy ha dicho que pondría una nota en el trasportín de Gabriel que diga: «No dar en adopción a este cerdito, ¡es para Tegan Shepherd!».

—¿«Dar en adopción»? —pregunté.

—Es el eufemismo que usan en la pajarería para no decir «vender» —aclaró Dorrie—. Y doy gracias de que a Nancy se le haya ocurrido lo de la nota, porque sin duda llegarán miles de personas desesperadas por comprar un cerdito taza de té.

—No digas eso —repuso Tegan—. Iré en coche a la ciudad y lo recogeré en cuanto pase la máquina quitanieves. —Juntó las palmas de las manos en gesto de oración—. ¡Por favor, por favor, por favor, que pase pronto por nuestro vecindario!

—Tú sigue soñando —dijo Dorrie.

—¡Eh! —exclamé, porque de pronto se me ocurrió una idea—. Mañana abro yo el Starbucks, y mi padre me deja coger el Explorer.

Dorrie sacó músculo con los brazos.

—¡Addie tener un Explorer! ¡Addie no necesitar quitanieves!

—Tienes toda la razón —dije—. El Explorer no es como, ¡ejem!, el debilucho Civic.

—¡No seas mala con el Civic! —protestó Tegan.

—¡Oooh, cariño, es imposible no ser mala con el Civic! —dijo Dorrie.

—Da igual —las interrumpí—, me encantaría ir a recoger a Gabriel si quieres.

—¿De verdad? —preguntó Tegan.

—¿El Starbucks estará abierto? —preguntó Dorrie.

—Tía —dije—, ni la lluvia, ni la nieve, ni el granizo impedirán jamás que el poderoso Starbucks cumpla su cometido.

—Tía —repuso Dorrie—, ese es el lema oficial de los carteros estadounidenses, no del Starbucks.

—Pero, a diferencia del cartero, el Starbucks sí lo cumple. Estará abierto, te lo aseguro.

—Addie, ahí fuera hay montones de nieve acumulada de casi tres metros de alto.

—Christina dijo que abriríamos. —Me volví hacia Tegan—. Así que, sí, Tegan, mañana a primerísima hora de la mañana, iré en coche a la ciudad y, sí, puedo pasar a recoger a Gabriel.

—¡Yupi! —exclamó Tegan.

—Para el carro —soltó Dorrie—. ¿No estás olvidando algo?

Arrugué la frente.

—¿Nathan Krugle? —dijo—. Trabaja en El Mundo de la Mascota y te odia a muerte.

Me dio un vuelco el corazón. Con toda la conversación sobre los cerdos, me había olvidado por completo de Nathan. ¿Cómo podía haberme olvidado de él?

Levanté la barbilla.

—Eres una pesimista. Puedo arreglármelas muy bien con Nathan; si es que trabaja mañana, que seguramente será que no, porque es muy probable que se haya marchado a alguna convención de *Star Trek* o a otra cosa de frikis por el estilo.

—¿Ya estás poniendo excusas? —dijo Dorrie.

—Nooo. Estoy demostrando mi profunda y total falta de egocentrismo. Aunque Nathan esté, lo único que importa es Tegan.

Dorrie puso una expresión de suspicacia.

Me volví hacia Tegan.

—Aprovecharé el descanso de las nueve y seré la primera en entrar por las puertas de El Mundo de la Mascota, ¿vale? —Avancé dando grandes zancadas hacia mi mesa de escritorio, arranqué un pósit de Hello Kitty y garabateé: «¡No olvidar el cerdo!» con mi boli violeta. Caminé hacia la cómoda, saqué la camisa del día siguiente y le pegué la nota.

—¿Contentas? —pregunté al tiempo que levantaba la prenda de trabajo para que la vieran las dos.

—Feliz —dijo Tegan sonriendo.

—Gracias, Tegan —respondí con solemnidad, y con ese tono quise sugerir que Dorrie podía aprender algo de mí, una amiga en la que se podía confiar ciegamente—. Prometo que no te decepcionaré.

6

Tegan y Dorrie se despidieron cariñosamente, y durante unos dos minutos, entre tanto adiós y tantos abrazos, olvidé que tenía el corazón partido. Pero en cuanto se fueron, me sentí alicaída. «Hola —me dijo mi tristeza—. He vueltooo. ¿Me echabas de menos?»

Esa vez, la pena me evocó el recuerdo del domingo anterior, la mañana después de la fiesta de Charlie y el peor día de mi vida. Había ido en coche hasta el piso de Jeb —él no sabía que iba— y al principio se alegró de verme.

—¿Dónde te metiste anoche? —me preguntó—. No te encontraba.

Empecé a llorar. Sus ojos negros se anegaron de tristeza.

—Addie, no seguirás enfadada, ¿verdad? ¿Por la discusión que tuvimos?

Intenté responder, pero no me salían las palabras.

—Ni siquiera fue una discusión —me dijo para intentar tranquilizarme—. No fue… nada.

Empecé a llorar aún con más fuerza, y él me cogió de las manos.

—Te quiero, Addie. Intentaré demostrártelo más, ¿vale?

De haber existido un acantilado en su habitación, me habría tirado por él. De haber tenido un puñal sobre su cómoda, me lo habría clavado en el pecho.

En lugar de eso, le conté lo de Charlie.

—Lo siento —dije entre gimoteos—. ¡Creía que estaríamos juntos para siempre! ¡Quería que estuviéramos juntos para siempre!

—Addie… —dijo.

Jeb seguía intentando asimilar lo que acababa de decirle, pero, en ese mismo instante, estaba dándole prioridad, y yo lo sabía porque lo conocía, al hecho de que yo me sintiera mal. Era su principal preocupación, y me apretó las manos con fuerza para tranquilizarme.

—¡Basta! —le grité—. ¡No puedes ser amable conmigo! ¡No cuando estamos cortando!

Su confusión era tremenda.

—¿Estamos cortando? ¿Quieres estar con Charlie en lugar de estar conmigo?

—No. ¡Dios, no! —Me aparté de golpe—. Te he engañado, lo he estropeado todo, y por eso… —Empecé a llorar y me atraganté—. ¡Por eso tengo que dejarte!

Él seguía sin entenderlo.

—Pero… ¿y si yo no quiero?

Casi no podía ni respirar de tanto llorar, pero recuerdo haber pensado, no, mejor dicho, recuerdo haber tenido la certeza de que Jeb era mucho mejor persona que yo. Era el chico más genial y maravilloso del mundo, y yo era una mierda tan grande que ni siquiera merecía que él me pisara. Era una caraculo. Era tan caraculo como Charlie.

—Tengo que irme —dije y me dirigí hacia la puerta.

Me sujetó por la muñeca con cara de «Por favor, no te vayas».

Pero debía hacerlo. ¿Es que Jeb no lo entendía?

Me zafé de un tirón y me obligué a decir:

—Jeb..., se acabó.

Se le endureció el gesto, y me alegré, aunque suene perverso. Debía estar furioso conmigo. Debía odiarme.

—Vete —contestó.

Y me fui.

Después de aquello, ahí estaba yo, junto a la ventana de mi habitación, observando como se alejaban Dorrie y Tegan, haciéndose cada vez más y más pequeñas. La luz de la luna daba un tono plateado a la nieve —toda esa nieve— y, con solo mirarla, me entró frío.

Me pregunté si Jeb me perdonaría algún día.

Me pregunté si algún día dejaría de sentirme tan desgraciada.

Me pregunté si Jeb se sentía tan desgraciado como yo, y me sorprendí al darme cuenta de que deseaba que no se sintiera mal. Es decir, sí que quería que se sintiera mal, un poco, o al menos ligeramente mal, pero no quería que sintiera el corazón como un bulto helado, constreñido por el arrepentimiento. Jeb tenía tan buen corazón que me resultaba muy confuso que no se hubiera presentado a la cita el día anterior.

Con todo, no era culpa de Jeb que yo la hubiera fastidiado, y estuviera donde estuviese, esperaba que no tuviera el corazón helado.

7

—¡Brrr! —dijo Christina temblando al abrir la puerta del Starbucks a las cuatro y media de la mañana siguiente.

¡A las cuatro y media de la mañana! Todavía faltaba una hora y media para el amanecer, y el aparcamiento era un lugar fantasmagórico, salpicado aquí y allá por la presencia de unos pocos coches cubiertos de nieve. El novio de Christina tocó el claxon al girar por Dearborn Avenue, y ella se volvió para saludarlo. Él se alejó con el coche, y nos quedamos solas, nosotras, la nieve y el local a oscuras.

Christina abrió la puerta empujándola, y yo entré a toda prisa detrás de ella.

—Aquí fuera hace un frío que pela —dijo.

—¿Me lo dices o me lo cuentas? —respondí.

El recorrido en coche desde mi casa había sido difícil, incluso con las ruedas especiales para la nieve y las cadenas, había pasado al menos junto a doce coches abandonados por conductores con menos agallas que yo. En un montículo distinguí, nada más y nada menos, que las huellas de un todoterreno, una especie de SUV o algún otro vehículo gigantesco por el estilo. ¿Cómo era posible? ¿Cómo podía haber un conductor tan idiota que no hubiera visto ese montón de casi dos metros de nieve?

Hasta que pasara la máquina quitanieves, era imposible que Tegan fuera a ningún sitio con su debilucho Civic.

Sacudí los pies para desprenderme de la nieve, me quité las botas y fui en calcetines hacia la trastienda. Levanté los seis interruptores que se encontraban junto a la máquina de la calefacción, y el local se inundó de luz.

«Somos la estrella de Navidad iluminada por los ángeles —pensé, imaginando cómo se vería ese punto de luz desde cualquier otro lugar de la oscura ciudad—. Aunque haya terminado la Navidad, y no haya ningún ángel.»

Me quité el gorro y el abrigo, y me puse mis zuecos negros, a juego con los pantalones. Pegué mejor la nota de «¡No olvidar el cerdo!» en mi camisa del Starbucks, que lucía el lema: «Tú lo pides y nosotros lo preparamos». Dorrie se reía de mi camiseta como se reía de todo lo relacionado con el Starbucks, pero a mí me daba igual. El Starbucks era el lugar donde me sentía segura. También era el lugar donde me sentía triste, porque allí tenía muchos recuerdos con Jeb.

A pesar de todo, encontraba cierto consuelo en los aromas y las rutinas familiares y, sobre todo, en su música. Se podía decir que era música «de empresa» o «enlatada» o como se llamara, pero los CD del Starbucks eran buenos.

—Oye, Christina —dije—, ¿te apetece un poco de «Hallelujah»?

—Pues sí, señora —me respondió.

Puse el CD de canciones espirituales *Lifted: Songs of the Spirit* (del que Dorrie se pitorreaba) y seleccioné la canción número siete. La voz de Rufus Wainwright inundó el ambiente, y pensé: «¡Ah, el dulce sonido de Starbucks!».

Lo que Dorrie no llegaba a apreciar —junto con otros miles de millones de personas que se mofaban de la cadena de cafeterías— era que los trabajadores del Starbucks eran personas de carne y hueso, con sentimientos, como cualquier hijo de vecino. Sí, Starbucks era propiedad de algún viejo millonario, y sí, Starbucks era una franquicia. Pero Christina vivía en Gracetown igual que Dorrie. Y que yo. Al igual que el resto de los baristas. Entonces ¿a qué venía tanto pitorreo?

Salí de la trastienda y empecé a desenvolver los pastelitos que había dejado Carlos, el repartidor de la repostería. No paraba de mirar las butacas de terciopelo violeta situadas junto a la entrada del local, y, debido a las lágrimas, empecé a ver borrosos los *muffins* de mora integrales.

«Basta ya —me ordené—. O recuperas la compostura de una puñetera vez o va a ser un día muy largo.»

—Vaya —dijo Christina, y vi aparecer sus pies delante de mí—. Te has cortado el pelo.

Levanté la cabeza.

—Esto... Sí.

—Y te lo has teñido de rosa.

—No es un problema, ¿no?

Starbucks tiene un código tácito sobre el aspecto de los empleados que prohíbe los *piercings* en la nariz, o en cualquier otra parte de la cara, y tatuajes visibles, lo que quería decir que podías llevar *piercings* y tatuajes pero que quedaran ocultos. No había imaginado que hubiera una norma contra el pelo rosa. Aunque nunca habíamos comentado ese tema.

—Hummm… —dijo Christina, mirándome con detenimiento—. No, no pasa nada. Es que me ha sorprendido, eso es todo.

—Sí, a mí también —comenté por lo bajo.

No tuve intención de que me oyera, pero sí lo hizo.

—Addie, ¿estás bien? —me preguntó.

—Claro que sí —respondí.

Bajó la vista hacia mi camiseta. Frunció el ceño.

—¿De qué cerdo se supone que no debes olvidarte?

—¿Eh? —Miré hacia abajo—. ¡Ah! Esto… No es nada. —Sospechaba que los cerdos estaban prohibidos en Starbucks, y no consideré necesario contarle toda la historia a Christina. Escondería a Gabriel en la trastienda después de recogerlo, y mi jefa no tenía por qué enterarse de nada.

—¿Seguro que estás bien? —insistió.

Sonreí de oreja a oreja y me quité la nota.

—¡Nunca me he sentido mejor!

Ella fue a preparar la máquina de café, yo doblé la nota y me la guardé en el bolsillo. Coloqué los pastelitos en la vitrina refrigeradora, me puse un par de guantes de plástico y empecé a llenar las bandejas. La versión del «Hallelujah» de Rufus Wainwright reinaba en el local, y yo la tarareaba. Resultaba casi agradable, y pensé lo típico: «La vida es un asco, pero siempre nos quedará la música».

Sin embargo, al escuchar la letra —le presté toda mi atención— esas sensaciones casi agradables se esfumaron. Siempre había creído que era una canción de invitación a la fe o algo en esa línea religiosa, por todos los «aleluyas» de la letra. Pero resultó que también había palabras antes y después de esos «aleluyas», y no eran expresiones que invitaran a nada.

Rufus cantaba sobre el amor, y sobre como el amor no podía existir si no había fe. Me quedé petrificada, porque me sentía muy identificada con la letra. Escuché un poco más y me horrorizó que toda la canción tratara de un chico que estaba enamorado, pero que había sido traicionado por su amor. ¿Y a qué venían esos aleluyas tan dulces y melancólicos? No eran aleluyas que invitasen a creer en Dios. Eran… Eran «fríos e hirientes», ¡lo decía en el estribillo!

¿Por qué me habría gustado aquella canción? ¡Era un auténtico asco!

Fui a cambiar el CD, pero, antes de que me diera tiempo, empezó el tema siguiente. Una versión góspel de «Amazing Grace» inundó el local, y pensé: «Bueno, al menos está muchísimo mejor que la porquería esa del aleluya tristón. —Y también—: Por favor, Señor, me iría muy bien una pizca de tu gracia».

8

A las cinco en punto ya habíamos acabado con los preparativos para iniciar la jornada. A las cinco y un minuto, nuestro primer cliente llamaba a la puerta, y Christina se dirigió hacia ella para abrirla justo a la hora oficial.

—Feliz día después de Navidad, Earl —le dijo al tío corpulento que esperaba en el exterior—. No sabíamos si te veríamos hoy.

—¿Crees que a mis clientes les preocupa el tiempo que hace? —contestó Earl—. Piénsalo bien, querida.

Entró avanzando con dificultad y dejó una estela gélida a su paso. Tenía las mejillas sonrojadas y llevaba una gorra roja y negra con orejeras. Era gigantesco, barbudo, y parecía un leñador, lo que resultaba lógico, porque, en realidad, esa era su ocupación. Conducía uno de esos camiones grúa para el transporte de troncos detrás de los cuales mejor no ir con el coche por las numerosas carreteras de montaña de la zona. Diré un par de cosas sobre ese vehículo. Primero, el peso que arrastraba lo obligaba a circular a una desmadrada velocidad de treinta kilómetros hora. Y, segundo, la parte trasera abierta iba cargada de troncos. Troncos gigantescos, en pilas de cinco o seis. Se trataba de unos ejemplares que, de frenar el camión en seco, saldrían rodando y te dejarían aplastado como un vaso plegable.

Christina se metió detrás de la barra y encendió la máquina con el grifo de vapor.

—Aunque debe de ser agradable que te necesiten, ¿no?

Earl soltó un gruñido. Se dirigió con pasos agigantados hacia la caja registradora, me miró con los ojos entrecerrados y preguntó:

—¿Qué te has hecho en el pelo?

—Me lo he cortado —contesté. Me quedé mirándolo a la cara—. Y me lo he teñido. —Como seguía sin decir nada, añadí—: ¿Te gusta?

—¿Y eso qué más da? —respondió—. Es tu pelo.

—Ya lo sé. Pero… —Me di cuenta de que no sabía cómo acabar la frase. ¿A mí qué me importaba si a Earl le gustaba o no? Agaché la cabeza y recibí sus monedas. Siempre tomaba lo mismo, por eso no era necesario seguir hablando.

Christina dibujó un generoso torbellino de nata montada sobre el *mocha* sabor frambuesa de Earl, pintó la blanca cobertura con sirope de frambuesa de intenso color rojo y lo coronó todo con una tapa blanca de plástico.

—Aquí tienes —anunció.

—Gracias, señoras —dijo él. Levantó el vaso como en un brindis y salió por la puerta dando grandes zancadas.

—¿Crees que los colegas leñadores de Earl se burlan de él por pedirse una bebida para chicas? —pregunté.

—No habrán podido hacerlo más de una vez —contestó Christina.

La puerta quedó entreabierta, y vi a un chico que estaba sujetándola para que pasara su novia. O, al menos, supuse que era su novia, porque tenían pinta de pareja, ambos con esa mirada atontada y embriagada de amor. Enseguida pensé en Jeb. Había pasado… ¿Cuánto? ¿Dos segundos sin pensar en él? Y me sentí sola.

—Vaya, más madrugadores —comentó Christina.

—Son más bien de los que todavía no se han ido a dormir.

El chico, al que reconocí del instituto, tenía los ojos vidriosos y los andares de haber estado despierto toda la noche. También me pareció reconocer a la chica, aunque no estaba segura. Ella bostezaba sin parar.

—¿Puedes parar de una vez? —le dijo el chico a Chica Bostezo. Tobin, se llamaba Tobin. Iba a un curso más que el mío—. Empiezas a avergonzarme.

Ella sonrió y volvió a bostezar. ¿Se llamaba Angie? Sí, Angie, y no se comportaba como una chica, hasta tal punto que me hacía sentir cursi por ser demasiado femenina. Aunque no creo que lo hiciera a propósito. Dudé incluso de si me conocía.

—¡Es genial! —dijo el chico. Nos habló a Christina y a mí con los brazos abiertos—. Ella cree que soy aburrido. La estoy aburriendo, ¿os lo podéis creer?

Seguí con una expresión agradable en el rostro, que no me comprometía a nada. Tobin vestía viejos jerséis de lana y era amigo de un chico coreano que decía «caraculo». En general, sus colegas y él eran tan listos que asustaban. Tenían esa clase de inteligencia que me hace sentir como una idiota, aunque no sea animadora, y aunque yo, personalmente, no crea que las animadoras sean idiotas.

Bueno, en cualquier caso, no todas. Chloe, la que dejó a Stuart, puede que sí.

—Oye —dijo Tobin al tiempo que me señalaba—, yo te conozco.

—¡Ah, sí! —respondí.

—Pero no siempre has llevado el pelo de color rosa.

—No.

—Entonces ¿trabajas aquí? ¡Qué pasada! —Se volvió hacia la chica—. Ella también trabaja aquí. Seguro que lleva siglos trabajando aquí y yo no lo sabía.

—Alucinante —comentó la chica. Me sonrió y ladeó un poco la cabeza, como diciendo: «Sí que te conozco, y siento no saber cómo te llamas, pero hola de todas formas».

—¿Voy preparándoos algo, chicos? —les pregunté.

Tobin echó un vistazo a la tabla del menú.

—¡Oh, Dios!, este es ese lugar donde hay tamaños tan raros para todo, ¿no? Como eso de *grandé* en lugar de decir «grande». —Lo dijo con falso acento francés, y Christina y yo intercambiamos una mirada.

—¿Por qué no podéis llamarlo simplemente «grande»? —preguntó.

—Podríamos si no fuera porque *grandé* significa «mediano» —aclaró Christina—. *Venti* es «grande».

—*Venti.* Entendido. ¡Por el amor de Dios!, ¿es que no puedo pedir en mi idioma?

—Claro que sí —le dije. Era un equilibrio delicado: tener contento al cliente, pero, además, si era necesario, poder mandarlo a freír espárragos—. A lo mejor me confundo un poco, pero ya me las apañaré.

Angie frunció los labios. Ese gesto hizo que me cayera bien.

—No, no, no —repuso Tobin, levantó las manos con gesto de arrepentimiento—. «Donde fueres haz lo que vieres» y todo ese rollo. Yo tomaré… A ver, déjame pensar… ¿Puedo tomar un *muffin* de arándanos *venti*?

No pude evitar reírme. El chico llevaba el pelo de punta, tenía cara de auténtico agotamiento y actuaba de forma mecánica. Estaba bastante segura de que él tampoco sabía cómo me llamaba yo, a pesar de haber ido juntos a primaria, secundaria y todo el instituto. Aunque irradiaba algo muy tierno cuando miraba a Angie, quien estaba riéndose como yo.

—¿Qué? —dijo, abrumado.

—Los tamaños son para las bebidas —aclaró ella. Le apoyó las manos en los hombros y lo orientó hacia la vitrina de la repostería, donde había seis *muffins* esponjosos e idénticos, colocados de forma muy vistosa—. Los *muffins* son todos iguales.

—Son los *muffins* de toda la vida —confirmó Christina.

Tobin resopló, y al principio supuse que era parte de todo su numerito cómico. «Pobre chico alternativo, al que han traído al Starbucks contra su voluntad.» Pero entonces me percaté de que estaba poniéndose cada vez más rojo y me di cuenta de algo. Tobin y Angie… Que salieran juntos era una novedad. Se trataba de una situación tan reciente que él se ruborizó por la sorpresa de que ella lo tocara.

Me invadió una nueva oleada de soledad. Recordaba esa maravillosa sensación de cosquilleo en la piel.

—Es mi primera vez en un Starbucks —explicó Tobin—.

En serio. Es la primera vez que entro en toda mi vida. Por favor, sed comprensivas conmigo. —Hizo un gesto hacia la mano de Angie, y sus dedos se entrelazaron. Ella también se ruborizó.

—Entonces… ¿solo un *muffin*? —pregunté. Abrí la puerta de cristal de la vitrina de la repostería.

—Da igual, ya no quiero vuestro empalagoso *muffin*. —Tobin fingió un puchero.

—Pobrecito… —lo provocó Angie.

Tobin se quedó mirándola con cara de dormido y algo más. Era un gesto que dulcificaba sus rasgos.

—Hummm… ¿Y uno de vuestros cafés con leche gigantescos? —dijo—. Podemos compartirlo.

—Claro —dije—. ¿Quieres que te ponga algún sirope?

Se volvió para mirarme de nuevo.

—¿Sirope?

—De avellana, chocolate blanco, frambuesa, vainilla, caramelo… —fui enumerando.

—¿De *hash brown*?

Durante un segundo creí que estaba burlándose de mí, pero entonces Angie rió y entendí que se trataba de una broma que tenían entre ellos, pero nada hiriente. En ese instante fui consciente de que, a lo mejor, sí que era cierto que no todo giraba en torno a mí.

—Lo siento, no tenemos sirope con sabor a *hash brown*.

—¡Ah, vale! —dijo. Se rascó la cabeza—. Entonces… ¿qué tal…?

—Un *mocha* blanco dulce con canela —me dijo Angie.

—Excelente elección. —Canté el pedido.

Tobin pagó con un billete de cinco y luego metió otros cinco en el bote de «Alimenta a tu barista». Quizá no fuera tan payaso, al fin y al cabo.

Sin embargo, cuando se dirigieron hacia la entrada del local para sentarse, no pude evitar pensar: «¡En las butacas violeta de terciopelo no! ¡Esas butacas son de Jeb y mías!». Sin embargo, como era de imaginar, decidieron acomodarse en ellas. Y no me extrañaba, eran las de tapicería más tersa y las más cómodas.

Angie se dejó caer sobre la butaca que quedaba más cerca de la pared, y Tobin se hundió en la que hacía juego. Con una mano, sujetaba la bebida, con la otra, buscó a Angie, entrelazó sus dedos con los de ella y la sujetó con fuerza.

9

A las seis y media, ya había amanecido del todo. Era bonito, supongo, al menos para quien disfrute con esas cosas. Nuevos principios, volver a empezar, los cálidos rayos de la esperanza...

Sí, vale, muy bien. Pero a mí no me va ese rollo.

A las siete empezaba oficialmente la hora punta, y los pedidos de capuchinos y *espressos* no paraban. Al menos así me centré por completo en el trabajo y dejé de darle vueltas a la cabeza.

Scott se pasó a pedir su *chai* de costumbre y, como siempre, también pidió un vaso para llevar lleno de nata montada para Maggie, su perra labradora negra.

Diana, que trabajaba en el parvulario del final de la calle, entró a pedir su café con leche desnatada y, mientras rebuscaba en el bolso la tarjeta del Starbucks, me recordó por enésima vez que debía cambiar mi foto del panel de «Conoce a tus baristas».

—Ya sabes que odio esa foto —me dijo—. Cuando pones esos morritos, pareces un besugo.

—A mí me gusta —le dije. Me la había hecho Jeb la Nochevieja del año anterior, cuando Tegan y yo bromeábamos imitando a Angelina Jolie.

—Bueno, pues no sé por qué —respondió Diana—. Eres una chica muy guapa, aunque ahora lleves... —hizo un gesto para señalar mi nuevo corte de pelo— ese estilo punk.

Estilo punk. ¡Por el amor de Dios!

—No es estilo punk —dije—. Es más bien estilo Pink.

Encontró la tarjeta y la levantó triunfal.

—¡Ajá! Aquí tienes.

La pasé por el datáfono y se la devolví. Ella me la pasó por delante de la cara antes de ir a recoger su café.

—¡Cambia la foto! —me ordenó.

Los John, los tres, entraron a las ocho y se instalaron en su mesa de costumbre, la del rincón. Estaban jubilados y les gustaba pasar la mañana bebiendo té y concentrados en sus cuadernillos para hacer sudokus.

John Número Uno comentó que mi nuevo peinado me daba un aspecto «picarón», y John Número Dos le dijo que dejara de ligar.

—Tiene edad para ser tu nieta —espetó John Número Dos.

—Tranquilo —respondí—. Cualquiera que use la palabra «picarón» deja de ser un posible candidato.

—¿Quieres decir que hasta ese momento sí que era un posible candidato? —preguntó John Numero Uno. Llevaba la gorra de béisbol de los Carolina Tar Heels un tanto abombada, sin calársela, colocada justo encima de la coronilla, como un nido de pájaros.

—No —repuse, y John Número Tres rió a carcajadas. John Número Dos y él chocaron los puños, y yo negué con la cabeza. ¡Hombres!

A las ocho y cuarenta y cinco, me desaté el lazo del delantal y anuncié que iba a disfrutar de mi descanso.

—Tengo que hacer un recado rápido —informé a Christina—, pero volveré enseguida.

—Espera —dijo.

Me agarró por el antebrazo para retenerme a su lado, y cuando la miré, entendí el porqué. Entrando por la puerta del local se encontraba uno de los personajes más peculiares de Gracetown, un conductor de grúa llamado Travis que se vestía únicamente con papel de aluminio. Pantalones de papel de aluminio, una especie de camiseta-chaqueta de papel de aluminio e incluso un gorro en forma de cono del mismo material.

—¿Por qué, de verdad, por qué narices se viste así? —dije, y no por primera vez.

—A lo mejor es un caballero andante —sugirió Christina.

—A lo mejor es un imán.

—A lo mejor es una veleta para el tiempo, de esas que sirven para predecir los vientos del cambio.

—¡Oooh, muy buena! —dije, y suspiré—. No me vendría nada mal que soplara uno de esos vientos del cambio.

Travis se acercó. Tenía los ojos tan claros que parecían plateados.

No sonreía.

—¿Qué pasa, Travis? —dijo Christina—. ¿Qué te pongo?

Por lo general, Travis solo pedía agua, aunque, cada cierto tiempo, tenía suelto suficiente para pedir un pastelito de sirope de arce, su dulce favorito. La verdad es que también es mi preferido. Tenían aspecto de pasta seca, pero la apariencia engañaba. La cobertura de sirope era lo más rico de todo.

—¿Me sirves un café de muestra? —dijo con brusquedad.

—Por supuesto —respondió ella, y cogió uno de los mini vasitos en los que servíamos las muestras de bebidas.

—¿Qué quieres probar?

—Nada en especial —dijo—. Solo quiero el vasito.

Christina se quedó mirándome, yo desvié la mirada para no ver a Travis y empezar a reír, lo que habría estado mal. Además, de haberlo mirado más detenidamente habría visto mi reflejo multiplicado por mil en su especie de camiseta-chaqueta de papel de aluminio. O, mejor dicho, fragmentos de mí, rota por las arrugas del material metálico.

—El *eggnog latte* está bueno —sugirió Christina—. Es el especial de la temporada.

—Solo quiero el vasito —repitió Travis. Se movió con nerviosismo—. ¡Solo quiero el vasito!

—Vale, vale. —Christina le entregó el pequeño recipiente.

Aparté la mirada para no ver a mis «yoes» reflejados, resultaban hipnóticos.

—No puedo creer que vayas vestido así, sobre todo teniendo en cuenta el día que hace —le dije—. Por favor, dime que llevas un jersey debajo de todo ese papel de aluminio.

—¿Qué papel de aluminio? —me preguntó.

—¡Ja, ja! —me reí—. En serio, Travis, ¿no tienes frío?

—No. ¿Y tú?

—Esto… Nooo. ¿Por qué iba a tener frío?

—No lo sé. ¿Por qué?

Me reí un poco más. Luego paré. Travis estaba mirándome con el ceño fruncido.

—No tengo motivos para sentir frío —espeté—. No tengo frío. Yo estoy a una temperatura perfecta e ideal.

—«Yo, yo, yo» —repitió burlón—. Solo importas tú, ¿verdad?

—¿Cómo? Yo no… ¡No estaba hablando de mí! ¡Solo estaba diciéndote que no tengo frío!

La intensidad de su mirada me hizo dudar.

—Vale, ¡en este preciso instante sí que estoy hablando de mí —dije—. Pero no siempre hablo solo de mí.

—Hay cosas que no cambian —repuso con tono de desprecio. Se marchó dando grandes zancadas con su vasito de muestra, como para una casita de muñecas. Al llegar a la puerta se volvió para hacer un último comentario de despedida—. Y no te molestes en pedirme que te remolque. ¡No estoy de servicio!

—Pues vale —contesté con indiferencia. En realidad me había ofendido, pero no quería que se me notara—. Ha sido un intercambio interesante.

—Creo que, hasta ahora, nunca había oído a Travis negarle el servicio de grúa a nadie —dijo Christina—. En serio, creo que eres la primera.

—Por favor, no te dejes impresionar —repuse con un hilillo de voz.

Ella rió, que era lo que yo quería. Sin embargo, mientras Christina recargaba el servilletero, me resonaron las palabras de Travis en la cabeza: «Solo importas tú, ¿verdad?».

Se parecía tanto a lo que me había dicho Dorrie la noche

anterior que resultaba desconcertante, eso de que si me había parado a pensar en qué tenía que cambiar de mí. O algo por el estilo.

—Oye… esto… ¿Christina?

—¿Sí?

—¿Crees que soy mala persona?

Levantó la vista del servilletero.

—Addie, por el amor de Dios, Travis está loco.

—Ya lo sé. Pero eso no significa necesariamente que todo lo que diga sea una locura.

—Addie, de verdad.

—Christina, de verdad. Dímelo sinceramente: ¿soy buena persona? ¿O crees que pienso demasiado en mí misma?

Se quedó pensativa.

—¿Tengo que escoger entre una cosa u otra?

—¡Eso ha dolido! —Me llevé una mano al corazón y me arranqué un puñal imaginario.

Ella sonrió, porque creyó que estaba en plan payasa. Y sí que lo estaba, supongo. Aunque también me asaltó un miedo extraño al pensar que el universo intentaba decirme algo. Me sentía al borde de un gran abismo, solo que ese vacío estaba en mi interior. No quería mirar hacia abajo.

—Alegra esa cara —me dijo Christina—. Ahí llegan los jubilados.

Tenía toda la razón, la furgoneta de los abueletes con deportivas había parado en la entrada del Starbucks, y el conductor estaba ayudando a descender de ella, con toda delicadeza, a su cargamento de ancianos. Parecían una hilera de gusanos envueltos en sus crisálidas.

—Hola, Claire —dijo Christina a la primera de las ancianas que cruzó alegremente la puerta.

—¡Hola, hola, caracola! —respondió Claire al tiempo que se quitaba su colorida gorra.

Burt fue directo hacia el mostrador y pidió un «disparo en la oscuridad», su café largo americano con una tirada de *espresso*, y Miles, que llegó arrastrando los pies por detrás de él, le soltó:

—¿Estás seguro de que esa bomba de relojería a la que llamas corazón podrá aguantarlo, viejo?

Burt se golpeó el pecho.

—Me mantiene joven. Por eso me aman las mujeres. ¿A que sí, señorita Addie?

—Desde luego —respondí, y dejé en espera lo del mensaje del universo mientras cogía un vaso y se lo pasaba a Christina.

Burt tenía las orejas más grandes que hubiera visto jamás (¿sería porque le habían estado creciendo durante ochenta y pico años?), y me pregunté qué les parecerían a las mujeres.

A medida que la cola iba aumentado, Christina y yo nos metimos de lleno en nuestro papel de baristas en hora punta. Yo anotaba los pedidos y me encargaba de la caja registradora, mientras ella obraba su magia con la máquina de los cafés.

—¡*Latte grande*! —gritaba yo.

—*Latte grande* —repetía ella.

—¡*Mocha venti*, corto de café, con leche de soja, sabor caramelo y sirope de avellana, sin nata!

—*Mocha venti*, corto de café, con leche de soja, sabor caramelo y sirope de avellana, sin nata.

Era un auténtico baile. Me ayudó a desconectar de mis pensamientos. Mi obsesión intentaba desconcentrarme, pero tenía que decirle: «Lo siento, cariño, no tengo tiempo».

La última anciana fue Mayzie, con sus trenzas canosas y su sonrisa beatífica. Mayzie era una profesora de cultura popular jubilada, y vestía con colores alegres, en plan hippy, y vaqueros desteñidos, un jersey a rayas que le quedaba enorme, y llevaba media docena de pulseritas de cuentas. Era algo que me encantaba de ella, que vistiera como una adolescente y no como un anciana. Es decir, no es que quisiera verla con vaqueros de cintura baja y tanga asomando por detrás, pero me parecía genial que le diera igual el qué dirán.

No había nadie más esperando detrás de ella, así que apoyé las manos en el mostrador y me di unos segundos de respiro.

—¿Qué pasa, Mayzie? —dije—. ¿Cómo estás hoy?

—Estoy de muerte, cielito —contestó. Llevaba unos pendientes de cascabeles violeta, y tintinearon cuando ladeó la cabeza.

—¡Oooh, me encanta tu pelo!

—¿No crees que parezco un pollo desplumado?

—Para nada —respondió—. Te sienta bien. Es un peinado muy valiente.

—Bueno, no sé —dije.

—Bueno, pues yo sí que lo sé. Llevas fregando suelos demasiado tiempo, Addie. He estado observándote. Ha llegado la hora de que empieces a ser la nueva tú.

Ahí estaba de nuevo, la sensación vertiginosa de encontrarme al borde de un abismo.

Mayzie se inclinó para acercarse más a mí.

—Todos tenemos nuestros puntos flacos, querida. Absolutamente todos. Y, créeme, todos, todos cometemos errores.

Sentí un calor repentino en las mejillas. ¿De verdad eran tan públicos mis errores que hasta los clientes los conocían? ¿La panda de los abueletes con deportivas se dedicaban a cotillear sobre mi rollo con Charlie en sus partidas de bingo?

—Tienes que pararte a pensar en ti misma, cambiar lo que sea necesario y seguir adelante, bomboncito.

La miré parpadeando, como atontada.

Ella bajó la voz.

—Y si te preguntas por qué estoy diciéndote todo esto, es porque he decidido empezar a ejercer una nueva profesión: ángel navideño.

Se quedó esperando mi reacción, con los ojos brillantes. Resultaba curioso que sacara precisamente el tema del «ángel», justo cuando había estado hablando sobre eso con Dorrie y Tegan la noche anterior. Por una milésima de segundo me planteé si Mayzie sería mi verdadero ángel, que estaba allí para salvarme.

Pero entonces reaccioné por el impacto de la fría y dura realidad, y me odié a mí misma por haber sido tan tonta. Mayzie no era un ángel, lo único que ocurría es que era el día mundial de los locos de remate. Por lo visto, a todos se les había ido la mano con el ponche navideño.

—¿No hay que estar muerto para ser un ángel? —le pregunté.

—Bueno, Addie —respondió, ofendida—, ¿te parezco muerta?

Miré a Christina para ver si estaba escuchando la conversación, pero estaba fuera, cambiando la bolsa del cubo de la basura.

Mayzie interpretó mi silencio como su permiso para seguir hablando.

—Se trata de un programa llamado «Ángeles entre nosotros» —aclaró—. No necesito una titulación especial ni nada por el estilo.

—No existe ningún programa con ese nombre —repuse.

—¡Oh, sí, sí! Se imparte en el Centro de Gracetown para las Artes Celestiales.

—Gracetown no tiene ningún Centro para las Artes Celestiales —dije.

—A veces me siento sola —reconoció—. Y no es que los abueletes no sean maravillosos, no. Pero algunas veces son un pelín… —Dejó la frase sin acabar y habló con un hilillo de voz— un pelín aburridos, la verdad.

—¡Oooh! —respondí en un susurro.

—Se me ocurrió que convertirme en ángel sería una buena manera de conectar con otras personas —dijo—. De todas formas, para conseguir las alas, solo tengo que propagar la magia de la Navidad.

Solté un gruñido.

—Bueno, pues resulta que yo no creo en la magia de la Navidad.

—Seguro que sí, o yo no estaría aquí.

Retrocedí un poco, porque me sentía engañada. ¿Qué se suponía que debía responder a eso? Sacudí el cuerpo para recuperarme y apliqué una nueva táctica.

—Pero… la Navidad ya ha terminado.

—Oh, no, la Navidad nunca termina, a menos que tú quieras que termine. —Se inclinó sobre el mostrador y apoyó la barbilla en la palma de su mano—. La Navidad es un estado de ánimo. —Desvió la vista hacia la parte baja del mostrador—. ¡Por el amor de nuestro señor Jesucristo! —exclamó.

Miré hacia abajo.

—¿Qué ocurre?

La esquina superior de la nota que había doblado asomaba por el bolsillo de mis vaqueros. Mayzie alargó la mano por encima del mostrador y me la quitó. El gesto me pilló tan por sorpresa que me quedé paralizada y la dejé hacer.

—«¡No olvidar el cerdo!» —leyó Mayzie tras desdoblar la nota. Ladeó la cabeza mirándome, como si fuera un pajarillo.

—¡Ah, eso! —dije.

—¿De qué cerdo no tienes que olvidarte?

—Esto… —estaba hecha un lío—. Es para una amiga, Tegan. ¿Qué bebida te preparo? —Me quemaban los dedos de las ganas que tenía de desatarme el delantal y empezar el descanso.

—Hummm… —Mayzie se dio unos golpecitos en la barbilla.

Yo repiqueteaba con la punta del pie en el suelo, nerviosa.

—¿Sabes? —dijo—, a veces, cuando olvidamos hacer cosas por los demás, como esa tal Tegan, es porque estamos demasiado obsesionados con nuestros propios problemas.

—Sí —respondí con contundencia, con la esperanza de que se le quitaran las ganas de seguir hablando—. ¿Quieres un *mocha* con sabor a almendra, como siempre?

—Cuando, en realidad, lo que debemos hacer es olvidarnos de nosotros mismos.

—Sí, claro. Ya te he oído. ¿Corto de café?

Sonrió como si hubiera dicho algo divertido.

—Corto de café, sí, pero esta vez vamos a cambiar un poco. Los cambios son saludables, ¿verdad?

—Si tú lo dices. Entonces ¿qué va a ser?

—Un *mocha* sabor caramelo y sirope de avellana, por favor, en vaso para llevar. Me parece que voy a tomar un poco el aire antes de que venga a buscarnos Tanner.

Pasé el pedido de Mayzie a Christina, quien se había escondido al fondo del mostrador. Lo remató con nata montada y me lo pasó deslizándolo por la barra.

—Piensa en lo que te he dicho —dijo Mayzie.

—Estoy bastante segura de que lo pensaré —contesté.

Ella soltó una risilla alegre, como si tuviéramos algún secretillo juntas.

—Bueno, adiós. De momento —añadió—. ¡Hasta pronto!

En cuanto se marchó, me quité de golpe el delantal.

—Voy a hacer el descanso —le dije a Christina.

Me pasó la máquina con el grifo de vapor.

—Enjuágalo, y podrás irte.

10

Coloqué la máquina en la pila y desenrosqué el grifo. Mientras esperaba con impaciencia que se llenara de agua, me volví y me apoyé contra el borde del fregadero. Tamborileé con los dedos sobre la superficie metálica.

—Mayzie dice que debo olvidarme de mí misma —dije—. ¿Qué crees que significa eso?

—A mí no me preguntes —contestó Christina. Estaba dándome la espalda mientras activaba el chorro de vapor de agua, y yo me quedé mirando la voluta humeante que se elevó por encima de sus hombros.

—Y mi amiga Dorrie, ya sabes, Dorrie, ella me dijo más o menos lo mismo —musité—. Me dijo que siempre creo que todo tiene que ver conmigo.

—Bueno, eso no te lo discutiré.

—¡Ja, ja! —respondí. Aunque me asaltó la inseguridad—. Estás de coña, ¿no?

Christina se volvió para mirarme y sonrió. Entonces abrió los ojos como platos e hizo un gesto de desesperación.

—Addie, la... la...

Me volví y vi como rebosaba el agua por fuera del fregadero. Retrocedí de un salto gritando: «¡Aaah!».

—¡Cierra el grifo! —gritó Christina.

Lo toqueteé con torpeza, pero el agua seguía saliendo y desbordándose por fuera del fregadero.

—¡No funciona!

Me apartó de un empujón.

—¡Ve a por una bayeta!

Salí corriendo hacia la trastienda, cogí la bayeta y regresé a toda prisa. Christina seguía girando el grifo, y el agua seguía cayendo al suelo.

—¿Lo ves? —dije.

Ella se quedó mirándome.

Me incliné y presioné la bayeta contra el borde de la pica. Quedó empapada en cuestión de segundos. En ese instante, recordé un día en que tenía cuatro años y no pude cerrar el grifo de la bañera.

—¡Mierda, mierda, mierda, mierda! —repetía Christina. Dejó de intentar cerrar el grifo y aplicó presión sobre él, aunque el agua no paraba de salir. Se le colaba entre los dedos y proyectaba un chorro en forma de paraguas—. ¡No sé qué hacer!

—¡Oh, Dios! Vale, veamos… —Eché un vistazo al local— ¡John!

Los tres John levantaron la vista desde su mesa del rincón. Vieron lo que ocurría y se acercaron a toda prisa.

—¿Podemos pasar a ese lado de la barra? —preguntó John Número Dos, porque Christina era muy estricta a la hora de permitir la entrada de clientes a nuestro lado de la barra. Era la política de empresa de Starbucks.

—¡Claro! —exclamó Christina. Parpadeó cuando el agua le salpicó la cara y le mojó la camiseta.

Los John se pusieron al mando. Los John Uno y Dos se acercaron a la pica, mientras John Número Tres corrió hacia la trastienda.

—Apártense, señoras —dijo John Número Uno.

Así lo hicimos. Christina tenía el delantal empapado, al igual que la camiseta. Y la cara. Y el pelo.

Saqué un montón de servilletas del dispensador.

—Toma.

Las agarró sin mediar palabra.

—Oye..., ¿estás enfadada?

No me respondió.

John Número Uno se acuclilló junto a la pared y empezó a hacer cosas de machotes con las tuberías. Su gorra de los Tar Heels se inclinaba con sus movimientos.

—Yo no he hecho nada, te lo juro —dije.

Christina enarcó las cejas de forma exagerada.

—Bueno, vale, he olvidado cerrar el agua. Pero eso no tendría por qué haber provocado que se estropeara todo el sistema.

—Tiene que haber sido la ventisca —dijo John Número Dos—. Seguramente ha reventado una de las tuberías.

John Número Uno soltó un gruñido.

—Ya casi está. Si pudiera... —más gruñidos— llegar a esta válvula... ¡Maldición!

Un chorro de agua le impactó justo entre los ojos, y yo me tapé la boca con una mano.

—No creo que ya esté —comentó John Número Dos.

El agua salía a borbotones de la tubería. Christina tenía cara de estar a punto de romper a llorar.

—¡Oh, Dios mío, lo siento mucho! —exclamé—. Por favor, vuelve a poner la cara de siempre. ¿Por favor?

—Mira tú por dónde… —dijo John Número Dos.

Los ruidos de borboteo cesaron. Una gota de agua quedó suspendida de la punta de la tubería y cayó pesadamente al suelo. Después de eso, no salió más agua.

—Ha parado —dije, maravillada.

—He cortado el suministro central —anunció John Número Tres, al tiempo que emergía desde la trastienda con una toalla.

—¿De verdad? ¡Es genial! —exclamé.

Le lanzó la toalla a John Número Uno, que tenía los pantalones empapados.

—Se supone que tienes que secar el suelo, no los pantalones —dijo John Número Dos.

—Ya he fregado el suelo —refunfuñó John Número Uno—. Con los pantalones.

—Será mejor que llame a un fontanero profesional —dijo Christina—. Y, Addie, creo que deberías aprovechar para hacer tu descanso.

—¿No quieres que te ayude a limpiar? —pregunté.

—Quiero que te tomes el descanso —contestó.

—¡Ah! —dije—. Bueno, sí, vale, entiendo. Eso es lo que iba a hacer justo antes, pero entonces ha llegado el loco de Travis, y luego la loca de Mayzie…

Ella me señaló la trastienda.

—Lo que pasa es que has sido tú la que me ha pedido que me quedara. Bueno, ¿qué más da? Pero es que ha sido…

—Addie, por favor —dijo Christina—. Esto no tiene nada que ver contigo, aunque pueda parecer que sí. Necesito que te marches.

Nos quedamos mirándonos.

—¡Ya!

Me sobresalté y me dirigí hacia la trastienda.

—No te preocupes —me dijo John Número Tres cuando pasé por su lado—. La próxima vez que te cargues algo, esto ya se le habrá olvidado. —Me guiñó un ojo y sonrió con languidez.

11

Me quité como pude la camisa empapada y cogí prestada una nueva de la estantería. Era una de la campaña promocional de las nuevas bebidas en lata de Starbucks y decía: ALÉGRATE EL DÍA. Luego cogí el móvil de mi armarito y le di al botón de marcación rápida para llamar a Dorrie.

—*Hello*, cuqui —me dijo cuando contestó al segundo tono.

—Hola —dije—. ¿Tienes un minuto? He tenido un día rarísimo, y está volviéndose cada vez más raro. Tengo que contárselo a alguien.

—¿Ya tienes a Gabriel?

—¿Qué?

—He dicho que si ya has ido a buscar a... —Y se cortó. Cuando volvió a hablar, tenía un tono muy controlado—. ¿Addie? Por favor, dime que te has acordado de ir a El Mundo de la Mascota.

Se me cayó el alma a los pies, como un ascensor al que se le hubieran roto los cables. Cerré el teléfono enseguida, descolgué el abrigo de la percha. Estaba saliendo cuando volvió a sonarme el móvil. Sabía que no debía contestar, lo sabía, no debía contestar, pero… No pude resistirme y respondí de todas formas.

—Escucha —dije.

—No, escucha tú. Son las diez y media, y le prometiste a Tegan que irías a El Mundo de la Mascota a las nueve en punto. No existe ninguna excusa que justifique que sigas en el Starbucks haciendo el tonto.

—Eso no es justo —repuse—. ¿Y si… y si me hubiera caído un iceberg en la cabeza y me hubiera dejado en coma?

—¿Te ha caído un iceberg en la cabeza y te ha dejado en coma? —Apreté mucho los labios—. Ajá, ya veo. Bueno, deja que te pregunte algo: sea cual sea el motivo, ¿tiene algo que ver con una nueva y ridícula crisis de las tuyas?

—¡No! Y, si dejaras de atacarme y me dejaras explicarte todas las cosas raras que me han ocurrido, lo entenderías.

—¿Estás oyéndote? —preguntó con tono de incredulidad—. Te he preguntado si tenía que ver con alguna nueva crisis de las tuyas y vas y me dices: «No, y, por cierto, voy a hablarte sobre mi nueva crisis».

—Yo no he dicho eso, ¿no?

Soltó un suspiro.

—No mola, Addie.

Hablé con un hilillo de voz.

—Vale, tienes razón. Pero…, esto… Ha sido un día rarísimo, incluso para mí. Solo quiero dejarte claro eso.

—Por supuesto que ha sido así —respondió—. Y claro que te has olvidado de Tegan, porque siempre, siempre, siempre gira todo en torno a ti.

Hizo un ruidillo de impaciencia con la boca.

—¿Y qué ha pasado con el posit de «¡No olvidar el cerdo!»? ¿Eso no te ha ayudado a recordarlo?

—Me lo ha robado una vieja —dije.

—¿Que una vieja te lo…? —Dejó la frase inacabada—. Sí, claro, ajá, lo que tú digas. No se te ha olvidado porque lo hayas dejado para el último momento; es que una vieja te ha robado la nota. Damas y caballeros, con todos ustedes, una vez más, *El numerito de Addie*. En directo, en todos los canales, en todas las cadenas.

Eso me dolió.

—No es *El numerito de Addie*. Me han distraído.

—Vete a El Mundo de la Mascota —dijo Dorrie con tono de estar harta y colgó.

12

La luz del sol brillaba sobre la nieve mientras me dirigía a toda prisa hacia El Mundo de la Mascota. Las aceras estaban casi despejadas, aunque había puntos, aquí y allá, donde los montículos de nieve paleada se habían desmoronado, y mis botas emitían ruidos de chapoteo mientras avanzaba como podía por esos tramos más nevados.

Al tiempo que chapoteaba iba recitando un monólogo interior sobre mi afirmación de que *El numerito de Addie* no se emitía en todos los canales. *El numerito de Addie* no se emitiría en el canal de los *monster truck*, ni tampoco en el canal de la lucha libre. Y, casi con total seguridad, no lo darían en ningún canal que emitiera el programa *De pesca con Orlando Wilson*. Me sentí tentada de volver a llamar a Dorrie y decirle todo eso. Le diría: «¿Acaso el programa se titula *De pesca con Adeline Lindsey*? ¡Pues no! ¡No se llama así!».

Pero no la llamé, porque no me cabía duda de que ella encontraría una forma de convertir esas palabras en un ejemplo de mi egocentrismo. Peor aún, seguramente tendría razón. Un plan mejor que ese era ir a buscar a Gabriel y tomarlo entre mis manitas calientes —bueno, mis manitas heladas—, y luego llamar a Dorrie. Entonces le diría: «¿Lo ves? Ha salido todo bien». Y luego llamaría a Tegan y haría que Gabriel soltara un ronquidito por teléfono.

O no. Primero llamaría a Tegan para propagar la alegría y luego llamaría a Dorrie. Así le demostraría que era mejor persona de lo que ella creía. Sí. Era tan guay que sabía admitir mis errores. Era tan guay que dejaría de sentirme amedrentada cuando Dorrie me sermoneara, porque la nueva e iluminada yo no necesitaba que nadie le echara la bronca.

Me sonó el móvil dentro del bolso, y me sentí amedrentada. «Por el amor de Dios, ¿es que Dorrie tiene poderes?» De pronto se me ocurrió una posibilidad peor: «A lo mejor es Tegan».

Y luego pensé en otra posibilidad que no era peor, sino una locura, era mi obsesión e hizo que me diera un vuelco el corazón: «¿Y si es Jeb?».

Abrí el bolso y saqué el móvil de golpe. En la pantalla decía «Papá», y me desinflé. «¿Por qué? —pensé en silencio—. ¿Por qué no ha podido ser él…?»

Entonces paré de pensar en eso. Acallé esa vocecita interior antes de que acabara la frase, porque ya me tenía harta y no estaba haciéndome ningún bien. Además, a esas alturas, ya era toda una experta en interminables pensamientos obsesivos y sabía cómo enfrentarme a ellos.

De pronto noté en la cabeza —y en el corazón— la ausencia total de interferencias, habían cesado de pronto. «Vaya.» Era una sensación a la que podría acostumbrarme.

Le di al botón de ignorar llamada y volví a tirar el móvil al interior del bolso. Ya llamaría a mi padre más tarde, en cuanto arreglara las cosas.

El aroma a Eau de Hámster me impactó en cuanto entré a El Mundo de la Mascota, así como el inconfundible aroma a mantequilla de cacahuete. Me detuve unos instantes, cerré los ojos y recé una oración en silencio para darme fuerzas, porque, aunque el aroma a Eau de Hámster era algo previsible en una pajarería, el olor a mantequilla de cacahuete solo podía significar una cosa.

Me acerqué a la caja registradora, y Nathan Krugle levantó la vista y dejó un bocado a medias. Abrió los ojos como platos y los entrecerró. Tragó lo que estaba masticando y soltó el bocadillo de mantequilla de cacahuete.

—Hola, Addie —dijo con desprecio, igualito que Jerry Seinfeld al encontrarse con su mayor enemigo, Newman.

No. Un momento. Eso me habría convertido a mí en Newman, y yo no me parecía en nada a Newman. Nathan era Newman. Nathan era un Newman superflaco y lleno de marcas de acné, con obsesión por las camisetas demasiado ceñidas con frases de los diálogos de *Star Trek*. Ese día llevaba una que decía: MORIRÁS ASFIXIADO EN EL FRÍO GÉLIDO DEL ESPACIO.

—Hola, Nathan —respondí. Me quité la capucha, y él se fijó en mi peinado. Soltó una especie de gruñido.

—Bonito corte de pelo —dijo.

Pensé en hacer algún comentario, pero me contuve.

—Vengo a recoger algo para una amiga. Para Tegan. Tú conoces a Tegan.

Había creído que al oír el nombre de Tegan, y por la dulzura infinita de mi amiga, Nathan olvidaría sus ansias de venganza.

Pero no fue así.

—Claro que la conozco —contestó con la mirada vidriosa—. Vamos al mismo instituto. Al mismo pequeño instituto. Sería muy difícil no ver a alguien en un instituto tan pequeño, ¿no crees?

Carraspeé. Ya estábamos otra vez, como si lleváramos cuatro años sin hablar y todavía tuviera que asimilar aquel incidente reprochable. Por lo visto, era algo que no había sucedido. Lo habíamos hablado muchas veces, pero solo uno de nosotros lo había asimilado del todo.

—Un momento —dijo con su tono impostado de presentador de publirreportaje cutre—. ¡Tú sí has logrado ignorar a alguien en un instituto tan pequeño!

—Fue en séptimo —repuse con los dientes apretados, hablando con retintín—. Ocurrió hace muchos, muchísimos años.

—¿Sabes qué es un tribble? —me preguntó.

—Sí, Nathan, ya me lo has…

—Un tribble es una criatura indefensa y desesperada por que la quieran, originaria del planeta Iota Geminorum IV.

—Creía que era del Iota Geminoséqué V.

—Y no hace tantos años. —Enarcó las cejas para asegurarse de que entendía el énfasis que estaba poniendo en la frase—. Yo era un tribble.

Me coloqué al lado de un expositor de chucherías para perros.

—No eras un tribble, Nathan.

—Y tú, como guerrera klingon entrenada para ello…

—Por favor, no me llames así. Ya sabes que lo odio.

—… me ignoraste. —Se fijó dónde tenía apoyado el codo y se le levantaron las aletas de la nariz—. ¡Eh! —exclamó al tiempo que chasqueaba los dedos sin parar en dirección a esa parte de mi cuerpo que lo ofendía—. ¡No toques las delicias caninas!

Me enderecé de golpe.

—Lo siento, lo siento —dije—. Y también siento mucho haber herido tus sentimientos hace tantísimos años. Pero una cosilla, y es importante. ¿Estás escuchando?

—En términos galácticos, cuatro años no son más que un nanosegundo.

Emití un gruñido de exasperación.

—¡No recibí la nota! ¡Lo juro por Dios! ¡Juro que no llegué a leerla!

—Sí, ya, ya. Solo que ¿sabes lo que creo? Creo que la leíste, la tiraste y la olvidaste, porque si algo tiene que ver con las preocupaciones de otra persona, pues no importa, ¿verdad?

—Eso no es cierto. Escucha, podemos limitarnos a…

—¿Quieres que te repita lo que decía la nota?

—Por favor, no lo hagas.

Se quedó mirando a lo lejos.

—Cito: «Querida Addie, ¿quieres salir en serio conmigo? Llámame para darme la respuesta».

—No recibí la nota, Nathan.

—Aunque no hubieras querido salir en serio conmigo, podrías haberme llamado.

—¡Lo habría hecho! Pero ¡no recibí la nota!

—El corazón de un chico de séptimo es un órgano frágil —insistió con tono trágico.

Me moría de ganas de acercar la mano a las hileras de delicias caninas. Deseaba lanzarle una de esas bolsitas.

—Vale, ¿Nathan? —dije—. Aunque hubiera recibido la nota, cosa que no ocurrió, ¿no puedes olvidarlo ya? La gente sigue con su vida. La gente crece. La gente cambia.

—¡Oh, por favor! —respondió con frialdad. Por la forma en que me miraba, como si fuera menos que un chicle en la suela de su zapato, me hizo recordar que Jeb y él eran amigos—. Las personas como tú no cambian.

Se me cortó la respiración. Aquello era demasiado. Estaba atacándome de la misma forma en que lo habían hecho todos los demás seres del planeta.

—Pero… —empecé a responder con tono tembloroso. Volví a intentarlo y me salió la voz llorosa a pesar de todos mis esfuerzos por mantenerme serena. Al final, dije—: ¿Es que nadie se da cuenta de que estoy intentándolo?

Tras un largo rato, fue él quien finalmente bajó la vista.

—He venido a recoger el cerdito de Tegan —dije—. ¿Me lo puedes entregar, por favor?

Nathan frunció el ceño.

—¿Qué cerdo?

—El cerdo que dejaron aquí anoche. —Intenté interpretar su expresión—. ¿Uno muy pequeñito? Con una nota que dice: «No vender a nadie, solo a Tegan Shepherd», o algo así.

—Nosotros no «vendemos» animales —me aclaró—. Los damos en adopción. Y no había ninguna nota, solo una factura.

—Pero ¿había un cerdo?

—Bueno, eso sí.

—¿Y era muy pequeñito?

—Puede que sí.

—Bueno, pues tenía que haber una nota pegada al trasportín, pero ya da igual. ¿Me lo puedes entregar?

Nathan dudó un instante.

—Nathan, por el amor de Dios. —Me imaginé a Gabriel solo en la fría noche—. Por favor, no me digas que ha muerto.

—¡¿Qué?! Claro que no.

—Entonces ¿dónde está?

Nathan no respondió.

—Nathan, venga ya —insistí—. Esto no tiene que ver conmigo. Es algo para Tegan. ¿De verdad quieres castigarla porque estás cabreado conmigo?

—Lo han adoptado —dijo entre dientes.

—Perdona, ¿cómo dices?

—Una señora ha adoptado al cerdo. Ha entrado hace cosa de media hora y me ha pagado doscientos dólares. ¿Cómo iba a saber yo que no era para la venta, digo, para darlo en adopción?

—Pues por la nota, ¡imbécil!

—¡No he visto la nota!

Nos dimos cuenta de lo irónico de su protesta al mismo tiempo. Nos quedamos mirándonos.

—No estoy mintiendo —dijo.

No tenía sentido seguir insistiendo en el tema. La situación era un verdadero desastre, y yo tenía que pensar en cómo arreglarla y no tomarla con Nathan por algo que ya era demasiado tarde para cambiar.

—Vale, veamos… ¿Todavía tienes la factura? —le pregunté—. Enséñame la factura. —Alargué la mano y moví los dedos con rapidez.

Nathan dio un golpecito a la caja registradora, y el último cajón se abrió de golpe. Sacó un trozo de papel de color rosa pálido y todo arrugado.

Se lo quité.

—«Un cerdito taza de té, con certificado de crianza y número de registro» —leí en voz alta—. «Doscientos dólares.» —Le di la vuelta y me centré en el mensaje escrito a lápiz con toda claridad en la parte de abajo—. «Pagado. Lo recogerá Tegan Shepherd.»

—Maldita sea —dijo Nathan.

Volví a darle la vuelta y busqué el nombre de la persona que había comprado el cerdito de mi amiga.

—Bob siempre está trayendo animales nuevos —dijo Nathan para justificarse—. Llegan a la tienda y yo, bueno, ya sabes, los doy en adopción. Porque esto es una pajarería.

—Nathan, necesito que me digas a quién se lo has vendido —insistí.

—No puedo. Eso es información confidencial.

—Sí, pero es el cerdo de Tegan.

—Bueno…, pues le devolveremos el dinero.

En teoría, el importe tendrían que reembolsárnoslo a Dorrie y a mí, pero no comenté nada. Recuperar el dinero me daba igual.

—Tú dime a quién se lo has vendido, y yo le explicaré la situación.

Se removió sin desplazarse de lugar, con cara de estar sintiéndose muy incómodo.

—Tienes el nombre de esa persona, ¿verdad? ¿Quién lo ha comprado?

—No —dijo. Desvió la mirada hacia el cajón abierto de la caja registradora, donde vi la punta del resguardo de una tarjeta de crédito.

—Aunque lo supiera, no podría hacer nada —prosiguió—. No puedo revelar los datos de las transacciones con los clientes. De todas formas, no sé cómo se llama esa mujer, así que… Sí.

—Vale. Lo entiendo. Y en serio que te creo cuando dices que no has visto la nota.

—¿Me crees? —preguntó, abrumado.

—Sí, te creo —dije con sinceridad.

Me volví para marcharme, pero, al hacerlo, sin querer metí la punta de la bota por debajo del expositor de delicias caninas y tropecé. Derribé el expositor y las bolsitas de celofán cayeron al suelo, se abrieron de golpe y las chucherías para perro quedaron desparramadas por todas partes.

—¡Oh, no! —grité.

—¡Oh, no, mierda! —espetó Nathan. Salió de detrás del mostrador, se arrodilló y empezó a recoger las bolsas que seguían intactas.

—Lo siento de veras —dije.

Mientras él intentaba recoger una galleta con forma de perro, me tumbé sobre el mostrador y agarré a toda prisa el resguardo de papel blanco. Me lo metí enseguida en el bolsillo.

—Ahora sí que me odiarás de verdad, ¿no?

Hizo una pausa, se enderezó y apoyó una mano en la rodilla. Puso una mueca rara con los labios, como si le costara mucho empezar a hablar.

—Yo no te odio —dijo por fin.

—¿No me odias?

—Solo creo que a veces no te das cuenta de cómo afecta a los demás lo que haces. Y no me refiero solo a mí.

—Entonces… ¿a quién más te refieres? —No paraba de pensar en el resguardo que llevaba en el bolsillo, aunque no quería irme sin entender qué había querido decirme.

—Olvídalo.

—Ni hablar. Dímelo.

Lanzó un suspiro.

—Espero que no se te suba a la cabeza, pero no siempre eres molesta. —«Vaya, gracias», sentí ganas de decir. Pero me mordí la lengua—. Irradias una especie de… luz —dijo, y se puso colorado—. Consigues que los demás se sientan especiales, como si ellos también irradiaran cierta luz. Pero si nunca los llamas o si, ya sabes, besas a otros…

Se me nubló la vista, y no solo porque Nathan, en lugar de ser grosero, de pronto hubiera empezado a ser peligrosamente tierno. Miré al suelo.

—Es algo cruel, Addie. Es algo muy frío. —Hizo un gesto hacia una bolsa de delicias caninas que yo tenía junto a la bota—. ¿Me pasas eso?

Me agaché y la recogí.

—No pretendo ser fría —dije con torpeza. Le pasé las chucherías para perro—. Y no intento justificarme. —Tragué saliva, sorprendida por la necesidad tan acuciante de decir lo que iba a decir a un amigo de Jeb y no a mis amigas—. Pero a veces yo también necesito que alguien irradie su luz sobre mí.

Nathan no movió ni un solo músculo de la cara. Dejó que mi comentario quedara suspendido en el aire que nos separaba, el tiempo suficiente para hacerme sentir un terrible arrepentimiento.

Entonces soltó un bufido.

—Jeb no es exactamente el rey de la expresividad —admitió.

—¿Tú crees?

—Pero, un momento, está coladito por ti.

—Estaba coladito por mí —aclaré—. Ya no. —Noté que me brotaba una lágrima, y luego otra, y que me resbalaban por las mejillas, y me sentí como una tonta—. Tengo que irme.

—¡Oye, Addie! —me llamó Nathan.

Me volví.

—Si recibimos otro cerdito taza de té, te llamaré.

Logré ver más allá de su acné y de su camiseta de *Star Trek* y vi simplemente a Nathan, quien tampoco era siempre tan molesto.

—Gracias —dije.

13

En cuanto estuve a unos tres metros de la pajarería, saqué el resguardo que había afanado. En la casilla de «Producto», Nathan había garabateado «Cerdo». En la información impresa sobre la tarjeta de crédito decía: CONSTANCE BILLINGSLEY.

Me sequé las lágrimas con el dorso de la mano e inspiré con fuerza para tranquilizarme. Entonces le envié un mensaje telepático a Gabriel: «No te preocupes, pequeñín. Te llevaré con Tegan, tu dueña».

Primero llamé a Christina.

—¿Dónde estás? —me preguntó—. Hace cinco minutos que ha terminado tu descanso.

—Hablando de eso —dije—. Tengo una especie de emergencia, y, antes de que lo preguntes, no se trata de una de mis crisis. Esta emergencia en particular está relacionada con Tegan. Tengo que hacer algo por ella.

—¿Qué tienes que hacer?

—Bueno…, es algo importante. Es un asunto de vida o muerte, pero, tranquila, nadie va a morir. —Hice una pausa—. Salvo yo, a menos que lo consiga.

—Addie… —me cortó Christina. Con su tono sugería que yo le soltaba ese mismo tipo de rollos todo el tiempo. Lo que no era cierto.

—Christina, no estoy tomándote el pelo, no estoy exagerando. Te lo juro.

—Bueno, Joyce acaba de empezar su turno —repuso a regañadientes—, supongo que podremos apañárnoslas entre las dos.

—¡Gracias, gracias, gracias! Volveré lo antes posible.

Iba a colgar, pero entonces oí la vocecilla de Christina:

—¡Espera, no cuelgues!

Volví a llevarme el móvil a la oreja, impaciente por ponerme en marcha.

—¿Qué?

—Tu amiga de las trenzas está aquí.

—¿Brenna? —«Puaj», pensé—. No es mi amiga. —Se me ocurrió algo horrible—. No estará acompañada, ¿no?

—No está con Jeb, si es eso lo que preguntas.

—¡Gracias a Dios! Entonces ¿por qué me lo cuentas?

—Solo porque creí que te interesaría. Ah, y también ha pasado tu padre. Ha venido a avisarte de que se llevaba el Explorer.

—¿Qué? —Desvié la mirada hacia la zona norte del aparcamiento. Había un rectángulo de nieve aplastada por las ruedas donde antes tenía aparcado el Explorer—. ¿Por qué? ¿Por qué narices se ha llevado mi coche?

—¿Tu coche?

—Bueno, su coche. ¿En qué estaría pensando?

—Ni idea. ¿Por qué, lo necesitas para hacer esa cosa tuya?

—Sí, lo necesito para mi cosa. Y ahora no tengo ni idea de cómo voy a… —Dejé la frase inacabada, porque seguir hablando con Christina no servía para nada—. Da igual, ya se me ocurrirá algo. Adiós.

Apreté el botón de finalizar llamada y luego llamé al buzón de voz.

—Tiene tres mensajes nuevos —anunció la grabación.

«¿Tres?», pensé. Solo había oído sonar el móvil una vez, aunque tal vez hubiera sido por el tremendo estruendo provocado por la caída del expositor de las delicias caninas.

—«Addie, soy papá» —decía mi padre en el primer mensaje.

—Sí, papá, ya lo sé —solté entre dientes.

—«He ido a la ciudad con Phil, porque tu madre necesita algunas cosas para la despensa. Me llevo el Explorer, así que no te preocupes si te asomas y no lo ves aparcado. Pasaré a recogerte a las dos.»

—¡Nooo! —grité.

—Siguiente mensaje —me informó el móvil.

Me mordí el labio mientras rezaba por que fuera mi padre diciendo: «Ja, ja, era broma. No me he llevado el Explorer; solo lo he cambiado de sitio. ¡Ja, ja!».

Pero no era mi padre. Era Tegan.

—«¡*Hello*, Addikins! —dijo—. ¿Tienes a Gabriel? ¿Lo tienes, lo tienes, lo tienes? Me muero de impaciencia por verlo. He encontrado una lámpara de calor en el sótano de casa, ¿recuerdas ese año en que a mi padre le dio por plantar tomates?, y la he instalado para que Gabriel esté calentito en su camita. Ah, y mientras estaba ahí abajo, he encontrado mis viejos juguetes de American Girl, incluyendo una butaca con reposapiés que tiene el tamaño ideal para él. Y una mochilita con una estrella, aunque no estoy muy segura de si necesitará una mochila. Bueno, nunca se sabe, ¿no? Bueno, vale, llámame. Por favor, llámame en cuanto puedas. La máquina quitanieves está a dos calles de aquí y, si no recibo noticias tuyas, iré al Starbucks, ¿vale? ¡Adiós!»

Se me cayó el alma a los pies, y me quedé paralizada, aturdida, mientras el buzón de voz me anunciaba la entrada del último mensaje. Volvía a ser Tegan.

—«Ah, ¿Addie? —decía—. Gracias. Muchísimas gracias.»

Sí, claro, perfecto. Eso sí que me hacía sentir mejor.

Colgué el teléfono y me maldije por no haber ido a El Mundo de la Mascota a las nueve en punto, como había planeado. Pero, en lugar de ponerme a lloriquear por ello, decidí superarlo. La antigua Addie se habría quedado ahí plantada, compadeciéndose de sí misma hasta perder los dedos de los pies por congelación, y habría tenido suerte de poder encontrar unas sandalias de tacón que le quedaran bien para Nochevieja. Aunque tampoco es que tuviera ningún lugar al que ir para ponerme sandalias de tacón… Bueno, que me voy por las ramas.

La nueva Addie, sin embargo, no era una llorona.

¿Dónde podía encontrar un coche de emergencia para mi misión de rescate del cerdito?

14

¿Y si se lo pedía a Christina? Imposible. Esa mañana su novio la había llevado a la cafetería, como siempre. Joyce, la barista que acababa de empezar el turno, tampoco tenía coche. Joyce iba caminando al trabajo sin importar el tiempo que hiciera y llevaba uno de esos podómetros para contar cuántos pasos había dado.

A ver… A ver… A ver… No podía pedírselo ni a Dorrie ni a Tegan, porque: a) todavía estarían pasando el quitanieves por su calle (era de esperar); y b) no pensaba contarles para qué necesitaba el coche.

No pensaba pedírselo a Brenna, ni por todo el oro del mundo. Si le pedía que me llevara a la zona sur de la ciudad, me llevaría hacia el norte solo para fastidiarme. Y me daría la brasa con su asqueroso reguetón, cuyos intérpretes desafinaban como un coro de vagabundos borrachos.

Lo que me dejaba solamente a una persona. Alguien malvado, aunque muy mono, peligrosamente guapo. Pateé la nieve de rabia, porque era la última persona a la que quería llamar.

«Bueno, pues ¿sabes qué? —me dije a mí misma—. Tendrás que aguantarte, tienes que hacerlo por Tegan. O lo llamas o despídete de Gabriel para siempre.»

Abrí el teléfono, fui pasando los contactos y le di al botón de llamada mientras doblaba los dedos de los pies dentro de las botas al tiempo que contaba los tonos que sonaban sin que nadie respondiera. Un ring, dos rings, tres rings…

—¿Qué pasa, cari? —dijo Charlie cuando contestó—. ¿Qué tripa se te ha roto?

—Soy Addie —contesté—. Necesito que me lleves en coche a un sitio y te lo pido a ti solo porque no tengo más remedio. Estoy en la puerta de El Mundo de la Mascota. Ven a buscarme.

—Vaya, alguien se ha despertado muy mandona —dijo Charlie. Casi podía oír como enarcaba las cejas—. Me gusta.

—Lo que tú digas. Tú ven a buscarme, ¿vale?

—¿Y qué me darás a cambio? —preguntó con voz más grave.

—Un *chai* gratis —respondí inexpresiva.

—¿*Venti*?

Tensé la mandíbula, porque la forma en que había dicho *venti* sonó lasciva.

—Vale, un *chai venti*. ¿Ya has salido?

Soltó una carcajada.

—Espera un poco, nena. Sigo en calzoncillos. Calzoncillos talla *venti*, y no porque esté gordo, sino porque soy tamaño… —Hizo una ridícula pausa dramática— *venti*.

—Tú ven ya. —Estuve a punto de colgar cuando se me ocurrió algo más—. ¡Ah! ¡Y trae la guía de teléfonos!

Colgué, me estremecí y volví a maldecirme por haberme enrollado con un baboso así. Sí, estaba bueno y, de vez en cuando, incluso me parecía divertido.

Pero no era Jeb.

Una noche, en una fiesta, Dorrie había resumido la diferencia entre ambos. No había sido en la fiestecita de marras, sino en una fiesta de las de siempre, una previa a la ruptura. Dorrie y yo estábamos tiradas en un sofá, cotilleando sobre un grupo de tíos, comentando sus puntos fuertes y sus puntos flacos. Cuando llegamos a Charlie, Dorrie lanzó un largo suspiro.

—El problema de Charlie —dijo— es que es demasiado mono, y lo sabe. Sabe que puede enrollarse con cualquier chica de la clase…

—Conmigo no —la interrumpí, mientras sujetaba mi vaso de bebida haciendo equilibrios sobre la rodilla.

—… y va por la vida como el típico creído con recursos de sobra.

—¿A Charlie le sobran los recursos? No lo sabía —bromeé.

—Pero, por desgracia, eso significa que no es profundo. Jamás ha tenido que esforzarse por nada.

—Ojalá yo no tuviera que esforzarme por nada —dije con tono melancólico—. Ojalá me sobraran recursos.

—No, mejor que no —contestó Dorrie—. ¿Estás escuchando lo que digo? —Me quitó la bebida, y yo emití un gruñido de protesta.

—Mira a Jeb, por ejemplo —dijo Dorrie—. Jeb será el típico adulto que pase los sábados enseñando a montar en bici a su hijito.

—¡O a su hijita! —exclamé—. ¡O a los gemelos! ¡A lo mejor tenemos gemelos!

—Charlie, por otro lado, se irá a jugar al golf mientras su hijo se queda en casa matando a gente con la Xbox. Charlie será un tipo elegante y caballeroso, y le comprará a su hijo toda clase de caprichos, pero jamás estará presente.

—Eso es muy triste. —Recuperé mi bebida y le di un buen trago—. ¿Eso significa que su hijo jamás aprenderá a montar en bici?

—No, a menos que Jeb se pase por su casa y le enseñe —respondió Dorrie.

Nos quedamos sentadas. Estuvimos mirando como jugaban los chicos al billar.

La bola de Charlie siguió la trayectoria que él quería, y alzó el puño con gesto de victoria.

—¡Sí, señor, eso es! —dijo mirando al público—. ¡Molo que te cagas!

Jeb me localizó con la mirada y frunció los labios.

Sentí calidez y felicidad, porque lo que expresaban sus ojos era: «Tú eres mía y yo soy tuyo. Y gracias por no usar expresiones como "Molo que te cagas"».

Un fruncimiento de labios y una mirada cariñosa... ¡Qué no habría dado por recuperarlo! En lugar de conservarlo, lo había estropeado por el chico que entraba justo en ese instante en el aparcamiento con su ostentoso Hummer de color gris.

Aparcó muy cerca de mí y me salpicó de nieve.

—¿Qué pasa? —dijo mientras bajaba la ventanilla. Me señaló el pelo con un gesto de la cabeza y sonrió de oreja a oreja—. Pero ¡mírate! ¡si eres Pink!

—Para de reírte de mí —le advertí—. Ni me mires. —Avancé como pude hacia el asiento del copiloto y me agarré a la carrocería para subir dándome impulso, estirando los cuádriceps todo lo que pude. Tenía la sensación de estar montando en un tanque, que, básicamente, era lo que estaba haciendo—. ¿Has traído la guía?

Señaló con el dedo y vi que estaba en el asiento, junto a mí. Localicé la sección con los números de los residentes de la zona y pasé las páginas hasta la B. Baker, Barnsfeld, Belmont…

—Me alegro de que me hayas llamado —dijo Charlie—. Te he echado de menos.

—Cierra el pico —repliqué—. Y no, no me has echado de menos.

—Estás siendo muy grosera con alguien que va a llevarte en coche —respondió. Yo puse los ojos en blanco—. En serio, Adds. Como has cortado con Jeb, algo que lamento, por cierto, esperaba que tú y yo… Bueno, ya sabes, que a lo mejor podíamos darnos una oportunidad.

—Eso no va a ocurrir. En serio, cierra el pico.

—¿Por qué?

No le hice ni caso. Bichener, Biggers, Bilson…

—Addie —insistió Charlie—, lo he dejado todo para venir a recogerte. ¿No crees que merezco al menos que me hables?

—Lo siento, pero no.

—¿Por qué?

—Porque eres un caraculo.

Soltó una risotada.

—¿Desde cuándo sales con JP Kim? —Me cerró el listín telefónico de golpe, y, por los pelos, logré dejar el dedo dentro para no perder el punto.

—¡Oye! —le dije.

—De verdad, ¿por qué no quieres salir conmigo? —me preguntó.

Levanté la cabeza y me quedé mirándolo. Seguro que sabía perfectamente lo mucho que me arrepentía de nuestro beso y lo poco que me gustaba estar ahí sentada, en su ridículo Hummer. No obstante, cuando observé su expresión más de cerca, dudé por un instante. ¿Era eso…? ¡Oh, por el amor de Dios! ¿Era pura y sencilla simplicidad lo que reflejaban sus ojos verdes?

—Me gustas, Addie, ¿y sabes por qué? Porque eres muy marimandona.

Dijo «marimandona» con el mismo tono baboso y lascivo con el que había dicho *venti*.

—No me llames marimandona —dije—. No soy marimandona.

—Sí que lo eres. Y, además, besas muy bien.

—Eso fue un error. Lo hice porque estaba borracha y me comporté como una imbécil.

Se me hizo un nudo en la garganta y tuve que mirar por la ventanilla hasta recuperar la compostura. Me volví e intenté cambiar de tema.

—Bueno, pero ¿qué fue lo que ocurrió con Brenna?

—Brenna —musitó. Se recostó en el asiento y se apoyó en el reposacabezas—. Brenna, Brenna, Brenna.

—Todavía te gusta, ¿verdad?

Se encogió de hombros.

—Por lo visto… Ya está enrollada con otro… Estoy seguro de que ya lo sabes. Al menos, eso me ha dicho. Yo, por mi parte, no lo veo claro. —Se volvió de golpe hacia mí—. Si pudieras elegir, ¿escogerías a Jeb antes que a mí?

—Con los ojos cerrados —respondí.

—¡Ay, eso ha dolido! —Se quedó mirándome y, a pesar de su pose teatral, volví a vislumbrar su simplicidad—. En otra época, Brenna me habría escogido a mí. Pero me porté como un cabrón.

—Sí —dije con tristeza—. Yo estaba ahí. Y fui incluso más cabrona que tú.

—Que es la razón por la que seríamos la pareja ideal. Podríamos hacer limonada, ¿no crees?

—¿Cómo?

—De los limones que nos ha dado la vida —me explicó—. Que somos nosotros mismos. Nosotros somos los limones.

—Sí, ya he pillado la analogía. Pero es que… —No acabé la frase. De haberlo hecho habría dicho: «No sabía que te veías así. Como un limón».

Se recuperó rápido.

—Entonces ¿qué dices, Pink? Trixie va a celebrar una fiesta superguay para Nochevieja. ¿Quieres ir?

Negué con la cabeza.

—No.

Me puso una mano en el muslo.

—Sé que estás pasándolo mal. Deja que te consuele.

Lo aparté de un empujón.

—Charlie, estoy enamorada de Jeb.

—La última vez no te importó. De todas formas, Jeb te ha dejado.

Me quedé callada, porque todo lo que estaba diciendo era cierto. Solo que yo ya no era esa chica. Me negaba a seguir siéndolo.

—Charlie…, no puedo salir contigo si estoy enamorada de otro —dije por fin—. Aunque él ya no quiera estar conmigo.

—¡Vaya! —exclamó él y se llevó una mano al corazón—. Eso sí que es dar calabazas con estilo. —Se rió, y con ese simple gesto volvió a ser el molesto Charlie de siempre—. ¿Y Tegan? Está buena. ¿Crees que le gustaría venir a la fiesta de Trixie conmigo?

—Devuélveme la guía —le exigí.

La soltó, y me la apoyé sobre el regazo. Volví a abrirla, miré con detenimiento las entradas y ¡bingo!

—«Billingsley, Constance —leí en voz alta—. Teal Eye Court, número 108.» ¿Sabes dónde está Teal Eye Court?

—Ni idea —dijo—. Pero no temas, Lola está aquí.

—¿Los tíos siempre le ponéis nombre al coche?

Toqueteó los botones para activar el sistema de navegación con GPS.

—¿Por el camino más rápido o por la autovía?

—Por el más rápido.

Le dio a «Seleccionar», y una voz femenina y sexy dijo: «Por favor, inicie navegación siguiendo la ruta destacada».

—¡Aaah! —dije—. Hola, Lola.

—Es mi chica —puntualizó Charlie. Puso el Hummer en marcha, avanzó dando tumbos por los montones de nieve acumulada en el asfalto y frenó ligeramente cuando llegó a la salida del aparcamiento. A la señal de Lola, giró a la derecha, recorrió media manzana, volvió a girar a la derecha y se adentró en un callejón angosto que discurría por detrás de las tiendas.

—Prepárese para girar a la izquierda dentro de dieciséis metros —musitó Lola—. Gire a la izquierda. Ahora.

Charlie giró el volante a la izquierda, y el Hummer se adentró en un lúgubre callejón sin salida y cubierto de un manto de nieve.

Se oyó un «ping» y Lola dijo: «Ha llegado a su destino».

Charlie paró el Hummer. Se volvió hacia mí y enarcó las cejas.

—¿Aquí es donde necesitabas que te trajera?

Estaba tan perpleja como él. Alargué el cuello para leer la placa del nombre en la esquina del callejón sin salida y, no cabía duda, decía: TEAL EYE COURT. Situado a treinta metros de distancia de la parte trasera del Starbucks. En total, el viaje había durado treinta segundos de reloj.

A Charlie se le escapó la risa.

—Cierra el pico —dije al tiempo que deseaba no estar poniéndome colorada—. Tú tampoco sabías dónde estaba, o no habrías tenido que recurrir a Lola.

—No me digas que no eres marimandona, porque eres la tía más marimandona del mundo —repuso Charlie.

Abrí la puerta del Hummer y bajé de un salto, momento en que me hundí varios centímetros en la nieve.

—¿Quieres que te espere? —me preguntó.

—Creo que podré volver yo sola.

—¿Segura? El camino de regreso es muy largo.

Cerré la puerta y empecé a caminar.

Él bajó la ventanilla del acompañante.

—Nos vemos en el Starbucks; ¡estaré esperando mi *chai*!

15

Fui vadeando la nieve por el callejón hasta el edificio de apartamentos del número 108 de Teal Eye Court, mientras rezaba por que Constance Billingsley no tuviera un hijo pequeño, porque no sabía si podría quitarle un lechoncito a un crío.

También recé para que no fuera ciega, ni parapléjica ni una enana como esa señora a la que vi en el Discovery Channel, una que medía menos de un metro. No podría arrebatarle un cerdito diminuto a una mujer diminuta.

Alguien había limpiado con una pala el camino que llevaba a los pisos. Subí por el montón de nieve congelada y salté para pasar a la parte menos resbaladiza del asfalto.

«Ciento cuatro, ciento seis… Ciento ocho.»

Me cuadré y llamé al timbre.

—Pero, bueno, ¡hola, *hello*, Addie! —exclamó la mujer de trenzas canosas que abrió la puerta—. ¡Qué sorpresa!

—¿Mayzie? —pregunté, aturdida. Me quedé mirando el resguardo de la tarjeta de crédito—. Yo… Esto… Estoy buscando a Constance Billingsley.

—Constance May Billingsley. Servidora —respondió.

Estaba costándome mucho entender qué ocurría.

—Pero...

—Piénsalo bien —dijo ella—. ¿Te quedarías con «Constance» si pudieras elegir?

—Eeeh...

Ella rió.

—Yo creo que no. Venga, entra, tengo algo que enseñarte. ¡Vamos vamos, vamos!

Me llevó hasta la cocina, donde, sobre una colcha azul doblada varias veces reposaba el cerdito más adorable que había visto en mi vida. Era negro y rosa, y parecía blandito y de peluche. Su hocico era una bolita arrugada y divertida, y tenía una mirada muy despierta y vigilante. El rizo de su rabito parecía rebotar solo aunque nadie tirase de él y lo soltase de golpe. Y sí, tenía el tamaño perfecto para acurrucarse dentro de una taza de té.

Soltó un gruñidito y me derretí por dentro.

—Gabriel —dije.

Me arrodillé junto a la colcha, y el cerdito se incorporó y se acercó trotando. Me olisqueó la mano, y era tan mono que no me importó que me llenara de mocos con su hocico. Además, no era moco. Gabriel tenía el hociquito húmedo, eso era todo. No había para tanto.

—¿Cómo lo has llamado? —preguntó Mayzie—. ¿Gabriel?

Levanté la vista y la vi sonriendo con gesto interrogante.

—Gabriel —repitió para probar cómo sonaba. Tomó a Gabriel entre sus manos—. ¡Como el arcángel san Gabriel!

—¿Qué?

Puso cara de estar a punto de citar alguna frase famosa.

—La morsa dijo: «Ha llegado la hora de hablar de muchas cosas: de zapatos y de barcos y de lacre y de coles y de reyes. Y de por qué el agua del mar está bullendo y de si los cerdos tienen alas».

—Vale, no tengo ni idea de qué estás hablando —contesté.

—«Y de si los cerdos tienen alas.» —repitió Mayzie—. Es un ángel cerdito, ¿lo ves? ¡El arcángel san Gabriel!

—No creo que mi amiga le haya puesto el nombre por algo tan trascendental —dije—. Y, por favor, no vuelvas a empezar con todo ese rollo de los ángeles. ¿Vale?

—Pero ¿por qué no, si el universo está tomándose tantas molestias para revelarnos su existencia? —Se quedó mirándome con mirada suplicante—. Lo has conseguido, Addie. ¡Sabía que lo harías!

Apoyé las manos en los muslos y me di impulso para levantarme.

—¿Qué he hecho?

—¡Has pasado la prueba!

—¿Qué prueba?

—Y yo también —prosiguió, pletórica—. Al menos, eso creo. Lo sabremos con seguridad muy pronto, supongo.

Sentí una presión en el pecho.

—Mayzie, ¿has ido a El Mundo de la Mascota y has comprado a Gabriel a propósito?

—Bueno, no lo he comprado por casualidad —dijo.

—Ya sabes a qué me refiero. Leíste mi nota, mi nota sobre el cerdo. ¿Has comprado a Gabriel solo para hacerme rabiar? —Noté que me temblaba el labio inferior.

Abrió los ojos como platos.

—¡Cariño, no!

—He ido a El Mundo de la Mascota y Gabriel no estaba… ¿Y sabes lo mal que lo he pasado? —Intenté contener las lágrimas—. Y he tenido que hablar con Nathan, que me odia. —Me sorbí los mocos—. Aunque es posible que ya no me odie.

—Por supuesto que no te odia —repuso Mayzie—. ¿Cómo iba a odiarte nadie?

—Y luego he tenido que hablar con Charlie, del que, créeme, mejor no te cuento nada. —Me pasé el dorso de la mano por debajo de la nariz—. Sin embargo, aunque parezca muy raro, lo he llevado muy bien.

—Continúa —me animó Mayzie.

—Me parece que él tiene incluso más problemas que yo.

Mayzie puso cara de interés.

—A lo mejor lo convierto en mi próximo caso.

Con esas palabras «mi próximo caso», recordé que Mayzie ya no era mi amiga, si es que alguna vez lo había sido. No era más que una vieja chalada que tenía el cerdito de mi amiga.

—¿Vas a devolver a Gabriel? —le pregunté con el tono más sereno posible.

—Por supuesto que sí. Jamás he tenido intención de quedármelo. —Levantó a Gabriel para que él y yo quedáramos hocico con nariz—. Aunque voy a echarte de menos, señor Gabriel. Ha sido agradable tener compañía en este piso solitario, aunque solo haya sido un rato. —Volvió a acunarlo sobre la cara interna del codo y le plantó un beso en la coronilla.

Apreté los dedos de los pies por dentro de las botas.

—¿Piensas devolverlo hoy?

—¡Oh, querida! Te he hecho enfadar, ¿verdad?

—Me da igual, solo quiero que me dejes recuperar a Gabriel.

—Y yo que creía que te alegraría saber que había un ángel velando por ti... ¿No era eso lo que querías?

—Ya está bien con el rollo ese de los ángeles. Y lo digo muy en serio. Si el universo te ha escogido a ti como mi ángel, entonces merezco una devolución.

Mayzie rompió a reír. Ella se partía de risa, y yo sentía ganas de estrangularla.

—Adeline, te complicas la vida mucho más de lo necesario —dijo—. Ay, tontorrona, lo que importa no es lo que nos da el universo. Lo importante es lo que nosotros le entregamos.

Abrí la boca para decirle lo estúpido, cursi y descabellado que era lo que acababa de soltar, pero no lo hice, porque algo se removió en mi interior. Fue un movimiento muy importante, como una avalancha, y no pude seguir resistiéndome al cambio. Lo que sentía era tan grande, y yo era tan pequeña...

Y me dejé llevar. Dejé que el sentimiento lo dominara todo..., y me sentí de maravilla. Me sentía tan bien que no podía entender por qué me había resistido a esa sensación. Me sentía tan bien, de hecho, que pensé: «Hala, ¿este sentimiento ha estado ahí desde el principio? ¿La sensación de no estar en continua lucha, ni en tensión, y que no todo sea "yo, yo, yo"?». Porque era una sensación realmente maravillosa y era una muy pura. Y tal vez fuera una sensación luminosa y, como había dicho Nathan, podía dejar que esa luz irradiara desde mi interior, y dejar que brillara, y mandar a tomar viento esa actitud de: «Estoy siempre de mal humor, la vida es un asco, yo soy un asco y mejor será que me vaya a criar malvas». ¿Era eso posible en mi existencia? ¿Podía yo, Adeline Lindsey, evolucionar?

Mayzie me acompañó hasta la puerta.

—Creo que ha llegado la hora de que te vayas —dijo.

—Sí, vale —accedí.

Pero avancé despacio, porque ya no estaba enfadada con ella, de hecho, me sentía mal por estar a punto de dejarla sola. Quería que ella se sintiera crecer en su interior como yo acababa de hacerlo y me preocupaba que eso fuera difícil para una persona sola que vivía en un piso a punto de quedarse sin cerdito.

—¡Eh! —exclamé—. ¿Puedo venir a verte de vez en cuando? Te prometo que no seré aburrida.

—No creo que pudieras ser aburrida, aunque te lo propusieras —respondió Mayzie—. Y me encantaría que pasaras a verme de vez en cuando. —Y a Gabriel le dijo—: ¿Ves qué buen corazón tiene esta chica?

Algo más se removió en mi interior.

—Y conseguiré que los de El Mundo de la Mascota te devuelvan el dinero. Le explicaré todo el lío a Nathan.

Soltó una carcajada.

—Si alguien puede explicarlo, esa eres tú.

—Bueno…, sí… —dije, y me sentí bastante satisfecha—. Te traeré tu dinero y esas galletas de cereales con cobertura de chocolate que te gustan. Y tomaremos el té, ¿vale? Tomaremos el té como las damas elegantes todas las semanas. O café. ¿Qué te parece?

—Me parece una idea maravillosa —aseguró Mayzie.

Me entregó a Gabriel, y él movió las patitas para acomodarse. Inspiré el aroma celestial del cerdito. Olía a nata montada.

16

Gabriel presionó su hociquito contra mi abrigo mientras yo avanzaba como podía por el callejón nevado. Deseé que la furgoneta de los abueletes apareciese de forma milagrosa y me recogiera, aunque solo tuviera dieciséis años y no setenta y seis. Al menos yo sí podía remontar los montones de nieve. De haber tenido setenta y seis, no habría sido capaz, ni en sueños.

Gabriel se revolvió.

—Aguanta, pequeñín —dije—. Ya no queda mucho.

A medio camino del Starbucks, vi el Civic de Tegan deteniéndose en un semáforo, a dos manzanas de distancia. ¡Llegaría a la cafetería en dos minutos! Apreté el paso, porque quería estar dentro antes de que llegara. Quería poner a Gabriel en una taza de té, o en un tazón de café, porque sería un detalle monísimo. ¿A que sí?

Empujé la puerta con la cadera, y Christina levantó la vista desde la máquina de los *espressos*. La otra barista, Joyce, no estaba por allí.

—¡Por fin! —exclamó Christina—. ¿Puedes encargarte del pedido de estos chicos?

Hizo un gesto al chico y a la chica que estaban delante del mostrador, y yo miré mejor al ver quiénes eran.

—¡Stuart! —exclamé, porque era Stuart Weintraub, el Stuart al que Chloe había partido el corazón para siempre.

Solo que la chica con la que estaba no era Chloe. En realidad, era todo lo contrario a Chloe. Llevaba melena corta y unas gafitas preciosas de mujer gata. Ella me sonrió con cierta timidez y yo pensé: «Oooh», porque parecía muy buena, y estaba cogiéndole la mano a Stuart, y no llevaba pintalabios de color rojo pasión. No parecía la clase de chica que se enrollase con un tío que no fuera su novio en el baño.

—Hola, Addie —dijo Stuart—. Te has cortado el pelo.

Me llevé una mano a la cabeza y con la otra sujeté con fuerza a Gabriel, que intentaba asomar su hociquito por mi abrigo.

—¡Ah, sí! —Levanté la barbilla de golpe en dirección a la chica que lo acompañaba—. ¿Quién es ella?

Seguramente sonó algo brusco, pero es que, ¡Dios mío!, Stuart Weintraub no solo había olvidado a Chloe, sino que ¡ya no tenía esa mirada triste tan típica de él! Seguía teniendo su mirada, claro está, pero transmitía felicidad. Y esa felicidad lo hacía parecer monísimo, por cierto.

«Bien por ti, Stuart —pensé—. Y bien por el milagro de Navidad que al final sí se ha producido.»

Stuart sonrió de oreja a oreja a la chica.

—Es Jubilee —dijo—. Jubilee, te presento a Addie. Vamos al mismo instituto.

«Oooh —volví a pensar—. ¡Qué adorable que salga con alguien que se llama como un delicioso postre navideño!» Qué adorable que hubiera conseguido su delicioso postre navideño, aunque fuera judío.

—Gracias —le dijo Jubilee a Stuart, y se ruborizó. A mí me dijo—: Es un nombre raro. Ya lo sé. No soy *striper*, te lo juro.

—Eeeh... Vale —respondí.

—Puedes llamarme Julie —dijo.

—Ni hablar, me gusta Jubilee —respondí. Al pronunciar su nombre en voz alta de pronto recordé algo. «Tegan..., la Patrulla Besucona... Un chico que no era como Jeb, que había levantado el puño en el aire...»

—¿Y si les tomas nota? —preguntó Christina, impaciente, y olvidé de golpe todo aquello. Vale. Stuart estaba con una chica encantadora que se llamaba Jubilee, y no era una *striper*. Eso era lo único que importaba—. ¿Lo haces ya? —insistió Christina.

—¡Ah, sí! —respondí con entusiasmo. Seguramente con demasiado entusiasmo—. Un segundito, ¿vale? Tengo que encargarme de una cosita de nada.

—Addie... —me dijo Christina con tono de advertencia.

A mi derecha, Tobin se removía en la butaca violeta. ¿Acababa de despertarse? Me miró parpadeando y me dijo:

—¡Hala! ¿De verdad te llamas Addie?

—Hummm... sí, esa soy yo, Addie —contesté, y pensé «¿Lo ves? Sabía que no recordabas mi nombre». Moví a Gabriel para que siguiera oculto en mi abrigo, y él hizo un ruidito divertido, algo como «güi»—. Y ahora tengo que irme corriendo ahí detrás... —Gabriel volvió a hacer el ruidito. Más alto.

—Addie —dijo Christina con voz de intentar no perder los nervios—, ¿qué llevas dentro del abrigo?

—¡Addster! —gritó Charlie desde la barra—. ¿Vas a invitarme al *chai* ese que me debes? —Sonrió con malicia y me di cuenta de por qué lo había hecho en cuanto vi a la chica con la que estaba. ¡Oh, Dios mío, era como si estuviéramos en la central de los milagros navideños!

—Hola, Addie —añadió la malvada Brenna—. Bonito peinado. —A lo mejor sonrió con suficiencia, aunque no estaba segura, porque ya no parecía tan mala como yo la recordaba. En ese momento parecía mucho más luminosa que sarcástica. ¿Sería porque iba del brazo de Charlie?

—En serio —dijo Tobin—. ¿Te llamas Addie? —Le dio un codazo a Angie, quien se despertó y se frotó la nariz—. Se llama Addie —le aclaró él—. ¿Crees que es esa Addie?

—¿Esa Addie? —pregunté. ¿A qué se referiría? Quise indagar para averiguar de qué iba aquello, pero me distraje al ver que el Civic de Tegan entraba en el aparcamiento.

Dorrie iba en el asiento del acompañante y sujetaba a Tegan por un hombro mientras le hablaba con intensidad, e imaginé qué le estaría diciendo. Seguramente era algo en plan: «Bueno, recuerda que estamos hablando de Addie. Es muy probable que esté sufriendo algún tipo de crisis personal y que no haya conseguido recoger a Gabriel».

—Adeline —me dijo Christina—, eso no será un cerdo…, ¿verdad?

Miré hacia abajo y vi que Gabriel estaba asomando el hociquito por la parte superior de la cremallera. Emitió su ruidito y echó un vistazo a su alrededor.

—Bueno —dije, orgullosa, ya que el cerdito estaba asomado de cuerpo entero por el abrigo, como quien dice. Le acaricié las orejitas—. No es un cerdo cualquiera, es un cerdito taza de té. Son muy poco comunes.

Jubilee se quedó mirando a Stuart y sonrió de oreja a oreja.

—¿Vives en una ciudad donde la gente va por ahí llevando cerditos tamaño elfo? —soltó—. ¡Y yo que creía que mi vida era rara!

—Tamaño elfo, no. Tamaño taza de té —aclaré—. Y, hablando de eso, necesito uno de esos tazones de Navidad, ¿vale, Christina? Me lo puedes descontar de la paga. —Me dirigí hacia el expositor, pero Tobin me detuvo sujetándome por el hombro.

—¿Eres la Addie que sale con Jeb Taylor? —me preguntó.

Eso me dejó descolocada. ¿Tobin no sabía cómo me llamaba, pero sabía que salía con Jeb?

—Yo… Bueno… —Tragué saliva—. ¿Por qué?

—Porque Jeb tenía un mensaje para ti. ¡Porras, he metido la pata hasta el fondo!

Se me encogió el corazón.

—¿Te ha dado un mensaje para mí? ¿Qué decía el mensaje?

Tobin se volvió hacia Angie.

—Soy un completo idiota. ¿Por qué no me lo has recordado?

Ella sonrió con cara de dormida.

—¿Que eres un completo idiota? Vale: eres un completo idiota.

—Oh, vale, genial, gracias —contestó él.

Ella soltó una risilla.

—¿Y el mensaje? —conseguí preguntar.

—¡Ah, sí! —Volvió a prestarme atención—. El mensaje era que se había retrasado.

—Por las animadoras —añadió Angie.

—¿Perdona?

—¿Las animadoras? —inquirió Jubilee, con tono algo frenético. Stuart y ella se acercaron al lugar donde nos encontrábamos—. ¡Oh, Dios mío, animadoras!

—Las animadoras viajaban en un tren con él, pero el tren quedó atrapado por la nieve —dijo Tobin.

—¡Yo iba en ese tren! —gritó Jubilee. Stuart se rió como se ríen los que están locos de amor—. ¿Y has dicho Jeb? ¡Si le di mi porción de pizza para el microondas!

—¿Que le diste el qué a Jeb? —pregunté.

—¿Por la ventisca? —preguntó Charlie.

Me volví hacia él con cara de alucinada.

—¿Por qué iba a darle a Jeb una porción de pizza para el microondas por la ventisca?

—Tío, no —dijo. Se levantó de un salto del taburete y tiró de Brenna para que se levantara con él. Se unieron a nosotros en el lugar de las butacas violeta—. Lo que preguntaba era si el tren se quedó atrapado por la ventisca, caraculo.

Tobin hizo una mueca al escuchar la palabra «caraculo» y levantó la cabeza para mirar a Charlie, con cara de haber visto una aparición. Luego sacudió la cabeza y dijo:

—¡Sí! Exacto. Y luego, las animadoras secuestraron a Jeb, porque tenían sus necesidades.

Charlie rió.

—Entiendo...

—No esa clase de necesidades —dijo Angie.

—Claro —añadió Brenna. Le dio un codazo en las costillas a Charlie.

—¿Qué clase de necesidades? —pregunté y me sentí algo mareada. A lo lejos percibí el ruido de una puerta de coche cerrándose, y luego otra. Con mi visión periférica vi a Tegan y a Dorrie entrando a toda prisa en la cafetería.

—¡Eh! —dijo Tobin, y puso esa mirada ensimismada a la que empezaba a acostumbrarme, la que significaba que no tenía ninguna respuesta que dar.

—Bueno..., ¿algo más? —pregunté, para probar otra estrategia.

—¿Más de qué? —preguntó Tobin.

—¡Algo más sobre el mensaje de Jeb!

—¡Ah, eso! —dijo Tobin—. ¡Sí! ¡Sí que había más! —Tensó la mandíbula como concentrándose, pero, transcurridos varios segundos, se desinfló—. ¡Ah, mierda! —exclamó.

Angie se compadeció de mí. Su expresión pasó del atolondramiento a la amabilidad.

—Dijo que iba a venir —aclaró ella—. Añadió que tú sabrías qué significaba eso.

Se me paró el corazón y dejé de oír el murmullo del ajetreo del Starbucks. Era como si alguien hubiera apretado el botón de silencio del mundo. O quizá los movimientos de mi interior habían silenciado todo lo demás. ¿Había dicho que iba a venir? ¿Jeb iba a venir?

Un tintineo penetró en mi conciencia, y en ese estado de silencio, se me ocurrió algo de lo más estrambótico: «Siempre que suena una campanita, un ángel consigue sus alas». Me recorrió un escalofrío que me devolvió a la realidad y me di cuenta de que el tintineo era de la campanita de entrada de la cafetería.

—¡Addie, estás aquí! —exclamó Dorrie, y se dirigió hacia mí a toda prisa con su gorra de color rojo intenso.

Junto a ella, Tegan sonreía de oreja a oreja.

—¡Y él también está! ¡Lo hemos visto en el aparcamiento!

—He sido yo quien lo ha visto —explicó Dorrie—. Parece que lleve días perdido por ahí, así que prepárate. Para ser totalmente sincera, al verlo, me ha recordado al yeti. Pero... —Dejó de hablar al ver a Stuart y a Jubilee—. ¡Está con una chica! —susurró a un volumen tan alto que la oyeron hasta en China.

—¡Ya lo sé! —le respondí con otro susurro alto. Sonreí a Stuart y a Jubilee, que estaban tan rojos como la gorra de Dorrie.

—Hola, Dorrie —dijo Stuart—. Hola, Tegan. —Rodeó a Jubilee con un brazo y le dio una palmadita en el hombro, entre nervioso y tierno.

—¡Gabriel! —gritó Tegan.

Se acercó corriendo y tomó a su cerdito de mis brazos, lo que me vino de maravilla, porque se me habían aflojado los músculos. Tenía todo el cuerpo flojo, porque la campanita de la puerta volvía a tañer, y esa vez era Jeb. Estaba hecho un asco. Entonces empecé a sollozar y a reír al mismo tiempo, porque sí que parecía el yeti, con el pelo revuelto y las mejillas sonrojadas por el viento, y su masculina mandíbula cubierta por una barba de tres días. Observó con sus ojos negros a todas las personas hasta que clavó su mirada en mí. Se acercó dando grandes zancadas, me tomó entre sus brazos y yo lo abracé con todas mis fuerzas. Hasta la última célula de mi cuerpo saltaba de alegría.

—¡Oh, Dios, Addie, han sido un par de días de locura total! —me susurró al oído.

—¿Sí? —dije mientras me entregaba a la gloriosa sensación de que él era un ser real y tangible.

—Primero, el tren se quedó atrapado por la tormenta. Luego aparecieron las animadoras, y acabamos todos en la Waffle House, y no paraban de pedirme que las ayudara con sus piruetas…

—¿Sus piruetas? —retrocedí para poder verle la cara, aunque no lo solté, seguí abrazándolo.

—Y todas se habían dejado el móvil en el tren para poder concentrarse en el ensayo o no sé qué. Y yo intenté usar el teléfono de la Waffle House, pero el gerente me soltó: «Lo siento, no puede ser. Estamos en plena crisis, tío».

—Vaya —dijo Tobin, e hizo una mueca de dolor.

—¿Ves lo que ocurre cuando los tíos os obsesionáis con las animadoras? —le espetó Angie.

—Aunque no es justo tener prejuicios en contra de todas las animadoras —puntualizó Jubilee—. Solo contra las que tienen un nombre que rime con «aloe». ¿A que sí, Stuart?

Stuart sonrió con simpatía.

Jubilee saludó a Jeb con la mano.

—Hola, Jeb.

—Julie —dijo Jeb—, ¿qué haces aquí?

—No se llama Julie, se llama Jubilee —susurré con intención de ayudar.

—¿Jubilee? —repitió Jeb—. Vaya.

—No —intervino Christina, y los ocho nos volvimos hacia ella de golpe—. Soy yo la que se merece decir «¡Vaya!», y voy a decirlo, ¿vale?

Nadie respondía, así que al final dije:

—Venga ya, tampoco es un nombre tan raro.

Christina parecía angustiada.

—Addie —dijo—, necesito que me lo digas ahora mismo: ¿has traído un cerdo a mi local?

«Aaah, era eso.»

Cerdo al local… ¿Había alguna forma de darle una explicación convincente?

—Es un cerdito monísimo —dije—. ¿Eso cuenta para algo?

Christina señaló la puerta.

—El cerdo tiene que salir de aquí, ¡ahora mismo!

—Vale, vale —contesté—. Solo tengo que darle a Tegan un tazón para que lo meta dentro.

—¿Crees que las miniaturas de Flobie cabrían en una taza? —le dijo Stuart a Jubilee por lo bajo.

—Perdona, ¿qué has querido decir? —pregunté.

Con una risilla nerviosa, Jubilee le dio un codazo a Stuart.

—No le hagas caso. Por favor.

Dorrie se acercó más a mí.

—Lo has hecho bien, Addie. He dudado de ti, pero no debería haberlo hecho. Has actuado como toca.

—Gracias —respondí.

—¿Hola? —dijo Christina—. ¿Me ha oído alguien cuando he dicho que el cerdo debe salir de aquí ahora mismo?

—Alguien necesita que le recuerden que quien paga manda —soltó Tobin.

—Don-Keun podría echar una mano con ese tema —comentó Angie.

Christina se quedó mirando, y Tegan fue retrocediendo de espaldas hacia la puerta.

—¡Me voy, me voy!

—¡Espera! —dije. Solté a Jeb lo suficiente para agarrar un tazón de la estantería, de los decorados con copos de nieve, y se lo entregué a Tegan—. Para Gabriel.

—Si entra ahora el gerente regional, me despedirán —se lamentó Christina, desesperada—. Los cerdos no están incluidos en la política de admisión del Starbucks.

—Aquí tienes, cariño —dijo Tegan, y dio un empujoncito a Gabriel para que se metiera en el tazón.

El cerdito se revolvió un poco hasta que se dio cuenta de que el tazón era justo de su tamaño y que era un hogar perfecto. Se sentó sobre las patas traseras y empezó a gruñir, y todos exclamamos «Oooh» a coro, incluso Christina.

—Excelente —celebró Dorrie—. Y ahora será mejor que nos vayamos antes de que Christina «haga plof».

Sonreí de oreja a oreja a Jeb, quien correspondió con una sonrisa igual de amplia. Entonces me miró el pelo y enarcó las cejas.

—¡Eh! —exclamó—. Has cambiado de peinado.

—Ah, sí —respondí. Tenía la sensación de habérmelo cortado en otra vida. Esa chica tontorrona y rubia que había pasado la Navidad autocompadeciéndose, ¿de verdad era yo?

—Te queda bien —dijo. Se enrolló un mechón de mi pelo entre el pulgar y el índice. Sus nudillos descendieron por mi cara y me acariciaron la mejilla—. Addie, quiero que seas mía

—me susurró, y me ardieron las mejillas. ¿De verdad acababa de decir eso? ¿Que quería que fuera suya? ¿Ahí mismo, en el Starbucks?

Entonces caí en la cuenta. Estaba respondiendo a mi e-mail, a la parte en que le decía: «Si me quieres, soy tuya».

Seguían ardiéndome las mejillas, y me alegré de que no hubiera nadie en el local con auténticos poderes, porque el rubor solía confundirse con una reacción narcisista. Aunque hubiera alguien con poderes —¿cómo iba a saberlo yo?—, no estaba sufriendo ninguna crisis.

Me puse de puntillas y rodeé a Jeb por el cuello con los brazos.

—Ahora voy a besarte —le advertí, puesto que sabía cómo se sentía con las demostraciones de cariño en público.

—No —dijo con suavidad, aunque también con firmeza—. Voy a besarte yo a ti.

Sus labios tocaron los míos, y un tintineo resonó en mi cabeza, tenue, metálico y nítido. Seguramente era la campanilla de la puerta, que sonó cuando Dorrie y Tegan salieron. No obstante, yo estaba demasiado ocupada para comprobar si era así.

Índice

JOHN GREEN nació en Indianápolis en 1977, y se graduó en Lengua y Literatura Inglesa y Teología en el Kenyon College. Ha trabajado en el mundo editorial como crítico y editor, y ha sido galardonado con el premio de honor Printz y el premio Edgar por sus novelas para público juvenil. Su novela *Bajo la misma estrella* fue recibida por la prensa con un aluvión de críticas entusiastas y permanece en lo más alto de las listas de ventas de todo el mundo desde su publicación. Según la revista *Time*, John Green es una de las cien personas más influyentes del mundo.
Síguelo en @realjohngreen
JohnGreen.Oficial

MAUREEN JOHNSON nació en Filadelfia en 1973, se graduó en la Universidad de Delaware y obtuvo un máster en escritura en la Columbia University. Hasta el momento ha publicado diez novelas juveniles.

LAUREN MYRACLE nació en 1969 en North Carolina y se graduó en Inglés y Psicología en la universidad estatal. Es autora de diversas novelas juveniles y sus obras más famosas pertenecen a la serie *The Internet Girls*. Las dos primeras novelas de esta serie estuvieron en la lista de bestsellers del *The New York Times*.